Stephan Everling
Totenvogelsang

Vom Autor bisher bei KBV erschienen:

Totenkammerwald
Totenvogelsang

Stephan Everling, geb. 1963 in Bonn, seit 1994 freischaffender Autor, Musiker, Künstler und Fotograf, seitdem Zusammenarbeit mit der Malerin Maf Räderscheidt. 1999 erschien sein erster Krimi. Weitere Buchveröffentlichungen folgten, sowie Kompositionen und Texte für Theater, Kabarett und Fernsehen. Stephan Everling lebt und arbeitet in Schleiden. Mit *Totenkammerwald* führte er seinen Ermittler Kommissar Schwarz als neue Figur in die Eifel-Kriminalliteratur ein.

Stephan Everling

Totenvogelsang

KBV

Originalausgabe

www.kbv-verlag.de
E-Mail: info@kbv-verlag.de
Telefon: 0 65 93 - 99 86 68
Fax: 0 65 93 - 99 87 01
Umschlagillustration: Ralf Kramp
Redaktion: Volker Maria Neumann, Köln
Druck: Aalexx Buchproduktion GmbH, Großburgwedel
Printed in Germany
ISBN 978-3-940077-94-3

Dank gebührt jeder Menge Menschen.
Ich denke an die Polizei Euskirchen,
die Polizei Schleiden, die Forstdirektion Arenberg,
an Prof. Dr. Zehnder, Intern. Kunstakademie Heimbach,
an F.A. Heinen, den Fluglotsen auf der Dahlemer Binz,
an die Familie Sauer und an all jene,
die mich Tag für Tag mit den kleinen Informationen
über die Nordeifel versorgen, die einer Geschichte
erst die rechte »Eifelwürze« geben.

Kapitel 1

Das halbmondförmige Fenster eröffnete den Blick auf eine Landschaft, die der Phantasie eines wahnwitzigen Computerdesigners entstiegen sein musste. Die Hochfläche erstreckte sich bis an den Horizont, nur unterbrochen von schroffen, rhythmisch in den grünen Bewuchs eingearbeiteten Abhängen, die mit einer wabernden, weißen Masse angefüllt waren. Direkt vor Schwarz fiel das Gelände schroff in ein kaum zu erahnendes Nichts. Alles konnte dort unten sein: Himmel, Hölle, ein Stadtteil mit Hochhäusern, ein Kinderspielplatz. Zu wissen, dass stattdessen irgendwo die Oberfläche des Urftsees der Tiefe ein wässriges Ende setzte, die Wolken sich also nicht aus der Unendlichkeit erhoben, sondern über festem Grund schwebten, machte den Zauber, den der Nebel ausstrahlte, nicht geringer.

Einzelne Schwaden wallten immer wieder in die Höhe und reckten ihm ihre dunstigen Finger lockend entgegen. Komm zu mir, komm zu mir, bei mir findest du Vergessen, schienen sie zu rufen, doch selbst wenn Schwarz es gewollt hätte – das Fenster, durch das er blickte, ließ sich bestimmt nicht öffnen. Es sah aus, als sei es noch aus den Urzeiten des Gebäudes übriggeblieben und hätte die einzige Veränderung durch kleine Löcher erfahren, die einst ein erfinderischer Geist in den Rahmen gebohrt hatte, um angelaufenes Schwitzwasser abzuleiten.

Doch er war ja nun wirklich nicht hier, um die Atmosphäre zu genießen, auch wenn er diesen beruflichen Ausflug als kleine Belohnung für sein ansonsten eher freudloses Dasein empfand. Er rief sich zur Ordnung und beschloss, das Gespräch wieder aufzunehmen. »Netten Blick haben Sie hier«, sagte er zu der jungen Frau in seinem Rücken und knibbelte verspielt am abblätternden Lack des Fensterrahmens.

Er stand unter einer Dachschräge in einem kurzen Gang. Hinter ihm, wo kein überwältigendes Panorama den Geist gefangen hielt, führten mehrere Türen in kleine Büros, die zu der frühen Morgenstunde allerdings noch nicht in Betrieb genommen worden waren. Wenn er nicht gewusst hätte, dass dies alles unter Denkmalschutz stand, wäre es ihm seltsam vorgekommen, in einer Umgebung zu stehen, die ihm das Gefühl gab, er sei von einer Zeitmaschine in eine Ära verfrachtet, die sich vor allem durch seltsam vermoderte Gerüche auszeichnete.

Die Archivarin beachtete ihn nicht. Sie versuchte einer kleinen Kaffeemaschine außer röchelnden Geräuschen auch das Getränk zu entlocken, das sie ihm leichtfertig angeboten hatte, wahrscheinlich in der Hoffnung, er würde ablehnen.

Schwarz lehnte sich an den Türrahmen. Er langweilte sich entsetzlich. Einbrüche in Büros erregten ihn selten, und dieser machte keine Ausnahme. Er begutachtete das unversehrte Schloss. »Wie ist man denn überhaupt in ihr Büro gekommen?«, fragte er unvermittelt.

Maria Werth sah hoch. »Ach so, nein, das ist wohl ein Missverständnis. Hier ist nicht eingebrochen worden. Im Archiv, da hat man die Tür aufgebrochen, habe ich das nicht gesagt? Das Archiv ist dort unten.« Sie zeigte auf das Fenster hinter ihr.

Schwarz drückte sich an ihr vorbei durch den winzigen Raum, der kaum Platz für den mit Akten hochbeladenen Schreibtisch bot, und warf einen Blick hinaus auf einen großen Hof. Mehrere Gebäudeflügel aus schwerem Stein umrahmten ihn und bildeten eine malerische Kulisse für die Tische, die man für etwaige Gäste aufgestellt hatte. Direkt dahinter, in einem niedrigen Gebäudetrakt, der die gegenüberliegende Seite des Platzes abschloss, sah er eine kleine, offen stehende Tür. Vielleicht war dies, was sie meinte.

»Tut mir leid, das mit dem Kaffee scheint nicht zu funktionieren.« Maria Werth trat neben ihn.

»Ist es das?«, fragte er und wies nach draußen.

»Ja, dort unten, wo die Tür ist. Dahinter sind ein Flur und zwei Räume, in denen wir vorerst alles unterbringen. Das Archiv ist erst noch im Aufbau, da ist noch einiges durcheinander, Sie müssen entschuldigen …« Sie sah ihn ängstlich an, als sei er im Begriff, ihr einen strengen Verweis zu erteilen.

»Vielleicht sollten wir dann einmal hinuntergehen, was meinen Sie?«

Wieder sah sie ihn erschrocken an. »Ja, natürlich, wenn Sie meinen, gerne. Kommen Sie!«, rief sie, auf einmal sehr entschlossen und griff nach einem Schlüsselbund. Dann hielt sie inne und sah ihn irritiert an. »Schlüssel brauchen wir doch nicht, oder? Es ist ja offen!«

Er zuckte mit den Schultern. »Keine Ahnung, aber wenn wir hingehen, werden wir es ganz schnell wissen.«

Kopfschüttelnd ging er hinter ihr her. Er vergaß immer wieder, wie sehr die Menschen aus ihrem Gleichmut gerissen wurden, wenn sie Kontakt mit Kriminalität bekamen. Dass seine männliche Ausstrahlung sie um den Verstand bringen würde, redete er sich nicht ein. Weder war er beeindruckend groß noch stark gebaut, sein Gesicht wirkte zwar nicht abstoßend, aber auch nicht so einladend, dass es jemanden aus dem Gleichgewicht zu bringen vermochte. Eigentlich wirkte er so durchschnittlich wie ein nichtssagendes Phantombild, wären da nicht die leuchtend roten Haare gewesen, die ihm wenigstens ansatzweise eine gewisse Unverwechselbarkeit verliehen.

Sie drehte sich um, als hätte sie seine Gedanken gelesen.

»Ich habe nämlich nicht so oft mit der Polizei zu tun, wissen Sie, deshalb bin ich etwas durcheinander. Ich habe alles einfach so gelassen, wie es war, man sieht ja immer im Fernsehen, dass man den Tatort nicht verändern soll.«

Schwarz nickte. Was würde man ohne das Fernsehen machen? Kriminalistik für jedermann, nur leider der lebhaften Phantasie von Autoren entsprungen, die stets bereit waren, die Realität zugunsten einer möglichst spektakulären Handlung zu opfern.

Sie traten aus einer Pendeltür auf den Hof. Mit zartem Gruseln folgte Schwarz der Archivarin über das Granitpflaster. Vogelsang. Die alte Nazi-Kaderschmiede, das ehemalige Quartier der belgischen Armee. Wie oft hatte er die Menschen hier in der Gegend davon reden hören wie von einem Möbelstück, das man vom Großvater geerbt hat, aber nicht ganz sicher ist, ob nicht innen noch unangenehme Überraschungen warten – vergessene Einmachgläser, alte Butterbrote, schmutzige Heftchen. Und jetzt war er hier. Es fühlte sich seltsam an, gar nicht so, als sei dies ein normaler Arbeitsplatz, an dem Menschen normalen Tätigkeiten nachgingen. Er fühlte sich umgeben von Geschichte. Schwarz blieb stehen und sah zu dem riesigen Dach hinüber, das, von martialischen Balken gestützt, freischwebend einen Teil des Hofes wie ein gigantischer Carport überkronte.

»Dort sollte der Führer stehen und die Paraden abnehmen«, hörte er die Stimme der Archivarin. »Vor sich die Kulisse der Eifel und unter sich die kommende Elite der nationalsozialistischen Verwaltung. Dazu ist es aber nie gekommen. Können wir dann mal?«

Er blickte sich um. Das Ambiente nahm ihm in seiner ganzen Monumentalität das Selbstvertrauen. Er fühlte sich unwichtig und klein, wahrscheinlich genau so wie die wahnsinnigen Schöpfer dieses Bauwerkes es beabsichtigt hatten. Er schüttelte den Kopf, als würde das die ganzen bösen Gedanken verscheuchen, seufzte und setzte sich wieder in Bewegung.

Maria Werth führte ihn zu einer kleinen, unbedeutend wirkenden Holztür, die nun offen stand. Das Schloss hing halb herausgerissen im Türrahmen. Schwarz betrachtete es kritisch. »Ein Hochsicherheitsbereich ist das hier ja nicht gerade. Ist das alles, was Sie an Sicherung haben?«

Sie zuckte mit den Schultern. »Wozu? So wertvoll sind die Sachen nicht, die wir hier aufbewahren. Alles nur die Nazi-Literatur; das, was die Erben in den Giftschränken ihrer Großeltern finden. Und dann fragen sie bei uns nach, ob wir damit etwas anfangen können. Und manchmal können wir.«

»Und wo geht es jetzt hier hin?« Schwarz spähte in ein kahles Treppenhaus.

»Die Treppe geht in den ersten Stock.« Sie dachte kurz nach. »Natürlich, wohin sonst. Aber da ist nichts mehr, das wird im Augenblick nicht benutzt. Und dort geradeaus«, sie wies auf eine Tür vor sich, »dort ist die Tür zum Archiv, die hat man auch aufgebrochen.«

»Und das ganze hat heute Nacht stattgefunden?«

Sie guckte wieder etwas verzweifelt. »Das wissen wir nicht. Diese Tür hier war zugezogen. Seit Freitagmittag war eigentlich niemand hier drin. Es kann irgendwann dazwischen passiert sein. Jedenfalls hat niemand etwas bemerkt.« Sie sah ihn an. »Zumindest hat keiner etwas gesagt.«

Schwarz nickte. Was für eine unergiebige Befragung. Keinerlei Hinweis auf einen möglichen Täter. Und er hatte noch nicht einmal eine Tatzeit. Manchmal hatte er den Eindruck, die Menschen würden auch eine Leiche, die neben ihnen am Caféhaustisch sitzt, nicht bemerken. Schwarz verzog kurz das Gesicht. »Fehlt denn etwas?« Er ging langsam hinter ihr her, ohne etwas anzufassen.

»Ich weiß nicht, ich habe noch nicht nachgesehen. Ich habe erst bei der Polizei angerufen, ich dachte, das ist besser, damit ich keine Spuren verwische!«

»Das haben Sie großartig gemacht«, sagte Schwarz etwas gelangweilt. Er sah jede Menge Papierkram auf sich zukommen und verspürte eine gewisse Unlust.

Die Archivarin ging durch die offen stehende Tür in das eigentliche Archiv: ein schmuckloser Raum, mehr Lager als Bibliothek, der, jede Möglichkeit an Stellfläche ausnutzend, mit einfachen Eisenregalen zugestellt war. Aktenordner und Bücher jeden Alters waren dort eingeordnet in einem System, das sich dem unwissenden Auge des Kriminaloberkommissars nicht erschloss. Ungläubig ging er an den Reihen vorbei, fuhr zart mit dem Finger über die Buchrücken, deren Titel ihn schaudern ließen. Da standen Bücher über Rassenlehre neben Schwarten über völkische Aufmärsche, ein Titel schrie *Deutschland Erwacht*, der nächste verherrlichte Adolf Hitler und dazwischen wartete das in derartigen Zusammenhängen wahrscheinlich unvermeidliche *Mein Kampf* auf Leserschaft. Er kam sich vor wie in einer Akademie der Unmenschlichkeit.

»Kommen Sie, hier fehlt etwas!« Die aufgeregte Stimme von Frau Werth kam aus einem Nebenraum.

Schwarz folgte ihr. Hier schien der Arbeitsraum des Archivs zu sein: ein kleiner Tisch und wieder ein Regal, aus dem ungeordnet eingerollte Plakate ragten und im Verein mit mehreren unausgepackten Kisten ein Konzert der nicht erledigten Arbeit sangen.

Die Archivarin sah ihn aufgeregt an. »Hier ist tatsächlich etwas verschwunden! Das weiß ich genau! Da kam nämlich letzte Woche eine Kiste mit Unterlagen, die uns geschenkt worden waren, und die hatte ich hierhin gestellt, damit ich die in Ruhe sichten kann! Und die ist jetzt weg.«

Schwarz' Erregung hielt sich in Grenzen. »Und was waren das für Unterlagen?«

Sie machte eine diffus wedelnde Handbewegung. »Dokumente aus dem Dritten Reich, über die Geschichte von Vogelsang, wenn ich das auf den ersten Blick richtig gesehen habe. Das sind Dinge, die für die Forschung wahnsinnig wichtig sind, verstehen Sie?«

Er verstand nicht, aber irgendwie berührte es ihn auch nicht. »Sind diese Unterlagen denn so wichtig, dass man hier die Tür aufbricht? Ist das wirklich die Mühe wert? Gibt es Historiker, die bei Ihnen einsteigen, um eine Kiste alte Akten mitzunehmen?«

Sie verzog ihr Gesicht. »Ich weiß nicht. Eigentlich nicht. Außerdem wusste doch keiner, dass die hier sind, außer demjenigen, der sie uns gespendet hat. Und der muss doch nicht einbrechen, der kennt die doch. Und wenn er noch einmal etwas nachsehen will, dann braucht er doch nur hier anzurufen.«

»Wo haben Sie die Sachen denn her?«

»Von einem alten Mann. Der wohnt in einem Altenheim hier in der Nähe, und er hat sie uns geschenkt. Er hat hier in Vogelsang mal in der Hausverwaltung gearbeitet, das nannte sich damals Intendantur. Aber er war wohl nur ein kleiner Gehilfe, eher unwichtig. Doch für uns ist jeder Fetzen Papier von Bedeutung!«

»Hat er sie denn selbst gebracht? Vielleicht war die Verwandtschaft ja nicht damit einverstanden.«

»Nein, ganz bestimmt nicht, sein Neffe hat sie zu uns gebracht. Letzten Donnerstag. Er sagte noch, er wäre froh, dass der ganze Papiermüll endlich weg sei.«

Schwarz schüttelte den Kopf. Völlig sinnlos, diese Geschichte. Vielleicht eine Mutprobe von Eifeler Jugendlichen? Geh in das gruselige Archiv von Vogelsang und nimm dir eine Kiste mit? Denkbar. Neulich hatte eine fröhliche Trinkgemeinschaft in einer Schleidener Straße sämtliche zur Leerung hinausgestellten Mülltonnen einen Berg hochgeschleppt und damit die Anwohner in große Verwirrung gestürzt – auch nichts, in dem Schwarz einen Sinn erkennen konnte. »Haben Sie einen Wachdienst hier?«

»Ja schon, aber Sie haben doch gesehen, wie groß das Gelände ist, da kann man sich schon sehr gut verstecken. Und es ist halt nur einer, der für den ganzen Bereich zuständig ist, der kann seine Augen nicht überall haben.«

Schwarz nickte. »Bitte lassen Sie hier alles so, wir schicken nachher die Spurensicherung vorbei. Wenn Sie den Inhalt der Kiste nicht genau kennen, dann könnten wir vielleicht den ehemaligen Besitzer fragen. Können Sie mir den Namen sagen?«

Sie blickte ihn verzweifelt an. »Das tut mir leid, den habe ich im Büro. Da müssen wir noch einmal hoch.«

Schwarz sah sich schon wieder endlos an den Farbschichten der Fensterrahmen spielen und ihren Ausrufen wie »Wo hab ich's denn, das war doch hier!« zuhören, während sie in den Bergen wühlte, die ihren Schreibtisch bedeckten. Er wehrte schnell ab. »Ach nein, das wird wohl nicht nötig sein. Vielleicht können Sie ja nachher bei mir anrufen und ihn mir telefonisch durchgeben, dann kann ich alles vorbereiten. Sie müssten nur nachher nach Schleiden in die Polizeiwache kommen, damit wir eine Anzeige aufnehmen können.«

»Ja«, sagte sie wenig begeistert, »das muss ich wohl.«

»Genau«, bestätigte Schwarz zufrieden, »das müssen Sie wohl.«

Er verabschiedete sich mit einem Nicken und ging zu seinem Auto. Dort angekommen, drehte er sich noch einmal um. Es war wirklich ein Wahnsinn, eine Monstrosität, diese Abwesenheit jeglicher Schönheit. Und wenn er sich vorstellte, dass hier bis vor Kurzem noch Krieg gespielt worden war, begann sich sein Verständnis für die Welt noch weiter zu reduzieren.

Im Norden wusste er das verlassene Dorf Wollseifen. Er erinnerte sich an sein erstes Eifelabenteuer, das ihn in dessen gespenstische Kulisse geführt hatte, auch wenn sie sich jetzt scheinheilig hinter einem Hügel versteckte. Er zog seinen Mantel enger um die Schultern. Der Sonne war es noch nicht gelungen, die Kühle der Nacht zu vertreiben, und hier oben pfiff dazu noch ein unangenehmer Wind. Die Wärme der letzten Tage hatte den Frost, der die Gegend für Monate fest im Griff gehalten hatte, vertrieben, und die versammelte Pflanzenwelt, die über Wochen in den Startlöchern gestanden hatte, schien nun endgültig die Verzagtheit abgelegt zu haben, um jetzt die graue Tristesse mit dem ersten, zartgrünen Hauch zu überziehen.

Doch auch wenn die Sonne eine Hoffnung auf Sommer verbreitete, noch war es April. Es war kalt gewesen in den letzten Tagen im Forsthaus in Wintzen, in dem er ein Zimmer gemietet hatte. Seine Vermieterin, die Malerin Bettina Sieger, hatte noch im Herbst die Eifel verlassen, um in England ein riesiges Wandgemälde zu realisieren und an der Royal Academy in Bristol zu unterrichten. Ihn selbst hatte man »zur präventiven Nachbereitung seiner Erlebnisse« in ein Sanatorium an der Ostsee verfrachtet, in dem er mit Gesprächstherapien und Diskussionsrunden einen sterbenslangweiligen Winter verlebt hatte. Die Eintönigkeit dieser Tage hatte in ihm die Erkenntnis reifen lassen, dass vielleicht nicht seine Art, die Welt um ihn herum wahrzunehmen, ein Problem darstellte, sondern die Wirklichkeit selbst. »Was wird denn von Ihnen erwartet?« hatte sein Therapeut immer gerufen und dramatische Würgegesten mit der rechten Hand dazu pantomisiert. Na gut, wenn die es so haben wollten, sagte sich Schwarz und begann damit, in der Maltherapie Pinsel und Stifte zu klauen, denn er war sich sicher, dass seine Vermieterin dies und nichts anderes von ihm erwartete.

Doch als er an einem bitterkalten Februartag stolz und erwartungsfroh mit einer Tasche voll Malmaterialien in die Eifel zurückkehrte, war das Haus noch immer leer, das Atelier verwaist, und keine Gesänge schallten fröhlich aus der Küche. Die Hunde waren alle in der weiteren Region untergebracht, und wenn er abends nach Dienstschluss in das Haus kam, war es dunkel, die Räume ausgekühlt, und er vermisste die Atmosphäre aus Kunst und Lebensfreude, die er in den wenigen Tagen des Zusammenlebens so zu schätzen gelernt hatte.

Wie im Traum funktionierte er seitdem, nahm Anzeigen auf, lud vor, belehrte und verhörte, schrieb endlose Protokolle, und wenn das Schicksal ihn zu belohnen gedachte, durfte er auch mal raus, um vor Ort einen Eindruck zu gewinnen. So wie jetzt. Doch neben dem gewaltigen Ensemble aus monumental inszeniertem Bruchstein in einem Ambiente aus graubraunem Grasland, aus Eichenwäldern und dem schier unendlichen Eifelhimmel verblassten ein nicht vorhandener Karton mit Papier und zwei aufgebrochene Türen rasch.

Schwarz schloss die Augen und ließ sich den Wind über das Gesicht streichen. Fast kam er sich wie ein Flugzeug vor; er wusste, wenn er die Augen öffnete, würde eine Fläche vor ihm liegen wie eine Startbahn, die er nur herunterrennen musste, um sich in die Lüfte zu erheben und endlich frei zu sein.

Er klopfte sich auf die Brusttasche, um die Anwesenheit

des Notizblocks zu kontrollieren, auf dem er sich schnell seine Eindrücke notiert hatte, dann wieder auf die Seitentasche seines Mantels, wo er den Zündschlüssel deponiert hatte. Mit einem letzten Blick auf das Ambiente aus braunem Größenwahn und dem mühevollen Versuch der hier arbeitenden Menschen, dem zu Stein gewordenen Ungeist eine Idee von Gastlichkeit hinzuzufügen, stieg er in seinen Wagen, startete und gab Gas.

Die lange Zufahrt kam ihm vor, als habe man sie extra so angelegt, um die Besucher Abstand gewinnen zu lassen vor der Rückkehr ins tägliche Leben – natürlich eine idiotische Idee, so hatte es hier immer ausgesehen. Eine schnurgerade Straße zwischen den Bäumen, breit genug, dass die Panzer sich hier nicht behinderten, aus einer Zeit, in der man sich um das Seelenheil der Bürger überhaupt nicht scherte.

Die Straße nach Schleiden wand sich in zarten Schwüngen den Berg hinunter. Er ließ den Wagen entspannt rollen und genoss die Kulisse, die an jeder Ecke neue Ausblicke und Eindrücke vermittelte. Vorsichtig senkte er die Seitenscheibe ein Stück und ließ die Luft hinein, die heute besonders würzig zu riechen schien. Nein, nicht nach Gülle oder sonstigem Dünger, sie roch nach Wald, nach schwerer Feuchtigkeit, die sich in der Kühle des Morgens als Tau auf den Wiesen niedergeschlagen hatte und nun mit den langsam ansteigenden Temperaturen wieder verdampfte.

* * *

Mit einem Seufzen parkte Schwarz sein Auto vor der Polizeidienststelle. Auf ihn warteten jetzt ein Bildschirm, ein sausender Drucker, der Geruch von Papier und die aufgeregte Verzweiflung der Menschen, die atemlos oder ängstlich, bedrückt oder sorgenvoll vor ihm saßen, weil ihr Alltag in schrecklicher Weise aus den Fugen geraten war. Für ihn war es Monotonie, wenn eine Wohnung durchwühlt oder ein Auto gestohlen war, doch für denjenigen, der zu ihm kam, um ihn um seine Hilfe zu bitten, war es eine Katastrophe. Er musste sich das manchmal wieder vor Augen führen, wenn schon wieder ein dementer Großvater abgängig war oder der Nachbar den falschen Baum gefällt hatte. Er war wie ein Arzt, zu dem man nur ging, wenn die Schmerzen zu stark wurden oder das Blut in Strömen floss. Bei ihm saß man nie zum Spaß.

Er grüßte nach rechts in den Wachraum, als er die Tür aufgestoßen hatte. Dann wartete er auf das Geräusch des Türöffners, doch stattdessen rief Rainer Gschwind: »Hey Stefan, Moment mal!« Er wartete, bis Schwarz nähergekommen war, und fuhr dann fort: »Da ist jemand, der will eine Anzeige machen. Ein Arzt, der einen Mord festgestellt haben will. Kannst du das aufnehmen?«

Schwarz nickte kurz und sah zu dem Mann hinüber. Ungefähr sein Alter, dunkler Mantel, dunkles Haar. Nicht die weißen Klamotten, die üblicherweise zu seinem Berufsbild gehörten wie der Stempel zum Postbeamten. Er ging zu ihm und reichte ihm die Hand: »Schwarz, guten Tag, entschuldigen Sie, dass Sie warten mussten. Kommen Sie bitte mit?«

»Ja, genau, ich habe nämlich gar nicht viel Zeit, aber ich finde es wichtig, die Augen offen zu halten!« Er redete immer weiter auf Schwarz ein, während sie durch das fensterlose Treppenhaus in den zweiten Stock stiegen, in dem die Kriminalabteilung ihre Büros hatte. Hier wurden die minder schweren Delikte bearbeitet, Diebstahl, Einbruch und dergleichen, wohingegen Mord, Entführung, alles, was größere Dimensionen annahm, den Kollegen in der nächsthöheren

Dienststelle in Euskirchen weitergegeben wurde. Diese Aufteilung schien irgendeinen besonders komikbegabten Sachbearbeiter in der Personalabteilung auf die Idee gebracht haben, einer wie Schwarz, tief traumatisiert von den Erlebnissen, die er als Polizist in Köln gehabt hatte, würde sich im Einerlei der Bagatelldelikte wunderbar wieder in den Arbeitsalltag einfinden. Die Kleinstadtidylle als Rehabilitationseinrichtung, und dabei wird noch der mangelnde Personalstand in der Nordeifel aufgefüllt – brillant. Doch die ersten Wochen in Schleiden hatten in Schwarz eher den Verdacht keimen lassen, mit der ruhigen Kugel könnte es hierzulande nicht allzu weit her sein.

Bis Schwarz die Tür von seinem Büro erreicht hatte, war er durch den Mitteilungsschwall seines Besuchers eigentlich schon über alles Wesentliche informiert, ohne die Zusammenhänge richtig wahrgenommen zu haben. Er weckte seinen Computer aus dem Büroschlaf und setzte sich an seinen Schreibtisch. »So, Herr …« begann er.

»Seeberg. Doktor Seeberg. Joachim«, fügte er hinzu, als sei Letzteres das eigentlich Entscheidende.

»Herr Doktor Seeberg. Sie haben also heute Morgen einen Toten untersucht und sind der Meinung, dass es sich nicht um einen natürlichen Todesfall handelt. Können Sie mir auch sagen, wie Sie darauf kommen?«

»Also, sehen Sie, ich bin Arzt in dem Altenheim in Hellenthal, und da hat man mich heute gerufen, weil, da ist der Mann gestorben, und der ist mein Patient. Ich sehe immer genau hin, ich weiß, ich müsste das nicht, Totenschein unterschreiben, und ab das Ding, kost dasselbe, ich weiß, so verdien ich gar nichts, das ist so. Das müssen Sie sich mal vorstellen, wenn ich in das Heim gehe, da könnte ich in derselben Zeit das Doppelte an Patienten in meiner Praxis …«

»Herr Doktor Seeberg, Sie haben es eilig«, unterbrach Schwarz. Der hat ihn totgeredet, der hat den armen Kerl einfach totgequasselt, und der Glückspilz hat es hinter sich, aber ich bin ihm immer noch ausgeliefert, dachte er und starrte auf den leeren Bildschirm, auf dem jetzt endlich die Eingabemaske erschien.

»Das stimmt, ich müsste schon längst wieder in meiner Praxis sein, Sie glauben ja nicht, was mich alleine dies hier kostet, wenn ich hier sitze und endlos warte ...«

»Vielleicht erzählen Sie dann doch einfach mal«, schlug Schwarz vor. »Wie heißt denn der Tote?«

»Dürr, Erwin Dürr.«

»War denn sein Tod zu erwarten?«, fuhr Schwarz fort, ehe Seeberg seine Finanzprobleme weiter erörtern konnte.

»Mann, der war neunundachtzig, das ist es ja doch! Wenn ein alter Mensch stirbt, dann denken alle, na, das wurde aber auch Zeit! Und keiner sieht genau hin.«

»Außer Ihnen!«

»Genau! Und ich bin jetzt kein Forensiker, aber ich habe während meines Studiums wenigstens genug mitbekommen, um die Augen offen zu halten.« Er sah Schwarz stolz an, als erwarte er jetzt mindestens einen belobigenden Schlag auf die Schulter.

Schwarz beschloss, ihn zu enttäuschen. »Und da ...«, bot er eine mögliche sprachliche Fortsetzung an.

»Und da ist mir aufgefallen, dass an den Lippen kleine Verwundungen und Blutergüsse zu finden sind. Ich könnte mir also vorstellen, dass man dem Dürr ein Kissen auf das Gesicht gedrückt hat, um ihn zu ersticken.«

»Und gibt es sonst Anzeichen auf einen natürlichen Tod?«

Seeberg machte eine große Geste. »Ich könnte auch jederzeit Herzanfall auf den Totenschein schreiben. Das kann sogar stimmen! Wenn ich einem Herzkranken ein Kissen auf das Gesicht drücke, dann ist es letztendlich sekundär, ob der erstickt oder vor Schreck einen Infarkt erleidet. Tod ist Tod.«

»Und Kissen ist Kissen«, fügte Schwarz hinzu. »Wo befindet sich der Leichnam?«

»Im Beerdigungsinstitut. Aber ich habe angeordnet, dass keine weiteren Arbeiten an dem Leichnam vorgenommen werden.«

»Gut. Ich werde das so an die Staatsanwaltschaft weitergeben, die dann mit Sicherheit eine Autopsie anordnet. Und dann werden wir sehen, ob Sie damals in Forensik gut aufgepasst haben.« Er stand auf und ließ den Arzt das Protokoll unterschreiben, das er nebenbei in knappen Worten aufgesetzt hatte. Dann schüttelte er dem plötzlich wieder sehr eiligen Doktor die Hand und sah dem davonrennenden Mann nachdenklich hinterher.

Kapitel 2

Schwarz stand auf, schloss die Tür, die der Arzt in seiner Eile hatte offen stehen lassen, und blickte aus dem Fenster. Es war wieder ein Tag, der mit Kleinkram vor sich hinplätschern würde, Akten an- und ablegen, Leute vorladen und Fälle zur endgültigen Abwicklung durch die Staatsanwaltschaft fertig machen. Er sollte sich vielleicht schon einmal überlegen, wie er den Abend verbringen wollte, ob er heute wie immer in die Einsamkeit des Hauses im Wintzener Wald zurückkehren oder vielleicht doch einmal eins der Lokale besuchen sollte, die sich hier in Schleiden befanden. Über dem Berg, der noch immer einen tiefen Winterschatten auf das Flusstal warf, übte sich die Sonne in den ersten wärmenden Strahlen.

Auf dem Schreibtisch klingelte das Telefon. Er drehte sich um und betrachtete es kritisch. Das Geklingel von früher war nun wirklich nicht schön gewesen, aber diese verzerrten Melodien, die sich die Gerätehersteller einfallen ließen, machten auch nicht glücklich. Er seufzte und nahm den Hörer ab, ehe irgendein Automat auf die Idee kam, seine Abwesenheit zu behaupten.

»Maria Werth«, meldete sich die Archivarin aus Vogelsang, »Herr Schwarz, tut mir leid, ich kann heute nicht kommen, die Schule hat gerade angerufen, mein Sohn ist krank. Können wir das auf morgen verschieben?«

Morgen, heute, was machte das für einen Unterschied? »Kein Problem. Haben Sie denn inzwischen herausgefunden, was genau verschwunden ist?«

»Nein, nicht genau. Ein Karton mit Dokumenten aus der Nazizeit, wie gesagt, das weiß ich, den wir aus dem Altenheim von Hellenthal von einem Bewohner bekommen haben. Moment …«, rief sie und verschwand kurz aus der Leitung. Von Ferne hörte Schwarz das Rascheln von Papier. Die Leitung rauschte ein wenig. »… da hab ich's. Ein Herr Dürr war das.«

Schwarz runzelte die Stirn und sah auf den Bildschirm seines Computers. »Dürr? Vielleicht ein Erwin Dürr?«

»Ja«, bestätigte sie, »genau, Erwin Dürr. Kennen Sie ihn?«

»Nein, nicht persönlich, aber ich habe den Namen gerade schon einmal gehört.«

»Aha«, sagte sie uninteressiert und bekam eine gehetzte Stimme, »können wir dann morgen? Ich muss jetzt wirklich weg.«

Schwarz verabschiedete sich und verfiel ins Grübeln. War das ein Zufall? Zweimal Erwin Dürr, ein verdächtiger Todesfall, einmal ein Einbruch. Das Leben spielte ja so manchen Streich, aber dies erschien ihm dann doch zu unwahrscheinlich.

»Ich fahr mal nach Hellenthal«, rief er in das Büro von Sandra Melches, seiner jungen Kollegin, »im Altenheim dort gibt es ein paar Dinge, die ich gerne genauer unter die Lupe nehmen will.«

Sandra stand auf und schüttelte kurz den Kopf, sodass ihre kurzen, schwarzen Haare jegliche Fassung verloren und kreuz und quer um ihren Kopf hingen. Sie war die Jüngste hier in der Kriminalabteilung der Dienststelle, aber Schwarz mochte ihren wachen Geist und die freche Eifel-Schnauze, die sie unbeirrt pflegte. Sie rollte auf ihrem Bürostuhl einen Meter weit zurück und sah ihn an. »Ehrlich? Wieso, was ist da los? Das möchte ich aber genauer wissen. Meine Großmutter ist nämlich dort. Also, Stefan, raus mit der Sprache, gibt es dort etwas, das ich wissen sollte?«

»Ein verdächtiger Todesfall, ein Erwin Dürr. Kennst du den zufällig, wenn da schon deine Großmutter ist?«

»Weißt du, wie viele Leute da wohnen? Die haben dort

mindestens fünf verschiedene Stationen, das ist ein Riesenapparat! Was ist verdächtig an dem Tod von diesem Dürr?«

»Komm doch einfach mit, unterwegs kann ich dir dann alles erzählen. Und du kannst noch deine Oma besuchen.« Er grinste sie an: »Wahrscheinlich siehst du sie sowieso nur einmal im Monat!«

Sie sah ihn genervt an. »Hör bloß auf! Wenn ich kann, bin ich jeden Tag da, aber wann kann ich schon mal so wie ich will! Und glaub bloß nicht, das würde irgendjemand glücklich machen!« Sie äffte eine alte, brüchige Stimme nach. »Kind, dass du mal kommst, ich weiß ja schon gar nicht mehr, wie du aussiehst! Aber das ist jetzt auch vorbei«, sprach sie mit ihrer normalen Stimme weiter, »jetzt wird sie langsam dement. Gestern hat sie mich mit meiner Mutter verwechselt, dabei ist die auch ständig bei ihr.« Sie schüttelte den Kopf, verzog genervt den Mund und sah Schwarz an. »Fahren wir?«

Schwarz nickte und ging in sein Büro, um seinen Mantel zu holen. Inzwischen hatte auch er sich im örtlichen Outdoor-Laden eifelgerechte Klamotten besorgt. Und im vergangenen Winter hatte sich diese Ausgabe wirklich bezahlt gemacht.

»Komm«, rief Sandra durch die Tür, »wir müssen uns beeilen, sonst sitzen die alle beim Mittagessen.«

»Das ist nicht dein Ernst!«, erwiderte er.

»Doch, ab elf gehen alle zum Essen, und ab halb zwölf ist da bei Tisch die Hölle los. Also gib Gas!«

* * *

Das Altenheim in Hellenthal war ein Neubau, bei dem man offensichtlich nicht gespart hatte. Automatisch öffneten sich die Türen vor dem ankommenden Besucher, der dann auf ockerfarbenen Steinfliesen in den vor Stahl und Glas blinkenden Eingangsbereich trat. Schwarz sah Sandra fragend an.

Sie zeigte auf eine Tür. »Dort findest du die Leiterin. Vielleicht sehen wir uns ja gleich. Ich werde erst einmal meiner Großmutter einen guten Tag wünschen.« Sie wandte sich Richtung Treppenhaus.

»Ich denke, sie erkennt dich eh nicht?«, rief Schwarz ihr hinterher.

Sandra drehte sich um und sah ihn genervt an. »Du hast niemanden, der im Altenheim lebt, stimmt's? Du hast gar keine Ahnung. Und jetzt mach deine Arbeit und geh mir nicht auf den Zeiger!« Ohne eine Antwort abzuwarten, drückte sie die Tür auf und verschwand.

Wie hätte sie auch wissen sollen, dass sie ganz unglücklich daneben geschossen hatte, wie sie es sich wohl nie hätte träumen lassen?

Er sah sich um. In alle Richtungen gingen Flure, aus denen Geräusche des täglichen Lebens zu hören waren – ein wenig wie in einem Krankenhaus, aber auch nicht ganz so. Es roch nach dem Essen, das bald serviert werden würde. Die Luft hatte aber auch diesen leichten Duft nach ungewechselter Unterwäsche, der ihn in Altenheimen immer in der Kehle kitzelte. Hoffentlich roch es in der Chefsuite anders. Er klopfte an die Tür, neben dem das Schild *Sekretariat* hing und sah hinein.

Eine Dame mittleren Alters mit sorgfältiger, blonder Ondulage und Jackenkleid in komplizierten, bräunlichen Mustern sah ihn kritisch an. »Ja bitte?«

Er hielt seinen Ausweis in die Höhe. »Schwarz, Kripo Schleiden. Ich hätte gerne einmal den Leiter dieses Altenheims gesprochen.« Wenn sie weiter so mit der Stirn runzelte, würde ihr Gesicht bald einem Relief der Rureifel ähneln, überlegte Schwarz kurz.

»In welcher Angelegenheit?«, fragte sie.

»In einer dienstlichen.«

Wie erhofft, gab ihr diese Auskunft so viel zu denken, dass sie nicht mehr weiter fragte. Wahrscheinlich wusste sie über die Vorgänge hier im Hause besser Bescheid als ihr Vorgesetzter. Schwarz setzte sie schon mal auf eine Liste eventuell zu befragender Personen.

»Frau Althoff ist im Augenblick im Haus unterwegs, wenn Sie einen Moment warten wollen?«

Sie deutete auf einen Stuhl, als hinter Schwarz die Tür aufging. »Ach, da ist sie. Frau Althoff, dieser Herr ist von der Polizei und möchte Sie gerne sprechen.«

Er drehte sich um. In der Tür stand eine Frau, die knapp die Fünfzig überschritten haben mochte und nicht so ganz Schwarz' Vorstellung von einer Altenpflegerin entsprach. Sie hätte mit ihrer gepflegten Erscheinung eher in eine Boutique gepasst als in das Büro eines Altenheims, bot aber die perfekte Ergänzung zu ihrer Vorzimmerdame. Du hast Vorurteile, warf Schwarz sich selbst vor, Menschen, die in einem Altenheim arbeiten, müssen nicht immer aussehen, als hätten sie gerade ein Rudel Senioren geduscht.

Die Leiterin des Heims setzte ein angemessen überraschtes Lächeln auf und hielt ihm eine sorgfältig manikürte Hand entgegen. »Althoff, wie kann ich Ihnen helfen?«

Sie hatte eine sonore, wohlklingende Stimme, die auch in jedem Callcenter ein beruhigendes Tonband hätte besprechen können.

»Wollen wir das hier im Stehen besprechen?«

»Natürlich nicht, kommen Sie!« Sie wies auf eine Tür und ging mit ihm hindurch. »Kann ich Ihnen einen Kaffee anbieten?«, fragte sie, während sie zu ihrem Schreibtisch ging.

Schwarz musterte sie von hinten. Sorgfältig angezogen, die

Hose in dezentem Beige auf die Bluse abgestimmt. »Nein danke, ich möchte Sie auch nicht zu lange aufhalten.«

»Das wäre nett. Nehmen Sie doch Platz.« Mit sichtlicher Befriedigung ließ sie sich in ihren Chefsessel fallen und bot ihm einen der Sessel an, die auf der anderen Seite des Schreibtisches standen.

»Danke.« Während er Platz nahm, begann er zu reden. »Ich bin hier, weil ich mich für Herrn Erwin Dürr interessiere.«

»Dürr?! Der Erwin! Aber der ist doch gestorben?« Sie sah ihn verständnislos an.

»Genau. Und heute kam sein Arzt, und meinte, eventuell sei dieser Todesfall nicht natürlich. Man kann noch nichts sagen, aber der Verdacht besteht.«

»Ja, hat der denn keinen Totenschein unterschrieben? Was soll das denn? Der Leichnam ist doch schon abgeholt worden, da sind Sie hier aber falsch! Der ist im Bestattungsinstitut, warten Sie, ich gebe Ihnen den Namen.« Sie ergriff eine Maus und sah auf einen Computerbildschirm, der an der Seite der Tischfläche stand.

»Gibt es denn irgendetwas, das Ihnen aufgefallen ist, das diesen Verdacht erhärten könnte? Ich brauche diese Angaben für den Bericht, wissen Sie …«

Verwaltungsmenschen waren immer hochsensibilisiert für Berichte. Ihnen war klar, dass man dafür die abwegigsten Informationen benötigte, eine Tatsache, die Schwarz schon oft zugute gekommen war. Auch Frau Althoff enttäuschte ihn nicht.

»Natürlich. Hier ist auch die Adresse des Bestattungsinstitutes. Und über irgendwelche Seltsamkeiten, da kann Ihnen am besten die diensthabende Schwester Auskunft erteilen.« Sie schrieb etwas auf einen kleinen Notizzettel, den sie ihm über den Tisch reichte, und stand auf. Überrascht sah sie auf

Schwarz, der keine Anstalten machte, zu gehen.

»Da wäre noch etwas«, fuhr er fort, »Herr Dürr hatte letzte Woche eine Kiste mit Unterlagen dem Dokumentationszentrum in Vogelsang gespendet. Wissen Sie etwas darüber?«

»Nein.« Sie schüttelte den Kopf. »Ich hatte mit Herrn Dürr nicht viel zu tun, und diese Sachen, die gehen dann auch schon mal an mir vorbei. Die Damen und Herren aus Vogelsang sind regelmäßig hier im Altenheim, um mit den Alten zu reden. Wissen Sie, es regt das Gedächtnis an, wenn man sich an Vorgänge erinnert, die in der Jugend passiert sind, und außerdem verfügen die alten Herrschaften bisweilen über wertvolle Informationen, die für die Historiker durchaus interessant sein können. Und so scheint es ja auch hier gewesen zu sein. Vielleicht unterhalten Sie sich mal mit seinem nächsten Angehörigen, das ist der Neffe, die Adresse wird wohl in den Unterlagen stehen. So, ich würde Sie dann auf die Station bringen, wenn es Ihnen nichts ausmacht.« Sie stand bereits, mittlerweile etwas ungeduldig, an der Tür.

Schwarz erhob sich und folgte ihr.

»Wir sind auf A3«, teilte sie im Vorübergehen der Sekretärin mit. Mit energischen Schritt ging sie zum Treppenhaus, in das Sandra vorhin verschwunden war, sodass Schwarz Probleme hatte, ihr zu folgen.

»Herr Dürr war hier sehr zufrieden«, plauderte sie, während sie die Stufen hochschritt.

»Was war er dann für ein Mensch?« fragte er, um das Gespräch in Gang zu halten.

»Eher ruhig. Wissen Sie, ich hatte wirklich nicht viel mit ihm zu tun. Am meisten weiß man über die, die Probleme machen, und dann kann es schon mal sein, dass jemand hier ganz unauffällig ist und man kaum mal mit ihm redet.« Sie drückte eine Tür auf. »Hier ist es.«

Sie gingen auf einen gläsern umbauten Raum zu. Überall saßen alte Menschen, manche sahen sie interessiert an, doch die meisten beachteten sie nicht. Sie schienen in eine andere Realität verschwunden zu sein, in einen halbwachen Dämmerschlaf versunken, der die Welt nicht mehr an sie heranließ.

»Sind die hier alle dement?«, fragte Schwarz.

Die Direktorin sah ihn befremdet an. »Nein, die sind alt. Demenz ist nur ein Nebenkriegsschauplatz. Wenn sie alt werden, dann verlangsamt sich alles. Nur die Zeit, die wird kostbarer, denn sie werden nicht mehr so viel zur Verfügung haben.« Sie begrüßte zwei alte Frauen, die ihr dankbar die Hand schüttelten.

Hinten rief eine: »Schwester! Schwester!«, ohne dass sich jemand darum kümmerte.

Frau Althoff sah seinen irritierten Blick und lächelte. »Denken Sie sich nichts dabei. Das ist ihre Welt. Sie ruft immer nach jemandem. Gehen Sie doch mal zu ihr hin!«

Vorsichtig näherte er sich der Frau. Sie saß in einem modernen Rollstuhl, das Gesicht in beeindruckende Falten gelegt, ihr zahnloser Mund öffnete sich langsam und rief immer weiter »Schwester! Hilfe! Schwester!«, während sie Schwarz ins Gesicht sah und sich seine Hand nahm. Ein zartes Lächeln erschien auf ihrem Gesicht, sie blickte ihn einen Moment an, um dann wieder ein kräftiges »Schwester! Hilfe!« von sich zu geben.

Er drehte sich hilfesuchend um. »Was soll ich jetzt machen?« Seine Hand war wie in einem Schraubstock gefangen.

»Reden Sie mit ihr.«

Schwarz beugte sich zu der Frau herunter, die ihm fest ins Gesicht blickte und nun ganz leise ihren Text wiederholte. »Hilfe, Schwester!«

Die Altenheimsleiterin sah einen Augenblick zu, wie

Schwarz völlig hilflos neben der Frau stand, und ging dann zu ihr, legte ihr die Hand auf die Schulter und sagte: »Sie brauchen keine Angst zu haben. Sie brauchen nie wieder Angst zu haben. Wir sind für sie da.«

Die Frau lächelte sie an und sah wieder zu Schwarz hoch. »Karl …« sagte sie und sah ihn verträumt an. Ihre Hand war so fest um sein Handgelenk gepresst, als wollte sie ihm den Arm ausreißen.

»Ja, aber Karl muss jetzt gehen. Er muss doch jetzt Mittagessen machen.« Mit gekonntem Griff erlöste die Direktorin Schwarz aus der Umklammerung. Sie streichelte der alten Frau noch einmal über die schütteren Haare und schob Schwarz gleichzeitig ein Stück nach hinten. Dann drehte sie sich um und sagte: »Sie müssen sich nichts denken. Sie wartet immer noch auf ihren Mann – Karl. Der ist aber leider vor zwanzig Jahren gestorben.« Hinter ihr erscholl es: »Schwester, Hilfe!«

»Wollen wir jetzt?« Frau Althaus deutete einladend auf den Glaskasten, in dem Schwarz junge Frauen in weißen Anzügen interessiert zu ihnen rüberschauen sah. »Sie sind wohl nicht oft in Altenheimen? Sie haben wohl keine Angehörigen, die in einer Einrichtung sind?«

»Meine Eltern sind lange schon tot«, log er, und seine Hoffnung erfüllte sich: Sie nickte nur ein etwas besserwisserisches Nicken und öffnete dann die Tür.

»Dies ist Kommissar …« Sie stockte und drehte sich hilfesuchend um.

»Schwarz.«

»Danke, Entschuldigung, also, Kommissar Schwarz. Er interessiert sich für Herrn Dürr.«

Überraschte Geräusche kamen von den Schwestern, die auf den Stühlen saßen und rauchten.

»Zum Beispiel würde ich auch gern einmal das Zimmer sehen.«

»Das können Sie gerne machen. Das ist sowieso zugeschlossen, bis die Angehörigen kommen und es räumen.«

Schwarz nickte. »Ich fürchte, das muss erst einmal warten, bis wir das Ergebnis der Obduktion haben.«

»Obduktion? Wieso das denn?« Eine ältere Frau in Weiß stand auf. Ihre Körpersprache, die sie an den Tag legte, während sie Frau Althoff aus dem Weg schob, machte klar, wer hier in Wirklichkeit das Sagen hatte. »Wollen Sie damit andeuten, dass hier irgendetwas nicht in Ordnung war?« Sie baute sich drohend vor ihm auf.

Er stellte sich vor, ein alter Mann zu sein, der gerade in die Hose gemacht hatte, und er tat sich selbst bei dieser Vorstellung etwas leid. »Wenn ein Arzt sagt, dass es eine Möglichkeit auf eine nicht natürliche Todesursache gibt, müssen wir handeln, das wissen Sie ganz genau!«, gab er zurück und sah ihr scharf ins Auge, bis sie sich bei ihren Untergebenen wieder Rückhalt holen musste.

Sie drehte sich um und sprach zu dem Tisch. »Also, das ist mir ja noch nie passiert!«

»Wenn hier alles in Ordnung ist, können Sie ja den Ergebnissen der Obduktion ruhig entgegensehen. Bis dahin werde ich aber die ärztlichen Unterlagen beschlagnahmen müssen und den Raum versiegeln.«

Man sah ihn mit offenem Mund an. Eigentlich hatte er gar nicht vorgehabt, hier derart offiziell zu werden, aber wenn man ihm blöd kam, schlug ihm das auf die Laune und ließ ihn zum Beamten werden.

»Haben Sie denn überhaupt eine richterliche Anordnung dafür, die Unterlagen sind schließlich vertraulich!«, keifte die Schwester weiter.

»Jetzt reicht es, Schwester Klara«, mischte sich die Leiterin ein, »natürlich bekommt Herr Schwarz die entsprechenden Unterlagen, das ist doch gar keine Frage. Das Ganze wird sich sowieso in wenigen Tagen erledigt haben.«

Die Schwester grunzte und zog sich hinter eine Schranktür zurück. Sie kam wieder hervor, warf einen Aktendeckel auf den Tisch und rannte aus dem Raum.

»Seien Sie ihr bitte nicht böse«, Frau Althoff nahm die Akte und gab sie Schwarz in die Hand, »sie ist hier sehr engagiert bei der Sache und hat das Gefühl, sie selbst würde beschuldigt.«

Schwarz ergriff die Akte und lächelte sie an. »Das Zimmer.«

»Wie bitte?«

»Das Zimmer von Herrn Dürr hätte ich noch gerne gesehen.«

»Ach so, natürlich!« Sie wandte sich um. »Janine, bitte nehmen Sie doch den Schlüssel und zeigen Herrn Schwarz den Raum.« Sie sah Schwarz an. »Noch etwas? Sonst entschuldigen Sie mich bitte, es wartet noch jede Menge Arbeit auf mich.« Mit einem knappen Nicken ging sie aus der Tür.

Schwarz sah auf die Schwestern.

Eine stand auf und nahm einen Schlüssel aus einem Kästchen. »Kommen Sie?«

* * *

Janine ging vor ihm her mit dem schnellen Schritt des Menschen, der den gleichen Weg schon hunderte Male gegangen ist. Klein und unsagbar jung kam sie ihm vor, viel zu zart, um diese Arbeit zu verrichten, aber vielleicht war er auch nur inzwischen sehr alt geworden, seit er das letzte Mal in einem Altenheim gewesen war.

Mittlerweile schien sich aber auch einiges getan zu haben. Längst roch es auf den Gängen nicht mehr so nach Urin, nach altem, ungewaschenem Körper und der Absonderung der Ungepflegtheit, wie er das damals erlebt hatte, als man ihn gezwungen hatte, seinen Großvater in der Einrichtung zu besuchen, die sich bereiterklärt hatte, die Restexistenz des einst so starken Mannes zu pflegen, nachdem er von einer Serie von Schlaganfällen in einen hilflos vor sich hinstammelnden Greis verwandelt worden war.

»Und was passiert jetzt mit dem Zimmer?« Die Pflegerin riss ihn aus seinen Gedanken und sah ihn interessiert an. Etwas enttäuscht schien sie schon zu sein, dass er hier nicht direkt mit einem SEK aufgekreuzt war.

»Ich werde es versiegeln, und wenn sich der Verdacht des Arztes bestätigt, dann wird es noch genau untersucht werden. Ist Ihnen denn etwas Ungewöhnliches aufgefallen?«

»Aufgefallen? Nein. Ich hatte Samstag keinen Dienst, als man Herrn Dürr gefunden hat. Er muss wohl in der Nacht gestorben sein, das ist alles, was ich weiß. Und am Freitag war Herr Dürr so wie immer. Alt zwar, aber nicht so, dass er besondere Probleme gehabt hätte. Ich war eigentlich doch etwas überrascht, als ich von seinem Tod hörte. Aber damit muss man hier ja ständig rechnen. Es ist halt ein Altenheim und kein Kurhotel. Hier ist es.«

Sie öffnete die Tür zu einem kleinen Raum mit großen Fenstern, durch die Schwarz auf das sehen konnte, was andere vielleicht als die Skyline von Hellenthal bezeichnen würden. Es war hell hier, aber auch sehr klein, sodass die wunderschöne Aussicht den ersten Eindruck dominierte. Friedlich lag das Tal vor ihm. Das zarte Grün des jungen Frühlings spross aus den ersten wagemutigen Zweigen, die beschlossen hatten, die zögerlichen Sonnenstrahlen für das Versprechen auf eine bessere und vor allem wärmere Zukunft zu halten. Er trat nah an die Scheibe und sah hindurch. Auf dem Vorplatz gingen einige ältere Menschen hin und her. Manche schoben ein Stützgestell mit Rädern vor sich her.

Schwarz drehte sich um und betrachtete den Raum. Er war winzig. Eigentlich viel zu klein, um sich vorzustellen, dass hier ein Mensch mit allem, was sich in seinem Leben an Erinnerungen und liebgewordenen Kleinigkeiten angesammelt hatte, Platz finden konnte. Er stellte sich vor, wie Erwin Dürr hier auf und ab gegangen war, aus dem Fenster geblickt hatte und schlafen gegangen war. Das Bett war noch nicht abgezogen und zeigte noch die Spuren des Körpers, der dort seine letzten Lebensminuten verbracht hatte. »Ist hier schon irgendetwas passiert?«

»Nein, die Putzfrau sollte hier gleich rein und das Bett abziehen, aber jetzt müssen ja auch erst einmal die Angehörigen kommen und das Zimmer leer räumen. Wir haben ja eine Warteliste mit Menschen, die zu uns kommen wollen.«

Er nickte. »Ich werde den Raum versiegeln, falls noch irgendwelche Untersuchungen nötig werden sollten.« Er verließ mit ihr den Raum und klebte den schmalen Zettel über den Türschlitz.

»Das war's?«, fragte sie.

»Das war's«, bestätigte er und bewegte sich Richtung Ausgang. »Ich bräuchte nur noch die Adresse von den nächsten Angehörigen.«

»Kein Problem, die haben wir im Schwesternzimmer.«

Kurz darauf nahm Schwarz mit einem freundlichen Abschiedsnicken den Zettel entgegen, den Janine ihm aus dem Glaskasten herausreichte, schob ihn in die unter seinen Arm geklemmte Krankenakte von Dürr und machte sich auf den Weg zum Treppenhaus. Geistesabwesend zog er das

Handy aus der Tasche, um bei dem Neffen zu Hause anzurufen, als ihn eine Stimme in die Realität zurückrief.

»Na, Sie habe ich hier aber noch nicht gesehen!«

Er drehte sich um. Eine alte Dame stand auf ihren Stock gestützt auf dem Gang und sah ihn verschmitzt an. »Passen Sie denn hier immer auf?«, fragte er.

Sie wiegte verschämt mit dem Kopf und lachte leise. »Eigentlich nicht, aber so schicke, junge Männer, die merke ich mir natürlich! Und Sie hätte ich mir gemerkt!« Sie wackelte verführerisch mit den Augenbrauen und zeigte mit dem Stock auf ihn. »Kommen Sie jetzt öfters?«

»Nein, eigentlich, ich hatte nur ein paar Fragen.«

»Schade«, sie verzog den Mund, »das hätte mal eine Abwechslung hier bedeutet.«

Er lachte. »Na, so langweilig wird es hier doch nicht sein, oder?«

»Sie haben ja keine Ahnung! Lauter alte Leute! Und die erzählen immer wieder dieselben Geschichten. Schrecklich!« Sie sah auf die Wanduhr. »Aber jetzt kann ich mir nicht mehr von Ihnen die Zeit stehlen lassen: Mittagessen! Auf Wiedersehen, junger Mann.« Sie setzte sich mühsam und vorsichtig in Bewegung, einen Fuß vor den anderen setzend und dabei mit dem Stock das Gleichgewicht wahrend. Dann stoppte sie und sah ihn freundlich an. »Und kommen Sie ruhig mal wieder vorbei! Es würde mich freuen!«

Kapitel 3

Sie schwiegen lange, als sie zur Wache zurückfuhren. Die Straße schlängelte sich in der Mitte des Tales zwischen den Häusern her, die den Weg säumten wie andernorts Alleebäume. Es waren nicht mehr die neuesten, sie wirkten ein wenig wie die Menschen, die Schwarz gerade begegnet waren – verbraucht nach einem langen, anstrengenden Leben, nicht mehr in der Blüte und Schönheit der jungen Jahre, aber immer noch voller Würde. Er dachte an seine eigene Mutter, seine Familie, die aus seinem Dasein verschwunden war wie ein lästiger Pickel, den man sich eines Morgens mit aller Entschiedenheit ausdrückt, sich vor den Spiegel stellt, mit einem Extraschub Mut die Finger an die entzündete Haut legt und dann die Zähne zusammenbeißt, weil man weiß, dass nach dem kurzen, heftigen Schmerz, der einem die Tränen in die Augen treiben wird, Erleichterung und Besserung als Belohnung warten.

Es war nie eine erfüllte Beziehung gewesen. Er war früh dem strengen Regiment seines Vaters entflohen, der dem Glauben verfallen war, eine Friseurdynastie begründen zu müssen und sich dafür den ältesten Sohn Stefan ausgeguckt hatte. Insofern war dessen Weg zur Polizei auch eher eine Flucht auf sicheres Gebiet gewesen, in das sein Vater nicht hineinregieren konnte. Doch die Familie hatte ihm nie verziehen, der Vater nicht die enttäuschten Träume, die Mutter nicht den enttäuschten Vater und seine Schwester nicht, dass sich nun alle Erwartungen auf sie konzentrierten. Und so hatte Schwarz schon vor langer Zeit nur zu gerne den Kontakt auf wenige, gleichbleibend unerfreuliche Anrufe beschränkt.

Erst als sie das Ortsschild von Blumenthal passiert hatten, räusperte sich Sandra und setzte sich zurecht.

»Und, bist du jetzt schlauer? Hast du etwas über deinen Toten rausbekommen?«

Schwarz zuckte mit den Schultern. »Gar nicht. Aber das hatte ich auch nicht erwartet. Bisher ist es ja nur ein Verdacht. Ich habe den Raum versiegelt, falls weitere Ermittlungen nötig sind und mich ein wenig umgehört. Aber schlauer? Nein, schlauer bin ich nicht.« Er grinste zu ihr herüber. »Hattest du etwa erwartet, dass ich auf meine alten Tage noch Intelligenz aufbaue?«

Sie ignorierte ihn. »Und die Kiste mit den Dokumenten?«

»Da weiß auch keiner was. Und wie war es bei dir?«

Sandra lächelte. »Heute hatte meine Großmutter einen guten Tag. Sie hat mich tatsächlich mal wiedererkannt. Das ist toll. Ich habe sie auf den Flur gefahren, damit sie nicht so alleine ist. Da kann sie verfolgen, wie die Leute rein- und rausgehen.«

»Du meinst, das kriegt sie mit?«

Sie rieb einen nicht vorhandenen Schmutz von ihrem Turnschuh. »Kein Mensch weiß, was sie noch mitbekommt, es sei denn, er hat selbst Alzheimer, und dann kann er es nicht mehr sagen. Hey, guck mal, Tempokontrolle!«

Sie winkten den Kollegen zu, die an der Bushaltestelle standen und mit einer Radarpistole zu schnell fahrende Autos aus dem Verkehr fischten.

»Ich fahre jetzt mal zu dem Neffen von Dürr, um ihm die frohe Botschaft zu bringen, dass er die Beerdigung verschieben darf«, sagte Schwarz in die Stille hinein.

»Kannst du das nicht per Telefon machen?«, fragte Sandra. »Das geht doch schneller, und du hast doch keine Ahnung, ob der überhaupt zu Hause ist.«

»Ist er auch nicht. Aber seine Frau ist da. Ich habe vorhin angerufen. Und ich möchte doch noch etwas über diese Kiste erfahren, die aus Vogelsang verschwunden ist. Der Neffe hatte sie dorthin gefahren, und vielleicht weiß die junge Dame etwas. Wie komme ich nach Schmidtheim?«

»Ganz einfach, am Kreisverkehr den Berg hoch, und dann geradeaus, bis es irgendwann rechts nach Schmidtheim geht. Du setzt mich aber noch an der Wache ab?«

»Klar!« Er schaute nach rechts und verlangsamte das Tempo. »Was ist denn da los?« Vorsichtig fuhr er rechts in eine Einfahrt, die an einem großen Eisentor endete. Rechts daneben stand ein großes, altes Haus, während auf der linken Seite hinter einem großen Fabrikhof riesige Werkshallen zu erkennen waren. Vor dem Tor stand eine aufgeregt debattierende Menschenmenge.

»Oh, nicht schon wieder«, sagte Sandra und versuchte mit fuchtelnder Hand, unangenehme Erinnerungen zu vertreiben, »das ist die größte Fabrik hier in Schleiden, und irgendwie sieht das nach Ärger aus.«

»Dann sollten wir vielleicht mal gucken, was hier los ist, oder?« Er lächelte seine junge Kollegin freundlich an. »Aber lass vielleicht deine Waffe stecken, was meinst du?«

Sie zog eine Grimasse und öffnete die Tür. Mit etwas aufgesetzter Unbefangenheit ging sie auf die Menschen zu und begrüßte sie. Schwarz folgte ihr in kurzem Abstand.

»Na, alles klar?« Sandra nickte den Männern freundlich zu. »Ist irgendwas passiert?«

»Das kann man wohl sagen!«, rief einer der Arbeiter ihr zu, »wir hatten gerade eine Betriebsversammlung, und da hat man uns doch gesagt, dass die Fabrik hier zumacht! Einfach so! Nicht mehr genug Aufträge, sagen die, dabei haben wir hier immer genug Arbeit gehabt, bis diese Leute von den

Fonds gekommen sind letztes Jahr. Die haben die Firma einfach kaputtgemacht! Einfach so!«

Die Arbeiter neben ihm raunten Zustimmung. Alle standen etwas ratlos umher. »Was sollen wir tun? Wo ist eigentlich der Betriebsrat?«

»Oben, beim Chef«, antwortete ein anderer, »wahrscheinlich geht es um Sozialpläne oder so einen Dress! Taugt doch eh alles nichts!«

»Was soll ich denn machen? Ich habe drei Kinder, das Haus ist noch nicht abgezahlt, ich finde doch hier nie wieder etwas.«

»Nun wartet doch erst einmal ab! Da werden doch Abfindungen bezahlt und Sozialpläne und so. Das wird schon irgendwie werden.« Sandras Stimme klang nicht so, als würde sie selbst an das glauben, was sie sagte. Die Blicke der Umstehenden waren mit wenig Zuversicht auf sie gerichtet.

»Wir warten jetzt, was da oben rauskommt, und dann werden wir uns überlegen, was wir machen.« Ein großgewachsener Mann mit Brille und schütterem Haar war nach vorne getreten. »Aber ich werde euch sagen, was passieren wird. Viel Gerede, und die, die am Ende die Rechnung zahlen werden, das sind wieder wir. Um uns schert sich doch keiner!«

»Was stellt ihr hier eigentlich her?« Schwarz sah durch das Gitter auf die Werkshallen, konnte aber nichts erkennen, das Firmenschild benannte eine *International Transmission Ltd.*, was ihm auch nichts sagte.

»Autoteile. Differenziale, Getriebe, die besten auf der Welt. Aber im Moment werden durch die Finanzkrise kaum noch Autos verkauft. Und dann lässt man uns halt einfach über die Klinge springen, so ist das.« Der Mann bewegte die Lippen, als würde er auf etwas sehr Widerspenstigem herumkauen. »Es ist eine Schande! Das war mal ein gesunder Betrieb, aber vor drei Jahren ist er von einem Hedgefonds übernommen worden. Die lassen uns bluten. Und seit durch die Finanzkrise letztes Jahr keine Autos mehr gekauft werden, geht es nur noch bergab. Und alles wegen einem unfähigen Management. Und jetzt machen die den Laden einfach dicht! Einfach so! Als würden wir die Karre nicht aus dem Dreck ziehen! Wir sind alle stinksauer!«

Schwarz nickte mit einem Gesichtsausdruck, als hätte er alles schon einmal erlebt und wäre nicht mehr so einfach zu überraschen. Entspannt ging er zu Sandra. Sie hatten beide noch die ungute Erinnerung an die Aufregung vor der Eifelbank vor gut einem halben Jahr und waren beide unabgesprochen der Meinung, dass man die Leute hier nicht sich selbst überlassen sollte.

»Willst du vielleicht hier bleiben?«, fragte Schwarz seine Kollegin. »Ich würde von der Wache einen Wagen herrufen, damit zur Not hier der Verkehr geregelt wird.«

»Ja«, sagte Sandra, »das halte ich für eine gute Idee, der Verkehr muss ganz dringend geregelt werden, nachher läuft einer auf die Straße, ohne zu gucken, das geht natürlich nicht.« Sie sah sich um und musterte die Leute, die etwas hilflos vor dem Tor standen. »Die Kollegen stehen ja grad mal einen Kilometer weiter, ich organisiere das schon. Ich glaube, du kannst mich ruhig alleine lassen. Hier passiert mir nichts.«

Sie klopfte Schwarz auf die Schulter, der damit entlassen war, und gesellte sich zu den Männern vor dem Werkstor.

* * *

Auch wenn Schwarz schon unzählige Male die Straße gefahren war, die am Rathaus vorbei den Berg hochführte, war es für ihn doch immer wieder ein besonderes Erlebnis. Wenn der Weg durch seinen Zuständigkeitsbereich über den Ruppenberg ging, fuhr er oft in die kleine Bucht, die sich in die Aussichtsplattform hoch über der Stadt öffnete. Er drehte den Schlüssel im Zündschloss und genoss für einen kurzen Augenblick die Ruhe.

Nach einem schnellen Blick in den Rückspiegel öffnete er die Tür und ging an das Geländer, um in das Tal zu sehen. Nicht, dass sich seit seinem letzten Besuch an dieser Stelle etwas verändert hätte, doch er genoss immer wieder das Gefühl, über den Dingen zu stehen und von oben einen begutachtenden Blick über die Welt zu werfen.

Schleiden. Es hatte ihn wohlwollend aufgenommen, auch wenn er immer noch über diesen seltsamen Sozialkörper staunte, der sich dort in einem der tiefen Täler, die die windumtosten Eifelhöhen zerschnitten, festgesetzt hatte. Es war nicht mehr Dorf, aber auch noch nicht Stadt, alle in verschworener Gemeinschaft, aber im nächsten Augenblick auch vergnügt gegeneinander arbeitend. Er genoss inzwischen die seltsame Atmosphäre des kleinen Ortes, der an Schultagen dreimal so viel Einwohner hatte wie normal, weil dann viertausend Schüler die Stadt bevölkerten. Doch wenn die Schulbusse abgefahren waren und ihre lärmende Fracht mit röhrenden Motoren die Bergstraße hochkarrten, fiel Schleiden wieder in einen Dornröschenschlaf, wobei es auf den wachküssenden Prinzen wohl noch weitere hundert Jahre würde warten müssen.

Sie hatten ihn hier sehr freundlich empfangen, die Eifeler. Zwar lächelten sie immer noch bedeutsam, wenn er sich allzu doof bei eifelinternen Angelegenheiten anstellte, doch die ehrliche Begeisterung über die Landschaft, die er inzwischen bei jeder Aussicht und jedem Wetter an den Tag legte, stimmte sie milde. »Hier ist jedes Wetter schön«, behauptete er steif und fest. Und auch wenn es ihm in diesem Winter bisweilen schwer gefallen war, bei dieser Meinung zu bleiben, war er doch noch keinen Millimeter davon abgerückt.

Es war aber wirklich ein harter Winter gewesen. Seit November hatte es praktisch andauernd gefroren, sodass es selbst den hartgesottensten Bergmenschen irgendwann zu viel geworden war. Und auch Schwarz, der als Exil-Kölner Winter eher als die kalte Variante der Sommertristesse kannte, machte da keine Ausnahme. Was allerdings die Malerin sagen würde, wenn sie demnächst bei ihrer Rückkehr die erfrorenen Blumen sehen würde, wagte er sich noch nicht auszumalen.

Er drehte sich um und sah den Berg hinauf. Zartes Grün begann wie ein fröhlich wuchernder Pilz die Bäume zu überziehen und das baldige Aufplatzen der stetig anschwellenden Knospen anzukündigen. Wie ein milder Hauch wehte warme Frühlingsluft ins Tal herab. Doch gerade, als er sich diesem Genuss hingeben wollte, hatte er plötzlich wieder den Geruch aus dem Altenheim in der Nase. Nicht unangenehm oder eklig, nein, einfach nur fremd und irritierend.

Er dachte an seine Mutter und wie lange er sie nicht mehr gesehen hatte. Seine ganze Familie war ihm so fern, als würde sie auf dem Mars leben, und irgendwie tat sie das auch: Karlsruhe.

Der Geruch ließ ihn nicht los. Irgendetwas an ihm schien ihn in sich aufgenommen zu haben, wie ein im Kühlschrank vergessenes Glas Milch, in das das Aroma der geräucherten Fischfilets einfährt. Wollte er ihn an etwas erinnern? Sollte er sich vielleicht doch einmal wieder bei seinen Verwandten melden? Kontakt aufnehmen? Wie lang war es jetzt her, seit dem letzten Mal? Zwei Jahre? Drei? Er wusste es nicht mehr.

Die Gedanken an die versäumten Pflichten des ungetreuen Sohnes schnürten ihm allmählich die Kehle zu, und er beschloss, sie einfach zu verdrängen. Mit einem entschlossenen Schwung riss er sich von der Mauer los und ging zu seinem Auto, um den Weg nach Schmidtheim fortzusetzen.

Die Straße brachte ihn in einen dieser netten, kleinen, etwas verschlafenen Eifelorte, die immer so wirkten, als hätten sie schon bessere Zeiten gesehen. Sein Navi schickte ihn eine winzige Straße hinauf. An einer scharfen Biegung sagte die elektronische Stimme zu ihm: »Sie haben ihr Ziel erreicht!« Er fand es nett, dass das Gerät noch nicht zum vertraulichen Du übergegangen war, schließlich kannte man sich ja noch nicht so lange.

Er stellte das Auto auf einen kleinen Hof, der das Eckgrundstück des kleinen, alten Anwesens zu der schmalen Straße öffnete, und stieg aus. Es war ein altes Haus, über Eck gebaut, der rechte Teil wohl eine alte Scheune, während links Briefkasten und metallene Haustür andeuteten, wo man die Bewohner finden konnte. Er sah sich um. Viel war hier nicht los. Eine Nachbarin tat so, als würde sie Blumenkästen bestücken, während sie doch sehr viel mehr Interesse an ihm zu haben schien. Er drehte sich um und klingelte.

Schwarz hatte kaum den Finger vom Klingelknopf genommen, als die Tür schon aufgerissen wurde. Vor ihm stand ein Mann mit wirren, hellen Haaren, knapp über der magischen Fünfziger-Grenze, der ihn gehetzt ansah.

»Was wollen Sie?«, stieß er atemlos hervor.

»Schwarz von der Kripo in Schleiden, ich hatte gerade mit Ihrer Frau telefoniert und meinen Besuch angekündigt.« Er zog seinen Ausweis aus der Tasche, doch der Mann warf keinen Blick darauf.

»Hey, was ist denn jetzt wieder los?«, brüllte er in das Haus, »hier ist ein Bulle, der sagt, er ist mit dir verabredet!«

»Sag ihm, er soll verschwinden, wir haben jetzt andere Probleme!« Die Stimme kam aus undefinierbaren Tiefen in der Dunkelheit hinter dem Eingang.

»Eigentlich wollte ich auch eher zu Herrn Arnold Dürr. Also, wenn Sie das sind?«

Der Mann sah ihn gereizt an. »Sie haben doch gehört, es passt jetzt gar nicht! Was ist denn überhaupt los?«

»Es geht um den Tod Ihres Onkels. Wollen wir das vielleicht im Haus besprechen?« Er drehte sich um und sah bedeutungsvoll auf die Nachbarin, die mit großem Interesse die Szene verfolgte.

»Wieso, was ist denn da, ich denke, der Bestatter … Ach, kommen Sie rein!« Er drehte sich um und verschwand aus Schwarz' Blickfeld.

Dieser schloss die Tür und ging den Geräuschen nach durch den Flur in eine kleine Küche. Am Herd stand eine blonde Frau, die mit einem Lappen angestrengt das Spülbecken polierte.

»Das ist meine Frau, Sie müssen entschuldigen, aber ich habe soeben erfahren, dass die Firma, in der ich seit Jahren arbeite, pleite ist und einfach dicht macht. Einfach so!« Er ließ sich auf einen Stuhl fallen und zog mit schluchzendem Stocken die Luft ein.

»Ach«, sagte Schwarz, »ich habe es mitbekommen, ich bin gerade dort vorbeigefahren. Waren Sie nicht auf der Betriebsversammlung? Die Kollegen sind doch noch alle da!«

»Doch, aber ich habe es dort nicht mehr ausgehalten, ich musste irgendwo hin.« Er sah Schwarz aus feuchten, blauen Augen an. »Wissen Sie, da wird einem einfach der Boden unter den Füßen weggezogen! Von einem Tag auf den anderen ist man nutzlos! Wir machen da eine Arbeit, die kann kaum ein anderer Betrieb auf der Welt, und dann kommen

Leute, kaufen alles, und wenn es dann mal ein wenig schwierig wird, dann – Zack! Aus! Ende!«

»Die Firma«, begann die Frau in Schwarz' Rücken zu erzählen, »ist vor drei Jahren von einem Hedgefonds aufgekauft worden. Wie das halt so ist. Sie haben das ja mitbekommen, die Diskussion mit den Heuschrecken. Genauso war das hier. Ich habe mir schon gedacht, dass so etwas mal passiert! Der Hedgefonds hat der Firma einfach die Schulden aufgetürmt, die sie gemacht haben, um sie kaufen zu können! Was für ein Schwachsinn! Und jetzt, wo die Automobilfirmen keine Wagen mehr verkaufen, brechen die Aufträge ein, und dann wird einfach mal eben die Firma zugemacht! Da hätte die Firma sich ja gleich selbst kaufen können, das wäre besser gewesen.«

»Ach, du hast doch keine Ahnung! Kein Mensch weiß, was dann geworden wäre!« Er sah Schwarz an, als bemerke er ihn jetzt erst. »Was wollen Sie eigentlich hier?«

Schwarz tat es leid, dem Ehepaar noch mehr Schwierigkeiten zu verkünden. Er merkte, unter welcher Spannung sie standen, und seine Nachricht würde es nun auch nicht einfacher machen. »Es dreht sich um den Tod Ihres Onkels. Es sind da ein paar Fragen aufgetaucht, und deshalb wird die Staatsanwaltschaft den Leichnam genauer untersuchen.«

Das Ehepaar sah ihn völlig verständnislos an. »Was soll das heißen?«, fragte die Frau.

»Ich rede von einer Obduktion«, erläuterte Schwarz.

»Aber das geht nicht!« Arnold Dürr war aufgestanden und stellte sich vor Schwarz. »Wir haben schon alles organisiert, die Beerdigung, Kirche, alles! Und da kommen Sie und sagen, der Leichnam wird untersucht? Wie kommen Sie denn überhaupt darauf, dass da etwas nicht stimmt? Fragen aufgetaucht? Was denn für Fragen?«

Schwarz sah dem aufgeregten Mann entspannt ins Gesicht. »Der behandelnde Arzt fand da einige Dinge nicht so, wie sie sein sollten. Fragen Sie mich nicht, ich bin kein Mediziner. Und bis irgendetwas Ungewöhnliches nachgewiesen ist, besteht auch kein Grund zur Aufregung. Doch die Beerdigung müssen Sie leider verschieben, die Leiche kann noch nicht freigegeben werden.«

Dürr ließ sich wieder auf den Stuhl fallen und starrte auf den Boden. »Dieses Arschloch von Seeberg, ich konnte den noch nie leiden! Wenn der mit den Lebenden genauso sorgfältig gewesen wäre wie jetzt mit den Toten, dann wäre die ganze Scheiße wahrscheinlich gar nicht!«

»Arnold, Menschen sterben! Und dein Onkel war bald neunzig!« Seine Frau trat von hinten an ihn heran und legte ihm die Hand auf die Schulter.

Dürr sah Schwarz wieder an. Er kaute auf der Unterlippe. »Ich nehme an, ich kann nichts dagegen machen?«

Schwarz schüttelte den Kopf. »Nicht mal ich könnte dagegen etwas machen. Das ist einfach so.«

»Wie lang wird das denn dauern?«

»Vielleicht drei, vier Tage, je nachdem, wie viel in der Gerichtsmedizin zu tun ist.«

»Na gut«, Dürr stand auf und atmete tief durch, »wir werden dann ja von Ihnen hören, wann es weitergeht. So, und jetzt entschuldigen Sie mich, ich muss jetzt mal frische Luft schnappen, ich drehe hier noch durch!«

»Nur eine Sache noch, da gibt es noch etwas anderes, bei dem ich Ihre Hilfe brauche.«

Dürr blieb in dem Rahmen der Küchentür stehen und drehte sich um. »Was denn noch?«

»Sie haben doch eine Kiste mit Dokumenten in das Archiv in Vogelsang gebracht?«

Dürr war erstaunt. »Ja, ist das ein Problem?«

»Vielleicht. Wissen Sie, was in dieser Kiste ist?«

»Nein, keine Ahnung. Altes Papier, Kriegserinnerungen von meinem Onkel, irgend so was. Ich habe mich nie dafür interessiert. Wieso, ist denn was mit dieser Kiste?«

»Sie ist gestohlen worden.«

»Was?« Dürr sah Schwarz ungläubig an und begann zu lachen. »Wozu das denn? Sind wir so knapp an Altpapier? Was soll denn die Scheiße?« Er machte einen Schritt auf Schwarz zu. »Wenn Sie einen guten Rat wollen, vergessen Sie es! Sentimentales Gejammer von dem Tattergreis, der mein Onkel leider am Ende war! Irgendwelches Zeug aus der Nazizeit, ich hätte damit besser den Ofen geheizt, dann hätten wir es wenigstens warm gehabt. So, und jetzt könnt ihr mich alle mal!« Er drehte sich um und verließ ohne ein weiteres Wort den Raum.

Schwarz sah ihm hinterher, bis er das Knallen der Haustür hörte. »Muss man sich Sorgen um ihn machen?«

Die Frau sah ihn überrascht an. »Was? Um ihn? Nein, gar nicht. Der fährt jetzt rauf, hoch auf die Binz, steigt in sein Flugzeug, und dann vergisst er alles.«

»Er hat ein Flugzeug? Das kostet doch wahnsinnig viel!«

»Na ja, es ist auch nicht wirklich sein Flugzeug. Er ist ja Ingenieur, und er hat schon mit seinem Vater an den Dingern geschraubt. Die haben auch zusammen selbst eins konstruiert, aber damit ist sein Vater abgestürzt.«

»Oh, das tut mir leid!«

Sie zuckte mit den Schultern. »Braucht es nicht. Ist schon achtzehn Jahre her. Aber die Fliegerei hat ihn nie ganz losgelassen. Und die Leute, die oben am Flugplatz Maschinen stehen haben, lassen ihn gerne damit fliegen, weil sie wissen, dass er sie bei Problemen auch repariert.«

»Und in der Firma ist er Ingenieur?«

Sie nickte. »Ja, in der Entwicklung. Aber das ist jetzt vorbei.«

»Aber er findet doch einen neuen Job, wenn er so ein Spezialist ist!«

»Doch nicht in seinem Alter! Ab fünfzig ist man doch so gut wie tot! Und dann noch in der Eifel!« Sie drehte sich um und fuhr fort, an dem blinkend sauberen Spülbecken zu polieren.

Schwarz sah ihr eine Weile zu, während er überlegte, was er Tröstendes sagen könnte. Es wollte ihm einfach nichts einfallen, also verabschiedete er sich, als er das Schweigen nicht mehr aushalten konnte.

Kapitel 4

Schwarz hatte auf dem Rückweg zur Wache länger gebraucht, als es eigentlich nötig gewesen wäre. Getreu der alten Außendienstlerweisheit »Mach dir ein paar schöne Stunden, fahr zum Kunden« fuhr er, als er auf der großen Bundesstraße war, rechts in einen Waldweg und öffnete die Fahrertür. Die Luft umspülte ihn warm und freundlich, und er schloss die Augen, um den Moment der Ruhe zu genießen.

Er war oft alleine gewesen in den letzten Wochen. Vielleicht zu oft, und auch die regelmäßigen Termine bei seinem Therapeuten waren nichts gewesen, was man als fröhliches Beisammensein hätte bezeichnen können. Der Mann redete auf Schwarz ein, erzählte von Gewalt und Deeskalationsstrategien, und Schwarz hörte ihm mit gespielter Aufmerksamkeit zu und bemühte sich sehr, nichts zu sagen, was den Therapeuten hätte enttäuschen können. Meistens träumte er still vor sich hin oder hörte sich selbst zu, wenn er lästige Verwandte oder Situationen erfand, die ein schweres, frühkindliches Trauma bei ihm hätten hervorrufen können. Mitunter fand er sich selbst dämlich dabei, denn da war jemand speziell dafür engagiert, um mit ihm zu reden, und er weigerte sich standhaft, dem guten Mann auch nur die geringste Chance zu geben.

Doch die Ereignisse des letzten Herbstes waren nichts gewesen, worüber er mit irgendjemandem reden wollte.

Hinter sich hörte er ein Motorengeräusch: Ein Traktor älteren Baujahrs zog an ihm vorüber, am Lenkrad ein Mann ebenfalls fortgeschrittenen Semesters – der klassische Eifelbauer mit grobem, verschlossenen Gesicht, hinter dem man aber ohne große Mühe eine warme, freundliche Seele finden konnte. Der Mann stoppte seinen Trecker und sah Schwarz ruhig und ohne Hast an. Nach endlos erscheinenden Sekunden nickte Schwarz, und als ob er damit einen Bann gelöst hatte, nickte auch der Bauer und sprach ihn an.

»Und, alles in Ordnung?«

Schwarz nickte wieder. »Alles bestens!«

»Dann genießen Sie wohl nur das Wetter?«

Schwarz nickte und blinzelte zufrieden in die Sonne.

Der Bauer stellte den Motor ab und atmete in die nun wieder entstandene Stille.

»Ist toll, wie die Natur jetzt loslegt«, sagte Schwarz ins Nichts.

Jetzt war es an dem Bauer zu nicken. Er richtete etwas an seinem Schuh und sah dann seinem Gesprächspartner nachdenklich ins Gesicht. Er dachte noch ein Weilchen nach und meinte dann: »Wurd aber auch Zeit! War ja lang genug kalt!«

»Stimmt!«, sagte Schwarz und seufzte. »Ich muss dann mal. Ist das hier Ihr Land?«

Der Bauer nickte stumm.

»Schön hier«, urteilte Schwarz und fügte ein weiteres »Ich muss dann mal wieder« hinzu.

»Jou, es wird Zeit!«, sagte der Bauer, ließ den Diesel wieder an und fuhr mit einem Abschiedsnicken an Schwarz vorbei in den Wald.

Dieser sah ihm gedankenverloren hinterher. Das war jetzt die Mutter wohl allen Small Talks gewesen, zwischen Menschen, die sich noch nie gesehen hatten, sich wahrscheinlich auch nie wieder begegnen würden, doch nicht auf einer Cocktailparty, sondern mitten an einem sonnigen Aprilnachmittag kaum abseits der Bundesstraße. Seltsam, aber Schwarz hatte die freundliche Wärme dieses raubeinigen Mannes gut getan. Sie hatte die trüben Gedanken verscheucht und die Wärme der Sonne bis in sein Herz scheinen lassen. Jetzt fühlte er sich erfrischt genug, wieder in den Alltag einzutauchen. Er stieg in seinen Wagen und fuhr weiter nach Schleiden.

* * *

Schwarz nickte Grüße nach links und rechts, als er in die Polizeiwache kam. Nach Reden war ihm nicht, er hatte andere Sachen im Kopf. Der Tag heute verwirrte ihn, alles schien miteinander zu tun zu haben. Vielleicht hatte sein Therapeut ja recht, und er müsste sich mehr öffnen und nicht wie ein einsamer Wolf alles in sich hineinfressen. Er beschloss, zu Alfred Kleinert, seinem Chef zu gehen und zu versuchen, bei einem Gespräch mit ihm Klarheit über den Sachverhalt und ein weiteres Vorgehen zu gewinnen. In seinem Büro griff er die verschiedenen Unterlagen und machte sich auf den Weg über den Flur. Die Dienststelle hier oben war wie ausgestorben, alle schienen unterwegs zu sein, sodass Schwarz schon zu überlegen begann, ob er eine Betriebsversammlung verschwitzt hatte.

Als er um die Ecke in dem Gang gebogen war, hörte er sofort, dass er doch nicht alleine war. Schon von Weitem erkannte er die Stimme von Kleinert, ohne dass er sofort den Inhalt seiner Worte verstehen konnte. Er verlangsamte seinen Schritt, als er seinen Namen verstand.

»Wie meinst du das mit Schwarz?«

»Keiner weiß, wie es mit ihm weitergeht. Die letzten Wochen waren okay, aber es gab auch keine Stresssituationen. Du erinnerst dich doch noch, was vor einem halben Jahr passiert ist?«

Mit wem auch immer Kleinert da sprach, es schien ihm

nicht zu passen, was sein Gesprächspartner gerade gesagt hatte. Schwarz konnte die schroffe Erwiderung ohne Probleme hören, als würde Alfred neben ihm stehen.

»Du meinst, dass er auf Friederichs losgegangen ist? Hör mal, der Mann ist ein wandelndes Brechmittel. Ich kann Stefan gut verstehen, auch wenn ich nicht so gehandelt hätte wie er.«

»Trotzdem bleibt er ein Risiko. Er hat sich nicht im Griff, und das weißt du ganz genau! Er ist in meinen Augen eine wandelnde Zeitbombe. Und ich möchte nicht, dass hier in meinem Revier irgendwelche Geschichten passieren. Du weißt genau, wie die Presse ist, das wird aufgebauscht bis zum Gehtnichtmehr. Und wenn man dann noch hört, dass er öfter solche Probleme hatte, müssen wir vielleicht einmal eine ganze Menge erklären, wie wir so jemanden auf die Menschheit loslassen können!« Einen kurzen Moment war Schweigen. »Und dazu habe ich keine Lust!«

Schwarz atmete tief durch und setzte sich in Bewegung. Nach einem kurzen Klopfen auf den Türrahmen trat er in das Büro des Leiters der Kriminalabteilung. »Ihr solltet vielleicht die Tür zumachen, wenn ihr über Nichtanwesende reden wollt«, sagte er und ging zum Fenster. In dem Sessel vor dem Schreibtisch saß Gorres und starrte auf den Boden.

»Stefan, ich wusste nicht …«, begann Kleinert.

»Natürlich nicht. Was ist los, Gorres, willst du mich loswerden?« Er sah ihm ins Gesicht, doch sein Blick wurde nicht erwidert.

Gorres räusperte sich und sagte: »Stefan, du weißt doch ganz genau, wie es bei uns ist. Und wenn wir uns nicht auf jeden hier verlassen können, dann müssen wir uns halt überlegen, wie es weitergeht. Das ist meine Pflicht hier als Dienststellenleiter.«

Schwarz schnaubte. »Erzähl du mir nichts von Pflichten.

Ich mache hier meinen Job und nichts mehr. Ich kann mir allerdings vorstellen, dass dir immer noch nicht ganz wohl ist in deiner Haut. Dieser Schwarz, was ist das denn wirklich für einer, hält der seinen Mund oder wird der mir irgendwann einmal lästig werden?«

Gorres hob den Kopf und sah Schwarz jetzt zum ersten Mal an, seit er den Raum betreten hatte. »Wir haben uns nicht um dich gerissen, und wir haben für dich getan, was wir konnten. Du weißt selbst genau, dass Schleiden hier für dich deine einzige Chance ist, um im Dienst zu bleiben. Überleg dir deshalb genau, wohin du willst.«

»Wenn du mich loswerden willst, dann sag es, dann schreibe ich einen Versetzungsantrag, aber dir sollte doch klar sein, dass du mich hier viel besser überwachen kannst als anderswo.« Er setzte ein humorloses Grinsen auf.

Kleinert stand auf und stemmte die Fäuste in die Seiten. »Könnt ihr beiden mir bitte einmal erklären, worum es hier eigentlich geht? Das ist doch nicht dienstlich hier, da ist doch was im Busch!«

»Frag ihn«, sagte Schwarz, »er freut sich bestimmt, es dir zu erklären, nicht wahr?«

Gorres erhob sich, ging zu Schwarz und stellte sich kurz vor ihn. »Mein Vater hat mir mal einen guten Rat gegeben: Gehe nicht auf die Jagd, wenn du nicht sicher bist, dass du das Wild auch erlegen kannst. Übertreib es nicht, ich werde ein Auge auf dich haben.« Er drehte sich um und verließ den Raum ohne ein weiteres Wort.

Kleinert stand auf und schloss die Tür. »So, und jetzt raus mit der Sprache. Seit dieser Geschichte mit der Bank ist der Wurm drin bei euch beiden.«

Schwarz schüttelte den Kopf. »Es ist nichts. Das weiß er aber nicht.«

»Ich verstehe kein Wort.«

»Das ist auch besser so. Halt dich da raus. Es hat nichts mit dir zu tun.«

»Trotzdem, ich kann so was gar nicht gebrauchen. Ich hasse das. Ich bin ein harmoniesüchtiger Mensch. Ich brauche um mich herum Liebe, Liebe und nochmals Liebe.«

Schwarz entschlüpfte ein zartes Lächeln. »Und was bitte machst du dann bei der Polizei? Du hättest besser Gärtner werden sollen!«

»Um Gottes willen! Den ganzen Tag Blattläuse erwürgen und junge Triebe abknipsen, wie schrecklich! Da ist es ja bei der Mordkommission noch erbaulich.« Er sah versonnen aus dem Fenster, dann kam ihm ein Gedanke und er blickte zu Schwarz hinüber. »Was wolltest du eigentlich von mir?«

Schwarz sah mit einem kurzen Zögern auf die Papiere in seiner Hand und schüttelte den Kopf. »Ach, lass mal, ich glaube, das hat auch noch Zeit bis morgen. Ich werde mir das Ganze noch mal durch den Kopf gehen lassen.« Er wandte sich zum Gehen.

»Na, wenn du meinst.« Nachdenklich sah Kleinert ihm hinterher. »Ach, und Stefan?«

Schwarz drehte sich um. »Ja?«

»Wenn du reden willst…«

»Ja, Hochwürden, Beichte ist aber samstags.« Er schloss leise die Tür hinter sich zu.

* * *

Schwarz fuhr durch das Tal und schob allerlei düstere Gedanken wie eine Bugwelle vor sich her. Dass Gorres zu Kleinert ging und dort Unfrieden stiftete, fand er nicht in Ordnung. Doch ein schneller Blick zur Seite, auf der er das Forsthaus wusste, vertrieb alle düsteren Gedanken. Etwas dort war anders als sonst. Er trat auf die Bremse und blieb einfach auf der kleinen Landstraße, die den Berg Richtung Wintzen hinaufführte, stehen. Die Fensterläden, die nun bald ein halbes Jahr das Atelier verdunkelt hatten, waren offen.

Sie war wieder da! Auch die Fenster seiner Seele rissen auf einmal auf, und hindurch fuhr ein Wind, der jede Regung in ihm erstarren ließ. Es durchfuhr ihn heiß, dann wieder kalt.

Was erwartest du, Schwarz?, fragte er sich selbst, doch er wusste keine Antwort. Er würde reden müssen, auch wenn er sich das Reden in den letzten Wochen und Monaten fast schon abgewöhnt hatte. Würde er es noch können?

Er drehte den Rückspiegel, bis er sein Gesicht sah. Er wirkte ein wenig jünger, als er war. Seine sechsundvierzig Jahre hatten ihm eigentlich eher gut getan und die Weichheit der Jugendjahre vertrieben. Doch die Verletzungen seiner Seele hatten auch Gräben in seinen Zügen hinterlassen, die mit den Jahren tiefer und tiefer werden würden, das war ihm klar. Noch hatte er sich einen gewissen jungenhaften Charme bewahrt, den er manchmal, wenn er sich wohl und sicher fühlte, aufblitzen ließ. Aber wann hatte er das zum letzten Mal gemacht?

Er drehte den Spiegel wieder weg und starrte in den Wald. Wohl und sicher, so hatte er sich lange nicht mehr gefühlt. Wie würde es sein mit ihr? Hatte sie sich verändert oder strahlte sie immer noch diese fröhliche, freundliche Wärme aus, die er zu genießen begonnen hatte, wie eine Katze an einem eisigen Tag den brennenden Ofen zu schätzen weiß?

Er seufzte und sah wieder zu dem Haus hinüber, das ihm in den letzten Monaten Heimat geworden war. Er gab sich einen Ruck und drehte den Zündschlüssel.

Sie stand vor dem Haus an ihrem offenen Auto und sah

ihm freundlich entgegen, als er auf die Fläche vor dem Gebäude rollte. Ihre dunklen Locken wallten wild um ihren Kopf, das weiche, von der englischen Wintersonne helle Gesicht leuchtete ihm entgegen. Er stellte den Motor ab und stieg aus.

»Na, Dick Tracy, Hüter von Witwen und Waisen! Ich freue mich, Sie bei guter Gesundheit wiederzusehen!« Sie sah ihn kritisch an, während er schweigend auf sie zukam. »Wenigstens scheinen die Beine in Ordnung zu sein. Ich hoffe, der Rest ist auch intakt?«

Er nickte und lachte. Ihre freundliche Art war wie ein warmer Regen von Wohlgefühl für sein Gemüt. Er stellte sich vor sie und streckte zur Begrüßung die Hand aus, doch stattdessen umarmte sie ihn und drückte ihm einen Kuss auf die Backe.

»Ich sah schon gut gelaunte Katzen hier durchs Gebüsch streichen. Danke, dass Sie die Brut am Leben gehalten haben. Lästige, nutzlose Fresser, aber leider gewöhnt man sich an sie, nicht wahr?«

Er wollte etwas sagen, doch er wusste einfach nicht, was das sein könnte. Er fühlte sich einfach nur wohl, sie wiederzusehen.

Sie sah ihn fragend an. »Hat's Ihnen die Sprache verschlagen?«, fragte sie leicht belustigt und legte den Kopf schief.

Er lachte. »Nein. Oder besser, irgendwie schon. Lange her, dass hier oben jemand mit mir geredet hat. Die Katzen waren nicht sehr mitteilsam. Sind Sie schon lange hier?«

»Gestern bin ich wieder nach Deutschland gekommen. Und heute habe ich den Tag damit verbracht, die Hunde einzusammeln. Und jetzt bin ich wieder hier. Das Haus steht zu meiner großen Freude noch, und ein Wetter haben Sie mir hier zu Begrüßung bereitgestellt, alle Achtung, ich muss schon sagen!«

»Ach, hören Sie doch auf! Hier in der Eifel ist doch jedes Wetter schön.«

Sie sah ihn zufrieden an. »Da hat sich aber jemand eingelebt. Keine Sehnsucht mehr nach der großen Stadt?«

Er dachte kurz nach. Irgendwie hatte sie recht: Heimweh nach dem Betrieb und der Hektik? Der Gedanke kam ihm fremd vor. »Jetzt, wo Sie's sagen, fällt es mir auch auf. Irgendwie bin ich hier ganz zufrieden. Keiner, der einem auf die Nerven geht, niemand, der einen ständig zuquatscht.«

Sie lachte. »Soll ich wieder fahren?«

»Nein, nein, so war das nicht gemeint. Ich freue mich, dass Sie wieder da sind.«

»Na, dann sollten wir das mal feiern. Was hielten Sie von einem Begrüßungsessen?«

»Hätte ich das gewusst, dass Sie zurückkommen, hätte ich eins vorbereitet.«

»Mist! Großmutters Rezeptblock, da wäre ich aber gespannt gewesen, was der noch für mich bereithält.«

»Ich kann schnell einkaufen …«, bot er an.

»Nicht nötig, ich habe schon etwas auf dem Feuer. Bei Ihnen wusste ich ja nicht, ob Sie gerade unterwegs sind, die Welt zu retten oder vor der Einsamkeit zurück in die Stadt geflohen sind.« Sie sah zufrieden auf die Hunde, die sich begeistert auf dem Rasen rollten oder im Gebüsch stöberten. Der große Russische Terrier lag zufrieden in seinem Persianerpelz auf dem kleinen Stückchen Rasen und guckte dekorativ.

»Kommt ihr da raus!«, rief sie die Hunde aus dem Gebüsch, »lasst die Mäuse leben.«

»Ich kann mir nicht vorstellen, dass im Landkreis Euskirchen noch eine einzige Maus unterwegs ist. Die Katzen haben sich angewöhnt, mir Geschenke zu bringen. Erst wenn man morgens den Fuß in eine Hamstergalle gestellt hat, weiß man, wozu wahre Liebe fähig ist.«

Sie lachte. »Sie Armer! So, und jetzt wollen Sie vielleicht mal reinkommen, oder möchten Sie hier draußen den Tisch decken?«

»Oh nein, bitte nicht!« Er stieß sich von seinem Auto ab, an das er sich gelehnt hatte, und ging flotten Schrittes in das Haus.

Berlin, 1939

Die Menschen auf der Lindenstraße standen zusammen und beobachteten das hellrote Flackern, das sich auf den Häuserwänden wiederspiegelte. Es musste ein riesiges Feuer sein, soviel war klar, nicht ein kleines Freudenfeuerchen, sondern eines von der Sorte, wie sie nur selten angezündet wurden. Vielleicht zu großen Festen, vielleicht aber auch zu einem anderen Anlass. Im 1000-jährigen Reich brannten viele Feuer, und nicht alle waren von der Sorte, dass die Feuerwehr gerufen wird. Vor allem, wenn es direkt im Hof der Feuerwache selber lichterloh brannte.

»Ick gloob, denen is eenfach kalt!«, grunzte ein alter Fuhrmann. Er rückte seine Mütze in den Nacken und schob sich einen Priem in den Mund. Versonnen kaute er ein-, zweimal, dann spuckte er aus.

»Was da wohl brennen mag«, überlegte die Frau aus dem Gemüsegeschäft, »das ist doch sonst nicht.«

»Uff jeden Fall sollten die mal vorsichtig sein«, räsonierte der Fuhrmann weiter, »wat is denn, wenn et wirklich brennt? Dann kommen die doch janischt von ihrem Hof runter mit ihrem Halleluja-Feuer!«

»Von wegen Halleluja!«, schnarrte ein Herr im Regenmantel. Der breitkrempige Hut beschattete sein Gesicht im Lampenlicht, und er hatte die Hände tief in die Taschen seines Mantels gesteckt, »Sie haben ja wohl gar keine Ahnung!«

»Nee, hab ick nich, det is wohl wahr«, entgegnete der alte Mann gemütig und spuckte auf das Trottoir, »und Sie?«

Der Mann sah nachdenklich aus dem Hutschatten auf den Arbeiter. »Manchmal ist es besser, wenn man nicht alles weiß. Und weiß man es doch, behält man es besser für sich, merken Sie sich das! Heil Hitler!« Er hob den Arm, schlug die Hacken mit scharfem

Knall zusammen, drehte sich um und verschwand in die Menge.

»Ph!« Ein weiterer Schwall Tabaksaft landete zwischen den Passanten. Hupend bahnte sich ein Auto seinen Weg zwischen den Menschen her, die nur widerwillig Platz machten.

»Hey, du, warte mal!« Mit einem schnellen Griff hielt der Fuhrmann einen Feuerwehrmann auf, der aus der Wache kam. »Erzähl mal, was ist denn det für'n Riesenfeuer?«

Der Feuerwehrmann zuckte mit den Achseln. »Keine Ahnung, Kumpel, die lassen uns nicht ran! Soldaten überall, und dette schon den janzen Tach! Bilder hamse jesacht, so Entartetes Zeuchs und so, dat se det verbrennen, aber icke hab nüscht jesehen! Icke hol mir jetzt 'ne Molle, det können die ooch alleene, wennste mich fragst!« Er nickte dem Fuhrmann zu und ging weiter.

»Bilder?«, sagte der Fuhrmann vor sich hin und blickte zu der riesigen Rauchfahne hoch, die den Himmel in hellem Grau färbte. In der hereinfallenden Abenddämmerung zogen die in den düsteren Schwaden immer wieder aufblitzenden Flammen und Funken gespenstisch leuchtende Lichtbahnen. »Also det is komisch.«

»Wieso?«, fragte die Frau und starrte mit ihm in die Höhe.

»Na, Bilder, die malt man doch mit Öl, oder?«

Sie sah ihn verständnislos an. »Ick jloob schon. Und?«

Er zuckte mit den Achseln.. »Is halt komisch. Ick will mal nüscht jesacht haben. Pffft.« Der braune Saft landete gezielt zwischen zwei Jungen, die versuchten, unter dem Tor der Feuerwache hindurch einen Blick zu erhaschen. Dann nickte der Fuhrmann der Frau zu und wandte sich zum Gehen. Er hielt in der Bewegung inne, drehte sich mit einem breiten Grinsen zu ihr um und sagte: »Ach so, eh einer sich beschwert, Heitler, nicht wahr?« Kniff ein Auge zu und verschwand.

Kapitel 5

Zarte Nebelschwaden hüllten den Morgen ein, als Schwarz sich auf den Weg ins Tal machte. Über den grauen Schleiern, die zwischen den Stämmen der Bäumen hertrieben, versprach blauer Himmel einen weiteren warmen und sonnigen Tag.

Er hatte kaum Zeit gehabt, seinen Computer anzuschalten, als es schon an der Tür klopfte. Er blickte hoch, und eine Brille mit riesigen Augen dahinter und gelben, hochgegelten Haaren darüber sah ihn an.

»Sind denn Sie vielleicht der Herr Schwarz?«, fragte die Brille.

»Wenn in den letzten zehn Minuten nichts Entscheidendes passiert ist, ja.«

»Na, dann bin ich ja froh!«, rief sie und trat ein. Vor Schwarz stand eine kleine Frau, die bestimmt schon bessere Tage gesehen hatte. Sie hatte die Fünfzig schon länger überschritten, was im Zusammenhang mit den Haaren schon fast grotesk wirkte. Die wacker mit strahlenden Strähnchen verzierte Haarpracht wirkte auf Schwarz, als würde jemand an ihr Färbeexperimente durchführen. Unwillkürlich fasste er sich in seine rote, kurze Frisur und überlegte schnell, ob er sie überhaupt heute gekämmt hatte.

»Inge Dötting«, sagte sie, als würde dies alles erklären.

»Aha«, sagte Schwarz und harrte der Dinge, die da kommen mochten.

»Der Beamte unten an der Tür sagte, da müsste ich nämlich zu Ihnen hoch«, raunte sie ihm vertraulich zu, als dürfte das keiner wissen, »weil, das macht hier ja eigentlich keiner!«

»Stimmt«, sagte Schwarz, ohne eine Idee zu haben, wovon sie eigentlich redete.

Sie setzte sich auf den Stuhl und fuhr fort auf ihn einzureden. »Aber ich hoffe, dass Sie mir keine Schwierigkeiten machen, weil ich da ja nichts gesagt habe, beim Amt, die wissen da ja nichts von. Aber da machen Sie mir ja keine Schwierigkeiten, das machen Sie doch nicht, oder?«

»Nehmen Sie doch erst einmal Platz«, erwiderte Schwarz, um auch mal irgendwas zu sagen.

»Genau«, sagte sie, »das ist nämlich gar nicht so schlimm!«

»Ach«, entgegnete Schwarz. »Ich habe bis jetzt noch gar nichts verstanden«, gab er offen zu.

»Also, ich bin Inge Dötting«, begann sie wieder von vorne.

»Und wieso schickt man Sie zu mir?«

»Ja, weil er doch weg ist!« Die Dötting besah ihn kritisch. Weit her schien es mit seinem beruflichen Können ja nicht zu sein, sagte ihr Blick, das musste er doch wissen.

»Weg«, echote Schwarz.

»Ja, na klar, sag ich doch!«

»Und bitte wer? Hund, Katze, Maus?«

»Ja, der Perschke doch!«

»Was bitte ist ein Perschke?«

Inge Dötting stöhnte und warf sich auf dem Stuhl hin und her. »Dominik Perschke, der Journalist! Ja, kennen Sie den denn nicht?«

Schwarz schüttelte stumm den Kopf.

»Der ist weg«, fuhr sie fort, »und zwar schon seit Freitag, so wie dat aussieht, und jetzt dachte ich, da gehste mal zur Polizei und sagst denen das, damit die das wissen, und da hat der Beamte gesagt …«

»Ja ja, schon klar, da hat der gesagt, gehen Se mal zum Schwarz, der hat grad eh nichts zu tun. Denn die Angelegenheit wird sowieso von Euskirchener Kollegen bearbeitet. Aber ich werde die Sache jetzt einmal aufnehmen.« Er suchte in seinem Computer die richtige Vorlage heraus und wartete, bis sie auf dem Bildschirm erschien. Er fürchtete sich ein wenig davor, aus seinem Gegenüber verwertbare Fakten herauszuholen, aber dafür wurde er schließlich vom Steuerzahler bezahlt, also, Schwarz, feuerte er sich selbst an, stell dich nicht so an!

»Also«, begann er, »Sie sind?«

»Inge Dötting!« Sie setzte sich gerade auf den Stuhl, als hätte sie sich soeben selbst aufgerufen.

»Ja. Und was hat Inge Dötting mit Herrn Perschke zu tun?«

Sie begann mit seltsamen Verrenkungen ihre Streifenhörnchenfrisur hin und her zu wiegen. »Na, das ist ja, was ich meine, weil, das ist es ja.«

»Ja?« Schwarz versuchte, statt genervt zu werden eher aufmunternd zu lächeln. Er wusste aber, dass es nicht gelang.

»Also, da beim Perschke, da geh ich halt ab und zu sauber machen, so ein wenig, er ist halt Junggeselle, und ich habe gesagt, ja, das geht ja nicht, da komm ich mal vorbei …«

»Um es kurz zu machen, Sie sind die Putzfrau von Herrn Perschke, und Sie sind nicht angemeldet, richtig?«

»Hm ja, irgendwie so, ja.« Sie wand sich wie ein Wurm.

»Und dieser Herr Perschke ist jetzt verschwunden?«

»Ja!« Erleichtert, dass die Konversation weniger schwierigen Grund erreicht hatte, sprang sie auf. »Am Freitag, da war ich nämlich da, und da war er auch da, aber da ist er dann weggegangen, und wie ich heute komme«, sie stockte.

»Ja?«, ermunterte Schwarz.

»Nichts! Niemand! Und ich weiß ja, wie ich da weggegangen bin, da ist niemand gewesen, seit Freitag, denn da lag alles noch so da, wie ich es verlassen hatte.«

Schwarz machte sich Notizen, erfragte die Adresse des Vermissten, dann lehnte er sich zurück und blickte in die hinter den vergrößernden Gläsern krakengroßen Augen. »Wir müssen allerdings auch die Möglichkeit in Betracht ziehen, dass der Vermisste, nachdem er sein Haus verlassen hat, etwas erlebt hat, was ihn davon überzeugt haben könnte, dass er sein bisheriges Leben ändert und von jetzt auf gleich irgendwo anders hingeht, das ist Ihnen klar?«

»Ja, schon, aber doch nicht in Vogelsang!«

»Wieso Vogelsang?«

»Ja, der wollte doch nach Vogelsang! Hat er doch gesagt, aber da ist er halt nicht wiedergekommen, und das ist doch schon komisch. Oder?« Sie sah ihn durch diese Brille so verzweifelt an, dass er nur zu gerne bereit war, ihr recht zu geben, obwohl Vogelsang nach seinem Erleben auch starke Fluchtgedanken auslösen konnte.

»Ich denke auch. Ich werde die Vermisstenangelegenheit an das zuständige Kommissariat in Euskirchen weiterleiten, und die werden sich dann mit Ihnen in Verbindung setzen. Ich möchte Sie nur bitten, dass Sie ein Auge auf die Wohnung von Herrn Perschke haben und uns sofort benachrichtigen, wenn er wieder da ist.«

»Ja, natürlich!« Sie sprang auf und hatte es auf einmal sehr eilig damit, das Büro zu verlassen. Wahrscheinlich hatte sie keine Lust, jetzt noch weiter über die steuerrechtlichen Seiten ihrer Bekanntschaft zu Dominik Perschke Auskunft zu geben. Schwarz konnte sie verstehen, er hatte auch keine Lust, diese zu erfahren. Sollte sich jemand anders drum kümmern. Er winkte der sehr eiligen Dötting zu und sah seufzend auf das Blatt, auf dem er sich Notizen gemacht hatte. Jetzt musste er das Ganze noch in den Computer eingeben, er starrte auf die Worte, die er eilig hingekritzelt hatte, *Journalist Wohnung unberührt, Vogelsang, Freitagabend …*

Verdammt, er war wohl noch im Tiefschlaf! »Frau Dötting!«, rief er, sprang auf und sah den Flur hinunter. »Frau Dötting, einen Moment noch!«

Erschrocken sah sie ihn an, als hätte er jetzt endlich begriffen, welch schwerer Taten sie sich schuldig gemacht hatte.

»Frau Dötting, Sie sagten, Herr Perschke wollte nach Vogelsang? Wann war das?«

»Na, Freitagnachmittag, so um sechs.«

»Und wann wollte er wiederkommen?«

»Ach, das war ganz verschieden. Er blieb auch manchmal die ganze Nacht im Archiv. Und am Freitag ...«, sie dachte kurz nach, »ich glaube, er sagte irgendetwas, da sei neues Material, das sei interessant für ihn, das wolle er durcharbeiten. Er hat sich noch gefreut.«

Also doch! Vogelsang schien ja an diesem Wochenende ein beliebtes Reiseziel gewesen zu sein. Was sollte er denn jetzt davon halten? Was immer dort am Wochenende passiert war, verdiente es nun, dass er einen zweiten Blick darauf warf. »Frau Dötting, ich werde mich bei Ihnen melden, es kann nämlich sein, dass ich heute noch in die Wohnung von Herrn Perschke muss!«

Er musste wohl einen wilden Gesichtsausdruck bekommen haben, denn die arme Frau wurde immer kleiner und hauchte nur noch ein müdes »Ja«.

»Auf Wiedersehen«, sagte er, und sie huschte den Gang hinunter, als wollte sie sich vor ihm in Sicherheit bringen.

Nachdenklich ging Schwarz zurück in sein Büro. Da fuhr ein Journalist nach Vogelsang ins Archiv, um dort Unterlagen zu sichten, und am Montag waren die Unterlagen weg und der Journalist auch. Hatte er sich mit den Papieren davongemacht? Aber wozu, wenn er freien Zugang hatte? Und weshalb hätte er die Tür aufbrechen sollen?

Doch wenn die Papiere so wichtig waren, dass ein Journalist

sie aufgeregt durcharbeiten wollte, dann waren sie vielleicht doch interessant genug, einen Diebstahl zu provozieren. Aber wo war dann dieser Journalist abgeblieben? Er stieß die Tür zur Kriminalabteilung auf und sah in das Büro von Pankowski.

Der blickte grimmig auf Kollege Computer und sah Schwarz mit tränenden Augen an. »Irgendwann wird mich diese blöde Kiste noch einmal erblinden lassen.«

»Vielleicht hast du dann ja Zeit und Lust, kurz mit mir nach Vogelsang hochzufahren? Ich glaube, ich möchte gerne jemanden bei mir haben.«

»Vogelsang? Klasse!« Er stand auf und nahm sein Jackett von der Stuhllehne. »Worum geht es?«

»Erzähl ich dir unterwegs.«

* * *

»Es ist doch immer wieder herrlisch!«, rief Pankowski und zeigte auf die gegenüberliegende Seite des Tales, an dessen Flanke sie über die alte Betonpiste hinauf auf die Hochfläche fuhren. Regelmäßig rumpelten die Platten unter dem Auto. »Die Leute können ja sagen, was sie wollen, aber ich finde es toll!«

»Kunststück, bei dem Wetter!«

»Also mit dem Wetter bin ich ja nicht so glücklich. Wir werden wahrscheinlich einen richtig feuchten Sommer bekommen. Es ist zu früh zu warm geworden.«

Schwarz sah zu Pankowski hinüber, der es sich hinter dem Lenkrad bequem gemacht hatte, als würde er einen amerikanischen Straßenkreuzer über die Route 66 bewegen und nicht einen japanischen Kleinwagen durch die Nordeifel. »Machst du jetzt auf Wetterfrosch?«

»Du wirst es schon sehen, warte nur ab! Also, was sagtest du gerade? Dominik Perschke ist verschwunden?«

»Du kennst ihn?«

»Jeder kennt ihn. Perschke ist so etwas wie das investigative Gewissen des Kreises Euskirchen. Er ist noch ziemlich jung, aber schon ziemlich bekannt, und eigentlich ist er immer hinter einer heißen Geschichte her. Im vorigen Jahr hat er die Strukturen der ortsansässigen Neonazis bis hoch nach Düren und Aachen durchleuchtet. Davor hat er Subventionsbetrug in der Brüsseler Bürokratie aufgedeckt. Wo der sich rumtreibt, ist meist etwas faul. Und in Vogelsang hat er sich viel engagiert, hat dafür gesorgt, dass die historischen Fakten alle sorgfältig aufgearbeitet wurden. Eigentlich ist er Historiker, aber er ist auch immer wild auf Aktuelles.«

»Also ist es völlig normal, dass er dort oben in das Archiv gegangen ist?«

»Völlig.«

»Und dass er seitdem verschwunden ist? Der Einbruch?«

»Mein Gott, so ein Journalist, der taucht auch schon mal unter, das sieht man doch alle Naselang im Fernsehen!«

»Ich gucke kein Fernsehen«, brummte Schwarz.

»Also, ich würde mir da erst einmal keine Sorgen machen.« Pankowski ließ das Seitenfenster herunter und bog mit zackigem Schwung auf die Bundesstraße.

»Und warum bist du dann mitgekommen?« Schwarz betrachtete die langsam an ihm vorüberziehenden Häuser.

»Ist doch schön, nicht den ganzen Tag am Schreibtisch, und wenn dir erst mal so die Augen wehtun, du bist ja noch jung!« Pankowski lachte und bog in die Einfahrt.

An der Schranke machte er Halt und telefonierte über das eingebaute Mikrofon mit jemanden, der nach kurzem Hin und Her aus der Entfernung die Einfahrt öffnete. Pankowski rollte entspannt über die Zufahrt, kurvte mit Schwung um die alte Tankstelle und fuhr schließlich auf den Parkplatz neben dem Adlerhof. Sie stiegen aus und gingen zum Archiv. Die Tür sah genauso geschlossen aus wie am Morgen des Vortags.

Pankowski gab ihr einen kleinen Schubs und sah zu, wie sie langsam aufging. »Also, Stefan, wenn man nicht gegen die Tür fällt, dann sieht man gar nicht, dass die offen ist. Kein Wunder, dass das über das Wochenende nicht bemerkt worden ist. Wenn man da nicht richtig hinsieht, dann wirkt das ganz normal.« Er hockte sich hin und untersuchte den zersplitterten Rahmen. »Was sagt die Spurensicherung?«

»Liegt noch nicht vor. Komisch aber, dass noch niemand es für nötig befunden hat, hier ein neues Schloss einzusetzen.«

Von hinten hörten sie jemanden rufen. Mit aufgeregten Schritten eilte eine Person auf sie zu. »Aber ich habe doch gesagt, dass ich kommen wollte, ich wusste doch nicht, dass das so dringend ist!«

Pankowski sah Schwarz überrascht an, der bemüht war, sein Gesicht unter Kontrolle zu halten, damit man nicht merkte, dass er die Archivarin völlig vergessen hatte. »Das ist schon in Ordnung«, sagte er, »Sie laufen mir nicht weg. Das ist Maria Werth, die hier das Archiv leitet«, erläuterte er Pankowski. Dann wandte er sich wieder an die aufgescheuchte Frau. »Keine Sorge, wir sind wegen etwas anderem hier. Aber erst einmal möchte ich Sie fragen, ob diese Tür jetzt offen bleiben soll oder ob da nicht mal jemand Hand anlegen sollte?«

Sie sah verstört auf die offene Tür. »Ja, ich weiß auch nicht, ich dachte, das hätte schon jemand ... Vielleicht habe ich ja vergessen, es weiterzugeben.« Sie blickte ihm mit aufgerissenen Augen ins Gesicht.

Irgendwie begann sie Schwarz leid zu tun. Sie nahm schon Schuld auf sich, bevor irgendjemand einen Vorwurf geäußert hatte. »Na, dann holen Sie das mal nach. Aber dann würde mich interessieren, ob Sie Herrn Perschke am Freitagnachmittag hier gesehen haben?«

»Dominik? Nein, aber das sagt nichts! Der hat doch einen Schlüssel, der kommt und geht, wann er will. Der ist auch oft nachts hier, der ist gern alleine. Er sagt, dann stört ihn keiner, dann kann er wirklich konzentriert arbeiten. Ich finde das ja abends etwas gruselig hier, wenn man so alleine ist, aber ihm macht das nichts aus.« Sie sah auf den Parkplatz, als erwartete sie dort sein Auto zu sehen. »Wieso, wo ist denn Dominik? Ist denn etwas verkehrt?«

»Das wollen wir nicht hoffen«, sagte Pankowski, während er aufstand und sich streckte, »ich denke, wir gehen da jetzt mal rein.« Er drehte sich zu der Archivarin um. »Sie bleiben vielleicht mal eben draußen.«

Die beiden Beamten gingen in den kurzen Flur und sahen zu der Archivtür hinüber.

»Wenn der seit Freitagnachmittag unterwegs ist, dann kann er nicht dort drin sein. Ich war gestern hier drin, die Kollegen haben alles durchsucht, also, da ist er nicht.«

»Und?« fragte Pankowski und zeigte auf die Treppe, die in den ersten Stock führte, »habt ihr dort auch nachgesehen?«

»Ich nicht«, erwiderte Schwarz, »aber das kann man ja jetzt nachholen.«

Sie stiegen vorsichtig die kurze, steile Treppe hoch in das Dachgeschoss. Weitläufig öffnete sich die Länge des Gebäudes vor ihnen. An den Enden konnten sie einzelne Zimmer sehen, deren Fenster Lichtinseln in der Dunkelheit des Gangs öffneten. Vor ihnen lag ein verglastes Zimmer, in dem einzelne Tische standen, Wandtafeln, Schilder, teils in französischer Sprache.

»Das scheinen ja noch Hinterlassenschaften von den Belgiern zu sein«, meinte Pankowski und ging umher. Er musterte die einzelnen Stellwände. Die Luft war stickig und abgestanden.

Wird wohl nur noch als Rumpelkammer genutzt, überlegte Schwarz und ging durch den Glaskasten. Hier gab es nichts, wo sich ein Journalist verstecken konnte, selbst wenn der sich nicht mehr dagegen wehrte. Schwarz ging in das Zimmer, das das Gebäude abschloss und sah sich sorgfältig um.

Pankowski las die Schilder und kicherte leise vor sich hin.

»Riechst du nichts?«, fragte Schwarz.

»Was? Nein. Doch, Modder. Die sollten hier mal ein Fenster aufmachen.« Er zeigte auf die Tafel vor ihm. »Guck mal, das ist der alte belgische Standortkommandant, mit dem hatte ich auch immer wieder zu tun.«

Schwarz legte Pankowski die Hand auf die Schulter. »Komm, wir suchen weiter!«

Sie gingen zu dem anderen Ende des Flurs. Die Luft war hier nicht mehr abgestanden, sie war von einem ätzenden Gestank durchzogen. Pankowski hatte jegliches Interesse an den herumstehenden Möbeln verloren und suchte auch nur noch die Quelle des Geruchs, der in den beiden Beamten die grausigsten Erinnerungen wach werden ließ. Sorgfältig untersuchten sie die kleinen, komplett leerstehenden Zimmer.

»Hier ist er«, sagte Schwarz schließlich. Er hatte die einzige Tür geöffnet, die verschlossen gewesen war. Vor ihm lag der Körper eines jungen Mannes auf dem Rücken und sah mit offenen Augen an die Decke. Unter den schwarzen, wirren Haaren war ein Blutrinnsal hergelaufen, das inzwischen dunkel und trocken den Boden bedeckte.

»Das ist Perschke«, bestätigte Pankowski, »armer Kerl.« Dann sah er Schwarz an. »Sieht aus, als hätte er einen über den Schädel bekommen, oder?«

Schwarz nickte stumm.

Pankowski zückte sein Handy. »Dann rufen wir mal die Kavallerie!«

Kapitel 6

Schwarz saß auf der Mauer und starrte auf einen der steinernen Adler, die mit einem Ausdruck höchster Missbilligung auf die Scharen von Staatsbediensteten blickten. Alles wurde abgesperrt, vermessen, untersucht, fotografiert. Das Gewimmel erinnerte an die moderne Inszenierung eines griechischen Klassikers oder ein zeitgenössisches Ballett, Pina Bausch hätte vielleicht ihre Freude dran gehabt.

Schwarz vernahm ein Räuspern neben sich. »Wie bitte? Entschuldige, ich war gerade in Gedanken.«

»Ich fragte dich gerade, wie es dir geht. Was sagen dir deine Gedanken? Wie fühlst du dich?«

»Gut, ich habe eben nur die ganzen Leute beobachtet, mir geht es gut, wirklich.«

Kleinert sah ihn zweifelnd an und blickte dann wieder auf die Notizen, die er sich während des Gesprächs gemacht hatte. »Also, wenn ich das alles noch einmal zusammenfassen darf, dann haben wir einen Einbruch, bei dem eine Kiste Dokumente gestohlen wurde, die von einem älteren Menschen stammen, der allerdings inzwischen tot ist, sowie eine Leiche, die hierher nach Vogelsang gekommen ist, um genau diese Dokumente zu untersuchen.«

»Recht genau und präzise zusammengefasst. Nur dass ich ganz heimlich davon ausgehe, dass die Leiche noch keine Leiche war, als sie hierher kam.« Schwarz blinzelte in die Sonne und befeuchtete die Lippen. Durst hatte er. Hunger auch, mittlerweile war es Mittag geworden, und seine Zunge hing genauso schlapp und uninspiriert in der Mundhöhle, wie sein Magen ab und zu ein dinosauriergleiches Grollen hören ließ.

»Der alte Herr kann von alleine gestorben sein, das wissen wir noch nicht, der Journalist kann versehentlich Einbrecher gestört haben, oder der nächtliche Besuch galt ihm, denn er scheint, wenn Pankowski recht hat, sich ja jede Menge Feinde gemacht zu haben.«

»So sieht das aus. Und außerdem haben wir noch nicht den familiären Hintergrund untersucht, persönliche Motive und so weiter.« Er stieß Kleinert an. »Und? Wie geht es jetzt weiter?«

Der Leiter der Kriminalabteilung zuckte mit den Achseln. »Wie soll es schon weitergehen? Es wird eine Soko gebildet, die dann ermittelt. Zuständig wird wohl die Staatsanwaltschaft in Euskirchen sein, weshalb die Kollegen von dort aktiv werden. Da Perschke in Euskirchen in der Redaktion war, ist das wohl auch praktisch.« Er hielt einen Schlüssel in die Höhe. »Ich möchte dich bitten, dass du mit Sandra zur Wohnung von Perschke fährst. Da die Putzfrau, wenn die Geschichte stimmt, mittlerweile zweimal dort war, wird nicht viel zu entdecken sein, also kannst du dich erst einmal umsehen. Sollte die Wohnung allerdings aufgebrochen sein …«

»Ich weiß«, unterbrach Schwarz, »machen wir gar nichts, sondern warten auf die Leute mit den Vergrößerungsgläsern. Ich gehe aber nicht davon aus. Schließlich ist Perschke schon etwas länger tot. Und da die Putzfrau vor drei Stunden kein Fremdeindringen bemerkt hat …« Er sprach nicht weiter, sondern sah zu seinem Vorgesetzten, der zustimmend nickte.

»Genau. Sandra wartet auf dich vor der Tür. Findet raus, woran Perschke gearbeitet hat, Computer, Ausdrucke, Bücher, das ganze Programm. Wir sehen uns dann nachher auf der Dienststelle.«

* * *

Wie ausgestorben, dachte Schwarz, als er durch Schleiden fuhr, und fügte selbst an, dass dies wahrscheinlich an einem derartigen Morgen die passende Beschreibung für die Welt sei. Ausgestorben. Ja, das traf es.

Dabei war der Anblick des toten Journalisten nicht weiter schlimm für ihn gewesen. Er fand immer, dass Leichen einen Frieden ausstrahlten, den zu empfinden den Lebenden verwehrt war. Doch auch wenn es ihm nie so ganz klar war, ob dieser Friede nun himmlisch oder irdisch oder nichts von alledem war, merkte er doch, dass die Entspannung und Abwesenheit von Schmerzen ihn rührte und den Tod fast begehrenswert werden ließ. Was immer das für eine Welt sein mochte, diese dort drüben, so schlimm konnte es doch gar nicht sein, nicht so schlimm, wie das, was man hier immer wieder erleben, hören oder sehen musste.

Oder riechen. Der Geruch war es, der ihm nachhing. Der Gestank nach Verwesung, nach Körpersäften, die gärend aus der Leiche flossen und sich mit altem Linoleum und Bohnerwachs zu etwas vereinigten, was ihm in der Erinnerung immer noch den Magen umdrehte. Es schien ihm in den Kleidern zu stecken und ihn nie mehr verlassen zu wollen, ein Begleitkommando von schwärenden Ausdünstungen, die sich entschlossen hatten, ihm auf ewig das Atmen zu vergällen.

Als er an der Getriebefabrik vorbeifuhr, merkte er, warum es in Schleiden so auffallend ruhig gewesen war. Hier hatten sie sich versammelt, Menschentrauben standen vor der Fabrik, einige hielten Plakate mit Gewerkschaftsemblemen in die Höhe. Schwarz nahm den Fuß vom Gas und hielt schließlich an. Hinter ihm hupte es. Er stieg aus und winkte den Verkehr an sich vorbei, dann lief er über die Straße zu den Menschen.

»Immer noch keine Lösung?«, fragte er den Erstbesten, der ihm einen Zettel mit Informationen in die Hand drücken wollte.

»Wie denn auch! Heuschrecken, der Münte hat's ja gleich gesagt! Vom Allerschlimmsten. Unser Betriebsrat verhandelt mit denen seit gestern Morgen. Es gibt ja jede Menge Möglichkeiten, dass die Fabrik von den Arbeitern aufgekauft wird oder wir in Kurzarbeit gehen. Aber die Jungs wollen Kasse machen. Die verdienen mehr, wenn die Fabrik zumacht, als wenn die weiterläuft.«

»Das verstehe ich nicht!« Schwarz kratzte sich an der Stirn.

»Ehrlich gesagt, ich auch nicht. Aber irgendwie haben die ihre Schäfchen schon im Trockenen und wollen jetzt Kasse machen. Frag mal die Jungs von der Gewerkschaft, die können dir das erklären. Klar ist aber, dass die Fabrik zumacht. Davon erholen wir uns nie wieder. Aber wir holen uns wenigstens, was uns zusteht!«

»Jungs, macht keinen Blödsinn, davon kriegt ihr eure Fabrik auch nicht wieder.«

»Aber dann lernen diese Arschlöcher wenigstens mal, dass sie sich nicht alles erlauben können! Wir haben auch ein Recht! Die sollen noch an uns denken!«

Schwarz versuchte noch einmal, die aufgebrachten Gemüter zu beruhigen, doch die Männer waren nicht davon abzubringen, sich bei den Besitzern unvergessen zu machen. Beunruhigt ging er zum Auto und rief Gorres an. »Hallo, ich bin hier gerade bei der Fabrik, und ich habe das Gefühl, hier braut sich etwas zusammen. Vielleicht sollte man mal ein Auge drauf haben, bevor hier was passiert, was hinterher vielen Leuten leid tut.«

»Ach, Stefan, siehst du wieder die Eifeler als Lynchkommando durch die Straßen ziehen? Wir sind friedliche, ruhige

Leute, begreif das endlich mal. Und die Jungs in Wiesgen, die wollen sich nur mal ein bisschen aufregen, das ist schon in Ordnung, glaub mir.«

Schwarz beendete dieses sinnlose Gespräch grußlos. Er hatte genug von Leuten, die nur mal eben etwas Luft ablassen wollten, von dieser Sorte hatte er in Köln genug gehabt. Einmal kurz die Sau rauslassen, warum meinten nur alle, dass der Mensch ein Recht darauf habe? Er hoffte allerdings, dass Gorres ihm nur einen reinwürgen wollte und ansonsten die Situation, die sich dort zu entwickeln begann, nicht auf die leichte Schulter nahm.

* * *

Die Hässlichkeit des Industriegebiets in Oberhausen machte der Namensverwandtschaft alle Ehre. Kastige Neubauten verbreiteten eine Tristesse, die man am ehesten im Ruhrgebiet vermutet hätte und nicht vor der Kulisse der bewaldeten Hügelkette, die das tiefe Tal der Olef an den Seiten begrenzte. Autos brausten auf der Bundesstraße hindurch. Doch wie jedes Mal, wenn er diesen Weg nahm, freute sich Schwarz umso mehr, am Rande dieser Rennstrecke ein Idyll zu finden, das sicher in jedem Fremdenverkehrsprospekt mit einem Extrabild bedacht wurde. Um eine große, friedlich erscheinende Rasenfläche gruppierte sich ein Ensemble aus historischen Fachwerkhäusern, das erst auf der anderen Seite von dem Verkehr auf der Straße nach Hellenthal begrenzt wurde. Am nördlichen Ende wurde der Halbkreis durch ein großes, altes Gebäude abgeschlossen, das mit seiner Mischung aus verputzten Bauteilen und bunt bemalten Balken wie das Oberhaupt der Jahreshauptversammlung des örtlichen Trachtenvereins wirkte, ein Eindruck, der nur durch die großzügige Dekoration des zum Haus gehörenden Vorplatzes mit Baumaschinen und Containern gebrochen wurde.

Sandra stand neben ihrem kleinen Auto und sah ihm erwartungsvoll entgegen. Sie trat eine Zigarette aus und hüstelte dezent. »Na, hast du uns mal wieder Extra-Arbeit aufgehalst?«, rief sie zur Begrüßung, »du lässt aber auch nichts aus!«

»Das mache ich nur, um dich zu ärgern. Wo geht es hin?«

Sandra deutete auf das große Gebäude hinter ihr. Am Haupthaus vorbei führte ein Weg zu dem hinter Baugerüsten versteckten Nebentrakt, in dem bei genauem Hinsehen eine Tür zu erkennen war.

»Was ist das hier eigentlich?«, fragte Schwarz, während er Sandra in den durch schwere Reifen aufgewühlten Matsch folgte.

Sie zeigte auf die schwarz-weißen Fachwerkhäuser. »Da wohnten die Arbeiter von den Eisenhütten, die es hier im Mittelalter gab. Und wenn ich mich richtig erinnere, ist das hier der letzte Rest von einer Besteckfabrik, die hier stand. Oberhausen ist ein ganz alter Industrieort, doch schon bald ging es hier mit den Aufträgen bergab. Die Eifel hatte es nie besonders leicht.« Sandra schaute auf die Tür. »Du hast den Schlüssel?«

Schwarz nickte und öffnete. Die Wohnung lag ruhig vor ihnen, als wäre der Besitzer gerade im Urlaub. Nichts deutete darauf hin, dass jemand hier war, der nicht hierher gehörte. Sie standen in einem schmalen Flur, an dessen hinterem Ende eine Tür wieder aus der Wohnung hinausführte, während eine Treppe den Weg ins Obergeschoss eröffnete.

»Na, dann wollen wir mal«, seufzte Sandra und zog sich Plastikhandschuhe an, nachdem sie Schwarz ein zweites Paar angeboten hatte. »Du oben, ich unten?« Sie spähte in das

Wohnzimmer, das frisch und aufgeräumt war, als würde pingeliger Besuch erwartet. »Was suchen wir?«

»Den Grund, warum in Vogelsang eine Leiche liegt!«, antwortete Schwarz und stieg vorsichtig die Treppe empor. Oben sah er sich um. Links blickte er in ein Schlafzimmer. Das Bett war gemacht. Er öffnete die Tür, die nach rechts führte, und der Anblick verschlug ihm die Sprache. »Oh, mein Gott!« stieß er aus, als er sich gefangen hatte.

»Was ist los?«, rief Sandra von unten.

»Komm her und sieh es dir an!«

Ein Chaos aus Papieren, Büchern, Heften und Broschüren ergoss sich wie ein malerischer Wasserfall über Schreibtisch, Regale, Schubladen und versöhnlich, um niemanden zu benachteiligen, auch über den Fußboden.

Sandra sah an Schwarz vorbei und stöhnte. »Ist hier eingebrochen worden?«

»Es sieht so aus. Da allerdings die Schränke ordentlich geschlossen sind und hier auch Laufwege auf dem Boden zu erkennen sind, gehe ich eher davon aus, dass wir hier vor dem stehen, was man so gern als ›kreatives Chaos‹ bezeichnet.«

»Wie ich die hohen Herren kenne, dürfen wir das jetzt alles bis morgen auswendig lernen.«

»Und noch einen Bericht darüber schreiben.« Sie sahen in stummer Verzweiflung auf den Berg aus Papier.

»Wie kann man bloß so arbeiten!«, raunzte Sandra und machte vorsichtig einen Schritt vorwärts.

Schwarz zuckte mit den Schultern. »Wie auch immer. Wenn es das ist, womit Perschke sich beschäftigt hat, dann müssen wir uns hier durchwühlen. Um am besten fangen wir mal gleich damit an!« Er kniete sich hin, um einen Blick auf die vorwitzigsten Papiere zu werfen, die es bis an den Türrahmen geschafft hatten.

»Sollen wir nicht einfach alles einpacken und mitnehmen?« Sandra wirkte muffelig.

»Wieso? Wir haben Zeit. Vielleicht ist ja auch von Belang, wo die einzelnen Sachen liegen. Wenn wir alles einpacken, bekommen wir das nicht mehr hin.«

»Na gut. Also, wo würden wir das Wichtigste hintun?«

»Auf den Schreibtisch!« Schwarz ging vorsichtig über den Pfad, der zwischen den Papieren zu sehen war. Er zeigte auf die Tischplatte. »Hier, eine freie Fläche mit Kabeln, hier dürfte ein Computer gestanden haben. Wahrscheinlich ein Laptop. hat er wahrscheinlich mit nach Vogelsang genommen, wenn er dort gearbeitet hat.« Laut nachdenkend hatte Schwarz gar nicht bemerkt, dass Sandra den Raum verlassen hatte. »Ist oben ein Laptop gefunden worden?«, rief er ihr zu.

»Ich frage gerade nach!«, sagte sie und sprach kurz in ihr Handy. »Nein«, rief sie zurück und sah durch die Tür. »Willst du dir das hier wirklich antun?«

»Hast du eine bessere Idee?«

»Nein, aber ich habe auch noch anderes zu tun. Ich hole dich dann mal in ein, zwei Jahren ab, ist das okay?«

»Das dürfte knapp hinkommen«, sagte Schwarz und blickte seufzend auf die Papiermassen um sich herum.

* * *

Blatt um Blatt drehte er um. Das Licht des Tages war längst nach einer fahlen Dämmerung in eine nachtschwarze Dunkelheit gefallen, die von den Laternen nur in eine Illusion von Helligkeit verwandelt wurden. Wenn er ermattet aus dem Fenster sah, um Augen und Geist einmal in die Ferne schweben zu lassen und die krampfhafte Suche nach Zusammenhängen, die das Chaos ordnen konnten, nicht in mutlose

Erschöpfung ausarten zu lassen, kam es ihm so vor, als hätte die Menschheit sich eine Tarnkappe übergezogen, um von den Geistern und Gespenstern der Dunkelheit unbehelligt zu bleiben. Schade, dachte Schwarz, sie kriegen euch doch!

Die Schar der Polizisten und Labormenschen mit Reagenzgläsern, die am Nachmittag Einzug gehalten hatte, war schon lange verschwunden. Sie hatten ihn eine Weile nachdenklich betrachtet, wie er sich durch die Berge von Papier wühlte und befunden, dass es sich nicht lohnen würde, wenn sich noch jemand in diese undankbare Aufgabe einarbeitete. Mit einer allzu eiligen Entschlusskraft, die nur zu gut ihre Unlust, sich mit dem ganzen Kram abzugeben, dokumentierte, hatte Henning Rausch, der Hauptkommissar aus Euskirchen, der die Untersuchung leitete, ihn mit der Auflistung der Unterlagen betraut und sich davongemacht, ehe Schwarz Widerworte geben konnte.

Doch auf die hätte Rausch vergebens gewartet. Tatsächlich hatte Schwarz im Laufe des Tages ein System entwickelt, das zu erklären mehr Worte benötigt hätte, als er, tief in die Gedankenwelt des Toten versunken, aufzubringen fähig war. Dabei war es eigentlich recht einfach. Er hatte mehrere Haufen angelegt, in denen er Themen zusammenzufassen versuchte, die Perschke interessiert haben könnten. Neonazis in den Kreisen Aachen und Euskirchen, ihre aktuellen Umtriebe, Geldgeber, Machenschaften und Absprachen schienen ein Lieblingsanliegen von ihm gewesen zu sein. Schwarz wusste, dass das, was er hier lesen konnte, der Wirklichkeit entsprach. Und er konnte zufrieden feststellen, dass die Region, in der er gelandet war, den braunen Umtrieben nicht tatenlos zusah, sondern auch immer bereit war, dagegen vorzugehen. Doch wenn er sich die Daten ansah, so handelte es sich dabei wohl um ein Langzeitprojekt des Journalisten. Da gab es Notizen, die teilweise Jahre alt waren, aber immer noch im Fokus des Interesse gelegen hatten; Notizen über die Vernetzungen zwischen erfolgreichen Geschäftsleuten, die als Geldgeber fungierten, und über Strohmänner für Immobiliengeschäfte. Und immer wieder schien Dominik Perschke der Neonaziszene in die Parade gefahren zu sein, indem er den Behörden vor Ort die entscheidenden Tipps gab oder durch eine gut getimte Veröffentlichung ihre Vorhaben publik machte. Die Kameradschaften mussten ihn gehasst haben!

Dann waren da auch viele Dokumente, die sich mit der Geschichte der ganzen Gegend im Allgemeinen und der Ordensburg Vogelsang im Besonderen befassten. Vogelsang, verstand Schwarz hier zum ersten Mal, war ein Schulungsort für die zukünftige Verwaltungselite des Dritten Reiches gewesen. Als der Zweite Weltkrieg begonnen hatte, wurden hier, Adolf-Hitler-Schüler zur Vorbereitung auf eine Laufbahn als willige Helfer der Nazis ausgebildet. Und nach dem Ende des Krieges kamen Engländer, dann Belgier, die die martialische Tradition des Ortes nahtlos fortführten. Deutsche Behörden hatten seitdem hier nichts mehr zu sagen gehabt, erst wieder seit dem Abzug der Besatzungstruppen vier Jahre zuvor.

Schwarz verstand jetzt, warum es ihn dort oben geschüttelt hatte. Die schweren, braunen Steine, zu monumentalen Bauwerken gestapelt, waren dazu erdacht worden, Menschen sich klein und elend fühlen zu lassen, die Größe der Nation zu demonstrieren und ein Menschenbild zu schaffen, das von gnadenlosem Größenwahn dominiert war.

Doch eine Ecke des papierenen Hügels aus ungeordneten Informationen galt einer Geschichte, die Schwarz sehr verworren vorkam und sich erst durch viele, kleine Mosaiksteinchen zu einem größeren Ganzen zusammenfügte. *Hitlers fromme Bilderstürmer* oder *Die Bilder sind unter uns* hießen Bücher, die Schwarz Hinweise darauf gaben, wie die einzelnen Blätter aus der historischen Zeit sich in das Geschehen einfügten. Es ging um Kunst, um Bilder, verschwundene, gestohlene, verbrannte und verschollene. Was genau Perschke damit vorgehabt hatte, war Schwarz noch nicht klar, allerdings belegte eine ausführliche E-Mail-Korrespondenz mit dem *Art Loss Register*, mit kunsthistorischen Archiven oder dem Fundus verschiedener deutscher Museen, die das Datum der vorherigen Woche trugen, dass dies wohl sein aktuelles Thema war. Schwarz fand Briefe, deren Anlass ihm nicht klar war, die sich aber alle auf dasselbe Thema bezogen: den Umgang der Nazis mit dem, was sie als »entartet« bezeichnet hatten.

Schwarz schüttelte den Kopf. Natürlich hatte er davon gehört, die Ausstellung in München »Entartete Kunst«, aber er war immer davon ausgegangen, dass die Bilder anschließend auf genau solch martialischen Scheiterhaufen verbrannt worden waren, die jeder von den Bücherverbrennungen des Jahres 1933 kannte. Doch was er hier vorfand, klang eher so, als seien die Bilder noch heute im Handel.

Er schüttelte ungläubig den Kopf, als ihn ein Geräusch aufschreckte, als wäre unten im Erdgeschoss plötzlich die Wohnungstür aufgegangen. Erstaunt ging er in den kurzen Flur und sah in das dunkle Treppenhaus hinab. Ein Schatten schien sich zu bewegen, dann wieder doch nicht. Hatte er sich geirrt? War einer der Kollegen zurückgekommen, um ihm unter die Arme zu greifen? »Sandra?«

Niemand antwortete. Seltsam. Ein Luftzug bewegte sich bis zu ihm hoch. Die frische Luft wirkte belebend und wirbelte den Muff der letzten Tage weg. Schwarz hatte gar nicht gemerkt, wie schlecht die Luft gewesen war. Er ging ein paar Stufen hinunter und sah die Haustür offenstehen. Schwarz zuckte mit den Schultern. Vielleicht hatte der Wind die Tür ja aufgedrückt. Er ging weiter, um sie zu schließen, roch die Nachtluft, die zu ihm hereinwehte, als plötzlich das Licht im Flur ausging und er einen heftigen Schlag auf den Schädel bekam. Überrascht fiel er nach vorne, wollte noch etwas tun, sich aufstützen, als er wieder einen Schlag auf den Kopf bekam. Er rollte sich in eine Ecke unter der Treppe und versuchte, sich in Sicherheit zu bringen, während ihm vor Schmerz und Schwindel übel wurde. Er griff nach der Waffe in seinem Schulterhalfter, zerrte sinnlos an ihr herum, denn sein Arm verweigerte auf einmal die so oft eingeübte Bewegung.

Er hörte schnelle Schritte, Leute, die versuchten, zu ihm zu kommen, sich in seinen Füßen verhedderten, stürzten, übereinanderfielen und schwer auf seinen Beinen lagen. Im Halbdunkel konnte er nichts erkennen, seine Gegner aber wohl auch nicht, denn er hörte Schreie:

»Aua, du Idiot!«

»Wo ist er?«

»Los, weg!«

Schuhe traten auf seine Glieder, zertraten seine Füße, doch dann waren sie weg. Er hörte sie noch laufen, waren es zwei oder drei? Er war sich nicht sicher. Er kroch hinter der Blumenvase her, die ihn geschützt hatte und richtete sich vorsichtig auf. Mit der freien Hand tastete er nach dem Lichtschalter, fand ihn und sah sich um.

Der Flur war leer, und draußen wartete eine stille, düstere Ereignislosigkeit. Wer immer eben auch hier gewesen war, er hatte wohl das Weite gesucht.

Blut tropfte neben ihm auf den Boden, wahrscheinlich eine

Platzwunde, an der Kopfhaut blutete es ja immer stark. Jetzt endlich gelang es ihm auch, die Waffe zu ziehen. So etwas Blödes war ihm ja auch noch nicht passiert. Aber im Training wurde ihnen auch nicht auf dem Schädel rumgekloppt.

Er humpelte zur Tür und sah hinaus in den Abend. Seine vorsichtig tastende Hand spürte Feuchtigkeit oben auf dem Kopf, und nun gesellte sich auch Schmerz dazu, der ihn kurz taumeln ließ. Er sah sich um. Der Angriff war wohl aus der Küche gekommen, die hinten vom Flur abging. Doch die Enge hier in dem alten Gemäuer hatte seinen Angreifern wohl einen Streich gespielt, sie hatten nicht mit der Heftigkeit zuschlagen können, die nötig war, um einen Mann bewusstlos zu machen. Und als er dann noch außer Reichweite gerollt war, hatten sie in der Dunkelheit vollends die Orientierung verloren.

Doch wer hatte überhaupt hier einbrechen wollen? Der Mörder? Hätte der nicht schon seit Freitag die Gelegenheit gehabt? Oder wollte nur jemand, der von dem Fund von Perschkes Leiche gehört hatte, sich hier Unterlagen holen, die ihm sonst Schwierigkeiten bereiten würden? Doch warum erst, als Perschke tot war? Waren sie vorher nicht viel gefährlicher?

Schwarz' Kopf brummte, er wollte sich waschen, duschen, und dann endlich schlafen. Doch auf jeden Fall wollte er nicht riskieren, dass, wenn er jetzt nach Hause fuhr, die Besucher von eben ihre Aufwartung wiederholen würden und seine ganze Arbeit zunichte machten. Am besten packte er einfach alles ein und nahm es mit, dann konnte damit kein Blödsinn mehr geschehen.

Er schloss die Tür, drehte den Schlüssel zweimal im Schloss um, damit er von weiterem bösen Besuch verschont werden würde, und zog los, um Kartons zu suchen.

* * *

Es war schon tief in der Nacht, als Schwarz sein Auto über den ausgefahrenen Weg zu dem Forsthaus lenkte. Seine Laune hatte sich in der letzten Stunde rapide verschlechtert. Die Aufregung, die sich in ihm aufgebaut hatte, während er die Unterlagen studierte, war in sich zusammengefallen und hatte zusammen mit den Schlägen auf seinen Kopf einen katerartigen Schmerz hinterlassen. Auf einmal fand er das gar nicht mehr so spannend, denn als er die Papiere in mehrere Kartons gepackt und in sein Auto geschleppt hatte, war ihm klar geworden, dass er wieder einmal die Habe eines Toten durchwühlte, eines Menschen, der Hoffnungen und Träume gehegt, der vielleicht die Papiere in der Hand gehalten und seine eigene Geschichte mit ihnen verwoben hatte. Wieder einmal hatte der Tod zugeschlagen, sich seine willigen und billigen Helfer unter der Menschheit besorgt und den schmutzigen Teil seiner Arbeit durch sie erledigen lassen. Würde es denn jemals ein Ende haben? Die Welt hatte ihn wieder. Er wollte jetzt nur noch eine Schmerztablette nehmen und dann schlafen.

Schwarz öffnete vorsichtig die Haustür, ging die wenigen Schritte durch den Windfang und fand die Malerin am Ofen in ihrem Atelier sitzen. Sie sah von ihrem Buch hoch und blickte ihn an. Sie strahlte eine Gemütlichkeit aus, ein Gefühl von Heimat und Geborgenheit, dass Schwarz nur zu gerne den Abend lieber in ihrer Gegenwart verbracht hätte, gerne schweigend, bei der Lektüre eines Buches, vor allem aber ohne verprügelt zu werden und die Hinterlassenschaften von Toten zu durchwühlen.

»Ein Glas Wein?«, rief sie ihm zu und hielt verführerisch einen langstieligen Schwenker in die Höhe, in dem eine blutrote Flüssigkeit im Widerschein des Kaminfeuers aufblitzte. Er nickte müde.

»Holen Sie sich ein Glas und bedienen sich selbst, ich bin zu faul, nach zehn Uhr abends lassen meine Gastgeberqualitäten schon mal nach.«

»Kein Problem«, sagte Schwarz und goss sich ein. Er setzte sich zu ihr und starrte ins Feuer.

Bettina Sieger kniff die Augen zusammen und fixierte seine Haare. »Hatten Sie einen Unfall?«, fragte sie.

Er nickte müde. »So kann man es auch sehen. Irgendjemand hat mir eben eins über den Schädel gegeben. Nein, nein«, hielt er sie zurück, als sie aufspringen wollte, »nicht nötig, es ist nur halb so schlimm, ich werde gleich duschen, es hat schon aufgehört zu bluten.«

»Was war los?«, fragte sie beunruhigt.

»Ich war in der Wohnung von Perschke, den haben wir heute Morgen gefunden. Tot.«

»Dominik? Oh, wie schrecklich!« Sie sah fassungslos auf den Boden. »Weiß man schon irgendetwas?«

»Nein, leider nicht. Er war wohl in Vogelsang im Archiv, um dort etwas zu recherchieren. Ich habe heute seine Leiche entdeckt.«

Sie schwieg eine Weile.

»Kannten Sie ihn näher?«, fragte Schwarz in die Stille hinein.

»Ja, er war immer mal wieder hier. Man läuft sich halt über den Weg.« Sie schüttelte traurig den Kopf. »Wirklich schrecklich, ich weiß gar nicht, was ich sagen soll.«

»Hatte er eigentlich Angehörige?«

»Die Eltern sind tot, das hat er mir mal erzählt. Er hat wohl nur noch eine Großmutter, die irgendwo im Altenheim ist, aber mehr weiß ich nicht.«

Schwarz trank einen Schluck. Die Bitterkeit der tanninreichen Flüssigkeit zog die Geschmacksperlen auf seiner Zunge zusammen. Tief atmete er den schweren Geruch des Weines ein. Er roch noch Ruhe, nach Frieden. Ihm kam ein Gedanke. »Kennen Sie sich eigentlich mit verschollenen Bildern aus dem Dritten Reich aus?«

»Kaum. Ich weiß halt, was man so weiß, dass die Nazis den Befehl gegeben hatten, die Museen von entarteter Kunst zu reinigen.«

»Ja, aber was ist aus den Bildern geworden, wissen Sie da etwas?«

Sie sah ihn überrascht an. »Sind die nicht verbrannt worden?«

»Ich dachte auch, aber wenn ich die Unterlagen, die ich bei Perschke gefunden habe, richtig verstanden habe, dann war das wohl etwas komplizierter.«

»Wenn Dominik in der Richtung recherchiert hat, dann ist da auch etwas. Ich habe da keine Ahnung. Aber ich kenne jemanden, der Ihnen weiterhelfen könnte. In Heimbach an der Kunstakademie lehrte ein gewisser Professor von Herrenberg. Ich denke, der kann Ihnen da mehr sagen als jeder andere.« Sie sah hoch. »Wahrscheinlich können Sie ihn auf der Burg Hengebach treffen. Die wird gerade umgestaltet, und eine Kunstakademie wird dort aufgebaut. Herrenberg ist oft auf der Baustelle, vielleicht können Sie ihn ja dort erreichen.«

Schwarz leerte sein Glas und stand auf. »Gute Idee, das werde ich versuchen. Es ist spät. Danke für das Glas Wein. Ich hoffe, ich störe nicht, wenn ich jetzt noch unter die Dusche steige.«

»Nein, nein«, sagte sie, »besser als wenn der Rest der Welt denkt, ich hätte die Miete mit dem Gummiknüppel eingetrieben.« Sie winkte ihm einen Gruß zu und wickelte sich tiefer in ihre Decke.

Kapitel 7

Im Augenblick werden Sie mich kaum woanders finden als hier!«, lachte von Herrenberg laut und schob Schwarz entschlossen am Arm vor sich her. Er war ein älterer Herr mit fröhlich aufschäumendem Temperament, der in seinem Äußeren gesetzter wirkte, als er war.

Am frühen Morgen hatte Schwarz nach einer unruhigen Nacht beschlossen, dem Professor der Kunstakademie, von dem die Malerin erzählt hatte, einen Besuch abzustatten, bevor er nach Euskirchen fahren wollte, wo die Sonderkommission sich traf. Als Schwarz in den engen Gassen von Heimbach endlich einen Parkplatz gefunden, den langen Aufstieg durch die alten Tore bewältigt und sich einen Weg durch die eifrig durcheinanderrennenden Bauarbeiter gebahnt hatte, war ihm die aufrechte Gestalt sofort aufgefallen, schon allein, weil der Mann als Einziger keine Arbeitskleidung trug.

»Diese Akademie wird die ganze Stadt hier verändern. Und hier sind fantastische Möglichkeiten! Wir haben hier mehrere Etagen mit den allerbesten Ateliers: Foto, Video, Bildhauer, Maler, Grafik, kurz, es gibt nichts, was Sie hier nicht werden lernen können. Interessieren Sie sich für Kunst?«

Sie standen an einer Mauerbrüstung, die einen beeindruckenden Blick über die Stadt bot. Klein, verwinkelt, und jetzt auch noch ruhig, ein Ambiente, das jeden Touristen begeistern musste. Von oben machte es beinahe Spaß, dem Verlauf der kleinen Gassen mit den Augen zu folgen.

»Nicht wirklich«, gab Schwarz zu, »aber ich wohne bei Bettina Sieger, die hat mir Ihren Namen genannt und mir geraten, mich einmal an Sie zu wenden.«

»Die Frau Sieger, ja, das ist nett, tolle Künstlerin, sie wird hier auch Dozentin werden, gut, dass Sie es erwähnen, vielleicht sollte ich sie einmal darauf ansprechen, was meinen Sie? Aber mal abgesehen davon, was kann ich denn eigentlich für Sie tun?«

Schwarz sah einen Moment über Heimbach hinweg, um seine Gedanken zu sortieren. »Ja, wo soll ich anfangen. Ich bin bei der Bearbeitung eines Falles auf eine Geschichte gestoßen, die ich nicht beurteilen kann. Und zwar geht es um die Geschichte der Bilder, die im Dritten Reich aus den Museen entfernt wurden. Kennen Sie sich damit aus?«

»Natürlich«, sagte der Professor und lächelte freundlich, »was wollen Sie wissen?«

»Was einen Enthüllungsjournalisten daran interessieren könnte.«

»Warum fragen Sie ihn nicht einfach?«

»Das würde ich gerne, aber der Mann ist tot.«

»Oh, das ist natürlich etwas anderes.« Der Professor dachte nach und ließ seinen Blick über das Panorama wandern. »Ich kann Ihnen leider auch nicht sagen, was für einen Journalisten sensationell genug ist, um das zu recherchieren. Das kann ich nicht beurteilen, ich bin Kunsthistoriker und kein Journalist. In den letzten Jahren ist da auch noch viel aufgearbeitet worden. Aber eigentlich bin ich davon ausgegangen, dass diese Geschichte nun weitestgehend bekannt ist.« Der Professor holte einmal tief Luft. »Kurz gefasst war es mit der Aktion ›Entartete Kunst‹ so: Wie Sie richtig sagten, wurden 1937 ungefähr zwanzigtausend Kunstwerke von den Nazis aus den deutschen Museen entfernt und beschlagnahmt. Ein Teil davon wurde später bei der berühmten Ausstellung ›Entartete Kunst‹ in München gezeigt. Der Großteil aber wurde verkauft. Dies passierte vor allem durch den Evangelischen Kunstdienst, eine Organisation, die sich eigentlich mit der Förderung von Kirchenkunst befassen sollte, aber von Goebbels immer wieder benutzt wurde, um seine Interessen zu verfolgen. Der Evangelische Kunstdienst übernahm die Kunstwerke, brachte sie in eine Villa bei Berlin und präsentierte sie Galeristen, Sammlern, zeitweise aber auch jedem, der Interesse daran hatte. Bekannt ist zum Beispiel, dass sich auch der Leibarzt von Hitler dort bediente. Die Bilder wurden dann für die dringend benötigten Devisen ins Ausland verkauft, teilweise für Spottpreise, ein Klee für vier Reichsmark, ein Kandinsky für zwei. In den Neunzigerjahren ist eine Liste eines Schweizer Kunsthändlers aufgetaucht, in der dies alles genau festgehalten ist, die sogenannte Fischer-Liste. Das war eine Sensation, denn auf einmal hatte man einen Hinweis, was aus den ganzen Kunstwerken geworden war. Bis dahin lag das alles im Dunkel, und man musste annehmen, dass sie vernichtet worden waren.« Herrenberg hielt kurz inne und fuhr dann fort: »Das stimmt aber so nicht. Wie gesagt, hat man die Bilder wie auf dem Basar verkauft. Das ging so bis ungefähr 1942. Dann wurden die Reste dieser Sammlung aus Berlin in Sicherheit gebracht, wo sie dann in den Wirren des Kriegsendes ihren Weg über dunkle Kanäle zurück in den Kunsthandel fanden. Diese Bilder sind alle noch da, sie werden gehandelt, und sie haben den ganzen Altnazis, die sich in alle Welt geflüchtet hatten, ein solides Auskommen beschert. Es ist wirklich eine ziemlich dreckige Geschichte.«

Schwarz guckte verwirrt. »Ich habe immer gedacht, die seien verbrannt worden?«

»Nur ein Teil ist verbrannt worden, ungefähr ein Viertel, also fünftausend Werke. Schon recht früh sogar, 1939, wenn ich mich nicht irre. Das, was man nicht verkaufen konnte und deshalb als wertlos galt. Der Rest ist mit ziemlicher Sicherheit noch vorhanden.«

Schwarz sah seinen Gesprächspartner nachdenklich an. »Und was kann dann einen Journalisten an der Thematik interessieren?«

Der Professor sah auf die Bauarbeiter, die unter ihm in einer kaum zu begreifenden Choreographie durcheinanderliefen, und hob die Augenbrauen. »Oh, da kann man schon immer wieder auf unglaubliche Geschichten stoßen. Gemälde, die unter dem Sofa liegen oder im Kleiderschrank. Vor zwei Jahren ist in der Schweiz ein Banktresor geöffnet worden, der voll war mit Raubkunst. Und alle paar Monate fuhr der Inhaber dorthin, hat ein Bild herausgenommen und es verkauft. Wollen Sie mir jetzt erzählen, dass das der Einzige war? Alle Beteiligten auf dem Kunstmarkt verdienen großartig an diesen Sachen, aber kaum einer redet darüber. Da kann man schon einigen Dreck aufrühren. Wenn man das möchte, jedenfalls. Vielleicht ist Ihrem Journalisten da ja auch so etwas untergekommen.«

»Sind diese Sachen denn wertvoll?«

»Kommt ganz drauf an, was für Sie wertvoll ist. Auf dem Kunstmarkt geht es ja nicht nach Qualität, sondern nach Namen. Aber wer damals in den Museen vertreten war, der hat auch heute immer noch einen Marktwert. Und wenn Sie das mal so hochrechnen, dann hat auch ein nicht so bekannter Maler aus dieser Epoche einen Wert, der auf jeden Fall in den fünfstelligen, oft sogar in den sechsstelligen Bereich geht. Pro Bild, meine ich jetzt. Wenn Sie nun etwas finden, was bisher noch nicht auf dem Markt ist, dann hängt es natürlich davon ab, wer diese Sachen gemalt hat. Aber wertvoll wird es mit ziemlicher Sicherheit sein.«

»Wo würden Sie denn anfangen, solche Bilder zu suchen?«

Der Professor lachte. »Guter Mann, ich befasse mich mit zeitgenössischer Kunst, nicht mit toter. So etwas hängt in den Museen. Das ist gut, das ist schön. Aber mich begeistert, was die Künstler heute schaffen, wie sie die Welt sehen und daraus Kunst machen. Das ist ein Abenteuer, das mich reizt! Hinter diesen alten Schinken sind Bilderdetektive her. Die machen nichts anderes, das ist ein richtiger Beruf! Die spüren den alten Nazis nach, die durchstöbern die Archive, und die treiben auch immer wieder Dinge auf, von denen man nicht gedacht hätte, dass sie noch existieren. Das ist ein eigener Berufszweig, aber, glauben Sie mir, nicht meiner.« Er sah schweigend in den Himmel, an dem in den tief hängenden Wolken die ersten Lücken blauen Hintergrund durchblitzen ließen, dann sprach er weiter. »Und außerdem, wo sollen diese Bilder dann heute sein? Wo soll man sie versteckt haben? Seit dem Kriegsende ist ganz Deutschland auf der Suche nach irgendwelchen Hinterlassenschaften der Nazis auf den Kopf gestellt worden. Nazigold, Bernsteinzimmer, Hitlertagebücher, andauernd gibt es irgendeinen neuen Mist, den jemand gefunden haben will. Mir kommt das so vor, als weiden sich diese Leute an dem Schrecken, den die Gespenster aus der Nazizeit auslösen. Jeder Stein wird umgedreht, ob da nicht noch etwas von dem zu finden ist, was diese Kerle damals zusammengerafft haben. Und dann sollen ausgerechnet weitere Kunstwerke übersehen worden sein? Die können ja auch wieder in irgendeinem Tresor stecken. Vielleicht hat Ihr Journalist ja einen entdeckt!«

* * *

Ein Kollege in Uniform war so freundlich, Schwarz zu helfen, die Kisten mit den beschlagnahmten Unterlagen hochzutragen. Die Hauptwache in Euskirchen war einer der handelsüblichen Zweckbürobauten, wie sie zu Tausenden in den Siebziger- und Achtzigerjahren zur Verschandelung der Innenstädte errichtet worden waren. Aus der Düsternis des Erdgeschosses stiegen die beiden Polizisten durch das Treppenhaus. Einzelne Personen warteten auf den Plattformen, von denen es mit fast sternförmig angelegten Fluren in die verschiedenen Abteilungen abging.

Der Polizist drückte die Tür auf, an der *KK Kriminalitätsbekämpfung* stand und betrat den ersten Raum.

»So«, sagte er und stellte seinen Karton mit Schwung auf den Tisch, »ich nehme mal an, dass die Kollegen auch gleich hier sind.« Schwarz wuchtete seine beängstigend schwankende Last daneben und sah sich um. »Ihr seid aber ganz ordentlich ausgestattet«, bemerkte er und zeigte auf den riesigen Flachbildschirmfernseher und die dazugehörige Elektronik.

»Ja«, lachte der Kollege, »sollte man nicht meinen, was? Auch in der Eifel hält die Technik Einzug!« Er nickte Schwarz zum Abschied zu und sagte im Gehen: »Die Kollegen kommen sicher auch gleich. Bis bald!«

»Vielen Dank fürs Helfen!«, rief Schwarz ihm hinterher.

Als er allein war, musterte er die Zeitungen, die auf dem Tisch lagen. Wie es nicht anders zu erwarten gewesen war, prangten empörte Schlagzeilen auf den Titelseiten – ein Journalist, einer der ihren, war ermordet worden. Er schaute aus dem Fenster und beobachtete das Gewimmel auf der Straße, als er hinter sich das Klappen der Tür hörte.

»Ach, so sieht man sich wieder!«

Schwarz drehte sich um. Ein Mann hatte den Raum betreten, ungefähr in seinem Alter, direkt gefolgt von einer Frau, die ihm freundlich zunickte. Das Gesicht des Kollegen kannte er, man war sich schon das ein oder andere Mal begegnet, doch den Namen wusste er nicht mehr.

»Ich bin Robert«, half der ihm aus, »du guckst so, als wüsstest du es nicht mehr. Aber du bist Stefan, stimmt's? «

»Stimmt«, lachte Schwarz, »tut mir leid, aber ich habe im letzten halben Jahr so viele neue Gesichter kennen gelernt, ich habe immer noch Probleme, die mit allen Namen in Verbindung zu bringen.«

Robert setzte sich an den großen Tisch und deutete auf den Stuhl neben sich. »Und? Schon eingelebt in der Eifel?«

Schwarz nickte. »Ich glaube schon. Ich finde es da eigentlich ganz nett.« Er sah in die Runde. Mittlerweile hatte sich der Raum mit Kriminalbeamten beiderlei Geschlechts gefüllt, die meisten ins Gespräch vertieft. Manche hatten Akten dabei, die sie noch studierten.

»Sag mal, wer leitet die Soko eigentlich? Ich kannte den Namen noch nicht.«

»Henning. Henning Rausch. Guter Kerl. Aber erschreck dich nicht, er ist etwas grob. Wenn man mit ihm arbeitet, muss man es auch mal abkönnen, angeranzt zu werden. Er meint es aber nie böse, deshalb ertragen es alle. Und du weißt bei ihm immer, wo du dran bist. Er ist immer gerade und ehrlich. Kommt oben aus dem Venn, aus Mützenich.« Vor Schwarz' innerem Auge wollte gerade eine Art Eifel-Yeti in Polizeiuniform erscheinen, doch Robert sprach weiter: »Und? Du hast die Leiche gefunden, habe ich gehört?« Er bot Schwarz Kaffee an, den dieser dankend annahm.

Während Schwarz eine Kurzversion der Ereignisse des Vortags gab, ließ er seinen Blick über die Kollegen aus der Sonderkommission gleiten. Wie eigentlich alle Kriminalbeamten sahen sie völlig unspektakulär und alltäglich aus. Der eine war etwas älter und gemütlicher, die andere etwas jünger und durchtrainiert, und doch war in ihren Augen etwas, das Schwarz schon oft bei Polizisten gesehen hatte: dieses gemeinsame Wissen um die Abgründe des Lebens, das sie zusammenschweißte. Doch der, der jetzt durch die Tür trat, ließ durch seinen Habitus sofort erkennen, wer hier im Raum das Sagen hatte. Er ging an den Tisch und starrte auf die Zeitungen, die dort lagen, während die Gespräche erstarben.

»Na prima«, rief Henning Rausch, und griff nach den Zeitungen, die auf dem Tisch lagen. »Nicht genug, dass die Jungs von der Presse mir keine Ruhe mehr lassen, jetzt liegt das hier auch noch überall rum! Waren Sie das?«, fragte er Schwarz, der einfach nur den Kopf schüttelte. »Und den ganzen Tag hängen einem die Typen in den Füßen rum. Fernsehen ist auch schon da! Und wo wir gerade dabei sind: Kann mir einer sagen, worum es sich hier handelt?« Er sah mit leicht indigniertem Gesichtsausdruck auf die vor ihm stehenden Kisten, als hätte Schwarz zur allgemeinen Erheiterung ein Rudel Maden freigesetzt.

»Dies sind die Akten aus der Wohnung Perschke, die ich gestern mitgenommen habe, nachdem irgendjemand versucht hat, mir den Schädel einzuschlagen«, erläuterte er.

Rausch runzelte die Stirn. »Davon weiß ich noch nichts. Was war da los? Wieso weiß ich nichts davon?«

Schwarz zuckte mit den Schultern. »Ich habe es nicht für wirklich wichtig gehalten. Jemand wollte rein und hat nicht damit gerechnet, dass ich da war. Ich glaube, die haben sich mehr erschrocken als ich mich. Auch wenn ich jetzt die Kopfschmerzen habe.«

»Mehrere Leute?«

»Zwei würde ich sagen. Ich habe mich unter die Treppe gerollt, und dann waren sie auch schon wieder weg.«

»Was sagt der Arzt?«

»Ich war nicht da.«

»Aber es geht Ihnen gut? Wenn Sie irgendwelche Probleme haben, dann lassen Sie sich bitte untersuchen. Ich finde es eigentlich ziemlich dämlich, wenn einer meiner Leute den harten Mann spielt.«

»Ich bin nicht hart, aber ich habe in den letzten Monaten genug Ärzte gesehen und kann ohne Weiteres drauf verzichten.«

Der Hauptkommissar nickte. »Verstehe ich. Also können wir davon ausgehen, dass sich in der Wohnung etwas befindet, das den Mörder interessiert. Oder jemanden, der von dem Mord gehört hat und nun hofft, leichte Beute machen zu können. Und das ist alles? Was ist denn da alles drin?«

»Ich habe die Unterlagen grob vorsortiert. In der grauen Kiste sind Unterlagen, die sich mit Neonazis in den Kreisen Euskirchen und Aachen beschäftigen. Dort in der anderen sind ältere Geschichten und Dinge, die wohl zu seiner Tätigkeit hier in der Lokalredaktion gehören. Und hier ist das, was Perschke in der letzten Zeit beschäftigt zu haben scheint. Verschwundene Bilder aus der Nazizeit und der Handel damit. Was Perschke damit vorhatte, konnte ich noch nicht feststellen.«

»Dann schlage ich vor, dass Sie sich diese Kiste gleich wieder mitnehmen und sie weiter durcharbeiten.«

»Gut. Ich war heute Morgen auch schon in Heimbach bei Professor von Herrenberg, um mich dort etwas zu informieren.«

»Und? Hat es etwas genützt?«

»Nichts Konkretes. Jedenfalls nichts, was in die normalen Themen von Perschke hineinpasst. Eigentlich hat er sich vorwiegend mit der aktuellen Naziszene beschäftigt, wenn ich mir die Mengen so ansehe.«

»Gut, dann werden wir uns darum kümmern.« Er drehte sich in den Raum. »Gibt es schon Nachrichten aus der Gerichtsmedizin? Spurensicherung?«

Ein Kollege aus der hinteren Reihe hielt einen dünnen Aktendeckel in die Höhe. »Noch nichts Genaues, aber einige Dinge vorab. Perschke ist wahrscheinlich mit einem stumpfen Gegenstand erschlagen worden, die Spurensicherung ist noch dabei, vor Ort das entsprechende Gegenstück zu suchen. Mehr war nicht zu bekommen.«

»Wenn es in Deutschland keine stumpfen Gegenstände mehr gäbe, wären wir wahrscheinlich arbeitslos«, seufzte der Kommissar.

»Und erst die spitzen«, rief ein anderer.

»Gibt es etwas über den Todeszeitpunkt?«

»Nicht aus der Gerichtsmedizin«, meldete sich Robert, »aber ich habe gerade die Unterlagen von seiner Telefongesellschaft bekommen. Das letzte Gespräch von seinem Handy wurde gegen 22 Uhr geführt.«

»Und mit wem?«

»Mit der Redaktion vom Eifelboten.«

»Aha. Gab es dazu einen Anlass?«

»Weiß ich noch nicht, ich bin gleich mit Heinz-Rudolf Knarpsen, dem Chefredakteur vom Eifelboten, verabredet.«

»Prima, viel Spaß, der ist mir heute schon so auf die Nerven gegangen, auf den kann ich wirklich verzichten. ›Sie kenne ich noch, da sind Sie noch Streife gegangen!‹ Was für eine Nervensäge! Dann nimm Schwarz mit, dann kann der gleich mal Euskirchen kennen lernen.«

»Will ich das?«, brummte Schwarz.

»Interessiert mich nicht«, gab der Hauptkommissar zurück. »So Leute, jeder schnappt sich jetzt hier einen Berg Akten, und bis heute Nachmittag hätte ich gerne, dass wir die letzten Kontakte von Perschke auf dem Tisch liegen haben. Was ist mit der Familie?«

Schweigen in der Runde, alle sahen sich gegenseitig an.

»Na bitte, Laptop, Handy, Festnetz, bitte alle checken und jeden befragen, ob Motive auch im persönlichen Umfeld zu erkennen sind. Jürgen, du fängst mit der Putzfrau an, wie heißt die noch? Dötting!«

»Soll das nicht Stefan machen, der kennt die doch schon und ist vor Ort.«

»Schwarz hat schon genug zu tun, und es ist auch besser, wenn die von jemand anderem befragt wird. Hol sie dir hierher, vielleicht fällt ihr auf der Herfahrt noch was ein, was die Champagnerluft der Eifel ansonsten verdeckt hält. Dann bitte einen Kontakt zum Staatsschutz, ich finde Vogelsang als Tatort, das kommt mir vor, als wollte einer ein Exempel statuieren. Also, bitte die aktuellen Erkenntnisse zur rechtsextremen Szene und genau die aktuellen Projekte von Perschke in dieser Richtung. Auch in der Redaktion nachfragen!« Er fuchtelte mit dem Finger in Richtung Schwarz.

Während der Hauptkommissar weiter Aufgaben verteilte, stupste Robert Schwarz in die Rippen und sagte leise: »Los, Stefan, lass uns hier abhauen, sonst fällt dem noch mehr ein.«

Schwarz nickte zustimmend, doch während sie aufstanden, rief Rausch: »Ach, Schwarz, eh Sie sich verdrücken!« Er ging auf ihn zu und reichte ihm die Hand. »Ich hoffe, wir kommen gut miteinander aus. Ich bin Henning. Henning Rausch.«

»Stefan.«

»Wenn du etwas brauchst, Hilfe, Unterstützung, dann sag Bescheid. Wir sind hier ein Team, und so wollen wir auch arbeiten. Okay? Und jetzt haut ab!«

»Ist recht«, nickte Schwarz und verließ den Raum, seinem Kollegen folgend.

* * *

»Es ist eine verdammte Sauerei, und ich bin wirklich stinksauer, wie das passieren konnte! Wie oft habe ich schon um Polizeischutz für Dominik gebeten, aber nein, nein, nein! Das sind ja alles Hirngespinste, und wir Journalisten sollen uns doch bitte nicht so wichtig nehmen! Und jetzt? Eine ganz schreckliche Geschichte«, sagte Knarpsen und stand auf, um die Tür hinter den beiden Polizisten zu schließen. »Perschke war einer unserer besten Leute, er schrieb wie ein junger Gott und war sich nie zu schade, ein heißes Eisen anzupacken.« Er deutete auf zwei Stühle und bot Kaffee an, den sie aber ablehnten. Knarpsen ließ seinen massigen Körper in einen Schreibtischstuhl fallen, fuhr sich durch die kurzgeschnittenen Haare, die ihn wie ein Double des sehr späten Klaus Lage aussehen ließen, und schob die Papiere auf seinem Schreibtisch hin und her. Er schien die Rolle als gefragter Pressemagnat sehr zu genießen, atmete bedeutungsschwanger durch und fixierte die Beamten mit wild entschlossenem Blick durch seine Hornbrille. »Und, wissen Sie endlich, wer es getan hat?«

»Herr Knarpsen, wir stehen erst ganz am Anfang unserer Ermittlungen.«

»Dann geben Sie mal Gas! Ich habe keine Lust, dass mir alle meine Schreiber abgeschlachtet werden, nur weil Sie unfähig sind!«

Schwarz fühlte Unwillen wie eine heiße Welle seinen Körper durchfluten. Er verschluckte das Schnauben, das er am liebsten von sich gegeben hätte, und wählte passendere Worte. »Herr Knarpsen, wir sind hier unter uns. Sie wissen doch genau, wie das läuft. Es ist keiner aus Ihrer Redaktion hier, und deshalb brauchen Sie auch nicht den Rächer der Enterbten zu spielen. Also schalten Sie ganz schnell einen Gang zurück. Wir sind nicht gekommen, um uns von Ihnen Polizeiarbeit erklären zu lassen. Sonst fange ich noch an und erkläre Ihnen Ihre Zeitung. Und das werden Sie nicht wollen.«

Knarpsen atmete durch und sah Schwarz an. »Wer sind Sie eigentlich? Ich kenne Sie noch gar nicht?«

»Schwarz. Ich denke, das können Sie sich merken.« Schwarz funkelte Knarpsen an, der genauso zurückfunkelte und ihn musterte, als wollte er ihn auf mögliche Hautunreinheiten untersuchen.

»Keine Sorge. Ich werde Sie mir merken. Einen von Ihrer Sorte habe ich noch nie vergessen. Und ich verspreche Ihnen, ich werde noch hier an dem Schreibtisch sitzen, wenn Sie schon im Galopp aus der Eifel geflüchtet sind. Ich bin länger hier als Sie alle. Ihren Chef, den habe ich noch gekannt, da ist der noch Streife gegangen.«

Schwarz sah Robert an und unterdrückte ein Grinsen. »Tatsächlich? Wie aufregend. Aber vielleicht wollen Sie uns jetzt, statt hier weiter wilder Mann zu spielen, ein paar Fragen beantworten. Sonst gehen wir nämlich mal eben schräg gegenüber auf das Präsidium und erledigen das dort, wenn Ihnen das lieber ist. Wir haben nämlich einen Mörder zu fangen. Oder sind Ihnen Schlagzeilen über unfähige Polizisten lieber als die Aufklärung? Dann werden wir eben offiziell. Gehen wir?« Schwarz stand auf und sah Knarpsen fragend an.

Robert lächelte gespielt freundlich und stellte sich neben ihn.

Knarpsen schnaufte einmal laut und knallte einen Stift auf die Tischplatte. »Entschuldigung, aber mir geht das wirklich an die Nerven. Natürlich helfe ich Ihnen, wenn ich kann. Dominik war ein feiner Kerl, er hat das nicht verdient. Also, was wollen Sie denn jetzt eigentlich?« Er deutete auf die beiden Stühle. Die beiden Polizisten nahmen das als Kapitulation und setzten sich wieder.

»Perschke hat am Freitagabend noch einmal telefoniert,

und zwar mit Ihrer Redaktion. Können Sie uns sagen, mit wem er da gesprochen hat?« Robert zog aus seiner Seitentasche ein Notizbuch und machte einen Stift schreibbereit.

Knarpsen wirkte überrascht »Mit mir! Ja, das war ich! Perschke wollte in der nächsten Woche frei haben, er wollte recherchieren.«

»Wissen Sie worüber?«

»Nicht genau. Das wusste man bei ihm nie. Meistens hatte er mehrere Stories gleichzeitig, an denen er dran war. Zur Zeit sind die braunen Kameraden wieder sehr aktiv hier im Kreis, es kann gut sein, dass er da einen Tipp bekommen hat.«

»Er war am Freitag im Archiv in Vogelsang, können Sie das bestätigen?«

»Ja, das war er. Er wollte da irgendwelche alten Akten sichten, die gerade neu gekommen waren, aber da hat er sich nicht näher geäußert.«

»Wie viel Uhr war es da?«

»Acht, halb neun, vielleicht. Steht das nicht auf Ihren Listen?«

Robert ignorierte die Frage. »Und danach haben Sie nichts mehr von ihm gehört?«

»Nein, nicht, bis gestern die Neuigkeit von seinem Tod herumging.«

»Erwähnte er in dem Gespräch irgendetwas Außergewöhnliches? Vielleicht irgendetwas mit Kunstwerken?« Schwarz wurde den Gedanke an den Karton mit Unterlagen nicht los, den er gerade auf den Rücksitz seines Autos gestellt hatte.

»Bilder? Die aus dem Dritten Reich, ja, das war so ein Hobby von ihm. Aber die Geschichten, die sind für unsere Zeitung gar nicht interessant. Wir sind ein Lokalblatt, da zählt so etwas nicht. Wenn es da irgendetwas Neues gegeben haben sollte, dann hat er mir bestimmt nichts davon erzählt.

Er wusste, dass ich ihm da überhaupt nicht zuhöre.«

»Ihnen kommt also niemand in den Sinn, der Perschke ermordet haben könnte?«

Knarpsen lachte und warf sich nach vorn, dass sein Schreibtischsessel ein protestierendes Knirschen von sich gab. »Guter Mann, mehr als genug! Die Leute hätten sie in Dreierreihen aufmarschieren lassen können! Perschke war wie einer dieser kleinen, fiesen Terrier, die sich bei Ihnen in die Knöchel beißen, und die Sie nicht wieder loswerden. Wenn der einmal Blut geleckt hatte, dann bohrte der so lange, bis er alles aufgedeckt hatte. Müllskandale, korrupte Politiker, Bürgermeister und Bordelle, illegale Waffenexporte, nehmen Sie, was Sie wollen, der hat nichts ausgelassen.«

»Meinen Sie, Sie könnten uns eine Liste zusammenstellen von derartigen Fällen?« Schwarz beschloss, die augenblickliche Kooperationsbereitschaft von Knarpsen auszunutzen.

Knarpsen sah ihn durchdringend an. »Da haben Sie sich aber was vorgenommen! Mensch, wir müssen hier ab und zu auch noch eine Zeitung produzieren!« Er dachte kurz nach. »Mal sehen, ich habe gerade ein paar Praktikanten im Haus, da können die mal Recherchearbeit üben, die lasse ich das machen. Bis morgen haben Sie die Liste. Aber wenn Sie mich fragen, dann konzentrieren Sie sich auf die Neonazis, die hatte der wirklich auf dem Kieker. Und die Jungs verstehen leider so gar keinen Spaß!«

Kapitel 8

Schwarz duckte sich tiefer in seinen Teller, als er durch die Fensterscheibe den Ortsvorsteher Walterscheid näher kommen sah, doch seine Hoffnung wurde nicht belohnt: Walterscheids Augen leuchteten auf, als er Schwarz erkannte. Er drückte die Tür der Metzgerei auf und setzte sich unaufgefordert mit an den Tisch.

»Tach auch! Das ist ja mal wieder eine schöne Geschichte, die Sie da am Hals haben,« begann er direkt mit dem Wesentlichen, »das hätte ich ja nie für möglich gehalten, dass hier so etwas Entsetzliches passiert. Der Dominik, um Gottes willen! Wer hätte denn das gedacht!« Er sah interessiert auf Schwarz' Teller und erkundigte sich: »Was essen Sie denn da?«

»Das Tagesgericht!« antwortete für ihn die Frau hinter der Theke, »Rindsroulade mit Kartoffelpüree!«

»Lecker! Und? Schmeckt das?«

»Sagen Sie jetzt nichts Falsches!«, rief die Frau hinter der Theke Schwarz zu, »sonst können Sie sehen, wo Sie was zu essen herkriegen!«

»Sie haben es gehört«, antwortete Schwarz, »ich verweigere also die Aussage, weil ich mich ansonsten selbst schädigen könnte.«

»Ja, Anni, machste mir dann auch mal so was?«

»Sicher! Und mit dem Perschke muss ich euch sagen, der konnte einem schon mal auf die Nerven gehen! Aber gleich umbringen! Hätte nicht auch ein bisschen verprügeln gereicht?«

Walterscheid seufzte und sah nachdenklich durch die riesige Fensterscheibe auf den Schleidener Markt.

Schwarz betrachtete ihn schweigend und kaute gründlich auf seiner Roulade, als würde er die Weisung seiner Mutter, jeden Bissen zweiunddreißig Mal zu kauen, akribisch in die Tat umsetzen.

Walterscheid sah zu, wie sein Essen auf einen Teller getan und in die Mikrowelle geschoben wurde, dann wandte er sich wieder an Schwarz. »Aber jetzt sagen Sie mal, ich habe gehört, auch beim Arnold Dürr seinem Onkel, wie der jetzt gestorben ist, das soll auch nicht mit rechten Dingen zugegangen sein. Stimmt das?«

»Da wissen Sie mehr als ich«, antwortete Schwarz äußerlich ungerührt, »aber können Sie mir mal sagen, wo Sie das wieder herhaben?«

»Herr Schwarz, Sie müssen mich jetzt nicht für neugierig halten, wir haben hier halt ein gesundes Interesse am Schicksal unserer Mitmenschen.« Er blickte Schwarz an, um zu kontrollieren, ob die Erklärung für ausreichend gehalten wurde, und beschloss dann, noch ein wenig nachzulegen. »Das ist hier nicht wie in der Stadt! Wenn Sie hier mit jemandem sprechen, der gerade aus dem Krankenhaus kommt, dann erzählt der nicht nur ganz genau über seine OP, sondern auch über die von allen, die in den letzten Jahren operiert worden sind. Arztgeheimnis oder so kennen wir hier nicht.« Er beugte sich etwas vor, wie um eine nicht vorhandene Vertraulichkeit zu simulieren. »Das ist auch gar nicht ungewöhnlich, wenn man das erzählt. Wenn die Beerdigung verschoben werden muss, weil die Leiche obduziert wird, dann ist das hier schnell rum.« Er sah ihn triumphierend an.

»Wenn Sie denn so viel wissen, was erzählt man denn über das Altenheim?«

Walterscheid guckte angestrengt, als müsse er in seiner internen Registratur erst nach »Altenheim, Hellenthal« suchen. »Das gibt es jetzt noch nicht so lange. Eigentlich hab ich da noch nichts gehört. Du, Anni?«

»Ich? Nä, tut mir leid.« Sie guckte so schuldbewusst wie der BND-Präsident, der dem Bundeskanzler nichts über islamische Terroristen zu berichten weiß.

Schwarz zuckte mit den Schultern. »Also, wenn Sie schon nichts wissen, was soll ich denn da als kleiner Polizist sagen!«

Walterscheids Gesicht war nicht anzusehen, ob er die kleine Frotzelei wahrnahm. Stattdessen schien er diese Erklärung für völlig überzeugend zu halten. Er nickte ernsthaft und sagte: »Da haben Sie auch wieder recht!« Er stand auf, um sein Essen zu holen, das inzwischen dampfend auf der Theke stand. »Und Perschke?«, fragte er danach und sortierte das Besteck in die richtigen Hände. Er begann mit Genuss zu essen.

»Was – und Perschke?«, fragte Schwarz zurück.

»Haben Sie schon eine Spur?«, fragte Walterscheid etwas undeutlich durch das Püree.

»Mehr als mir lieb ist. Hat Ihnen denn Perschke etwas erzählt?« Wenn man schon in der örtlichen Informationsbörse saß, konnte man ja mal auf den Busch klopfen.

»Mir? Ich hätte mir von dem nicht mal die Uhrzeit sagen lassen!« Walterscheid schnaubte verächtlich. »Der wollte mir vor zwei Jahren mal richtig böse an den Karren fahren. Irgend so ein Quatsch wegen der Feuerwehr. Nur leider kenne ich seinen Chefredakteur, und das hat dann richtig Ärger gegeben.«

»Müsste ich Sie dann nicht nach Ihrem Alibi fragen?«

Walterscheid lachte. »Das ist lustig, wie im Fernsehen! Für wann?«

»Ganz genau wissen wir das noch nicht.«

»Da war ich Zuhause«, fiel Walterscheid ein.

»Freitagnacht.«

»Da auch. Aber ehrlich, ich glaube nicht, dass es einer von hier war.« Er sah Schwarz so treuherzig an, als wollte er mit seinem reinen Gewissen für den Rest seiner Schäfchen bürgen. In seiner Tasche piepste etwas. Er zog ein Handy aus der Tasche und sah stirnrunzelnd darauf. »Oh, das ist ja …!« Er stand auf und legte die Gabel auf den erst halb geleerten Teller. »Ich muss los, meine Frau hat das Bügeleisen angelassen. Viel Erfolg noch!« Er nickte Anni zu und verließ eiligen Schrittes die Metzgerei.

* * *

Nach dem Mittagessen fühlte Schwarz sich gestärkt. Der Vormittag war anstrengend gewesen und die Fahrt von Euskirchen zurück nach Schleiden auch nicht richtig erholsam. Doch die kurze Pause hatte ihn erfrischt, und so fuhr er voller Tatendrang in die Polizeiwache zurück.

Lange Wochen war er hier im Schleidener Tal fast in einen Alltag hineingeraten. Hübsche, kleine Fälle, übersichtlich und angenehm zu bearbeiten. Die Leute, mit denen er zu tun hatte, waren entspannt, und es war ein Dasein gewesen, an das man sich hätte gewöhnen können. Doch diese jähe Wiederkehr von Mord und Totschlag... Schwarz hoffte nicht, dass der Tag so weitergehen würde, sondern dass er nun endlich Zeit fand, die Unterlagen, die noch auf dem Rücksitz seines Wagens warteten, in Ruhe durchzuarbeiten.

Doch das Telefon klingelte schon, als er noch nicht richtig in seinem Raum war. Es gelang ihm, die Kiste irgendwie, ohne sie umzukippen, auf seinen Schreibtisch zu schieben, und er griff nach dem Telefonhörer.

»Na endlich! Wo habe ich dich denn hergeholt!«

»Ach, Heinz, du bist es, wie geht es dir?« Es war Pütz, der Leiter der Gerichtsmedizin in Köln, mit dem er früher schon oft und gern zusammengearbeitet hatte.

»Na ja, sagen wir mal, den Umständen entsprechend. Man hat mir einen Kunden hier herübergeschoben, wohl weil die Kollegen, die euch sonst beliefern, überlastet waren. Und als ich deinen Namen auf dem Formular gesehen habe, dachte ich, ruf doch mal an und warne ihn vor.«

»Vorwarnen? Das fängt nicht gut an.«

»Das geht auch nicht gut weiter. Wir haben hier einen älteren Herrn, einen Erwin Dürr, der auf den ersten Blick an Altersschwäche gestorben sein könnte.«

»Ist er aber nicht.«

»Woher weißt du?« Er klang etwas beleidigt, als hätte ihm jemand eine sorgfältig vorbereitete Überraschung verdorben.

»Sonst hättest du mich wohl kaum extra angerufen. Die Sehnsucht hat dich noch nie getrieben.«

»Hm. Also, ja, da hat jemand nachgeholfen.«

»Mord?«

»Es sei denn, der Tote hat sich selbst ein Kissen auf das Gesicht gedrückt. Wir haben Faserspuren und Einblutungen an der Lippe. Klassisch. Dem Arzt, dem das aufgefallen ist, solltest du mal kräftig auf den Rücken klopfen.«

»Hat der gar keine Zeit zu. Wird nicht bei der Kasse abgerechnet.«

»Du, Totenschein nicht ausstellen auch nicht. Also bring dem mal 'ne Schokopraline vorbei, die hat er sich verdient.«

Schwarz verabschiedete sich, ließ sich auf seinen Schreibtischstuhl fallen, schloss die Augen und seufzte. Was hatten sie alle mit ihm? Hatte er mit dem toten Journalisten nicht genug am Hals? Aber diese Leiche sollte nicht sein Problem sein, ungeklärte Todesfälle wurden einfach nach Euskirchen weitergereicht, und wenn die nicht wie ein Bumerang zurückkamen, war das doch eine sehr angenehme Vorgehensweise.

Er unterrichtete Kleinert kurz über die neuesten Entwicklungen und hatte gerade die ersten Akten aus der Kiste von Perschke auf den Tisch gelegt, als Alfred an seinen Türrahmen klopfte.

»Schönen Gruß von den Kollegen aus Euskirchen. Du würdest doch jetzt schon fast zur Familie gehören, und ob du nicht mal eben in das Altenheim fahren könntest, wo dieser Dürr zu Tode gekommen ist, um schon einmal erste Befragungen durchzuführen.«

Also doch, der Bumerang! Schwarz sah Kleinert wortlos an, dann stöhnte er. »Alfred, wie soll das gehen? Ich soll hier schon die ganzen Akten durcharbeiten, ich kann mich nicht zerteilen.«

»Ach, das schaffst du schon! Euskirchen fand auch, wenn du schon so viel Arbeit ranschaffst, dann sollst du auch zur Erledigung beitragen. Und so unlogisch klingt das nicht. Und jetzt sag doch mal selbst! So viel ist das doch gar nicht. Nimm Sandra mit, die kann dir ein paar Leute abnehmen.«

Schwarz seufzte und stand auf. Missmutig sah er die Unterlagen an, die nun bestimmt noch einen Tag warten müssten.

Sandra fand er im Aufenthaltsraum in einer Tasse Kaffee herumrührend. »Wir dürfen wieder nach Hellenthal«, sagte er zu ihr.

Sie nickte und pustete auf die bräunliche Flüssigkeit. »Hab schon gehört. Wenn ich weiter so oft zu Besuch komme, erinnert sich meine Großmutter am Ende sogar wieder daran, wer ich bin. Hoffentlich überlebt sie den Schock.«

»Nix Großmutter! Ungeklärter Todesfall durch Ersticken in der Nacht von Freitag auf Samstag.«

»Aha. Ersticken?«

»Ja, wahrscheinlich mit einem Kissen.«

»Also scheidet Selbstmord aus.«

»Technisch gesehen schon.«

»Und wieso macht das nicht Euskirchen?«

»Regionalstelle darf Amtshilfe leisten. Die haben mit dem toten Journalisten und vor allem mit seinen sehr lebendigen Kollegen wahrscheinlich so viel zu tun, dass sie gar nicht mehr zurecht kommen. Also: Dienstpläne, wer hatte Zugang, wer war zuständig, Auffälligkeiten, war jemand im Hause, der nicht dorthin gehörte, das ganze Programm.«

»Gut. Ist die Spurensicherung informiert?« Sie schluckte den letzten Rest Kaffee herunter, als sie sein Nicken sah, und setzte sich in Bewegung. »Ich hole mir noch gerade meine Jacke. Ist doch noch richtig frisch, findest du nicht auch?«

Auf dem Weg aus der Polizeiwache hinaus wurden sie beinahe von einem sehr aufgeregten Henning Müllerbach umgerannt.

»Vorsichtig, was ist denn passiert?«, rief Sandra.

»Die Arbeiter haben die Fabrik besetzt! Sie haben die Geschäftsleitung gefangen genommen! Los, wir rücken alle aus!«

»Wir haben …«, hob Schwarz an, doch bevor er mit »… keine Zeit« geendet hatte, war der Polizist schon weitergerannt.

Aus den Räumen mit der Einsatzkleidung waren hektische Rufe zu hören. Schwarz steckte seinen Kopf in den Umkleideraum. »Ist das jetzt richtig mit Geiselnahme und so?«

»Keine Ahnung«, antwortete Knipp, »aber wir rechnen mit allem. Gorres alarmiert gerade die Einsatzbereitschaft, denn mit den paar Gesellen, die wir hier haben, geht das nicht! Wir brauchen das SEK und was weiß ich!«

Sandra zog ihn von hinten. »Los komm! Wenn die uns brauchen, werden die es uns schon sagen. Und bis dahin habe ich keine Lust, vor der Fabrik zu stehen und Löcher in die Luft zu starren.«

Schwarz sah sie irritiert an.

»Ja, was meinst du denn, Stefan? Dass die das ohne uns nicht hinkriegen? Wir haben hier hübsch unsere Leichen, die unseren Weg pflastern, und da kümmern wir uns grad mal drum!« Sie grinste ihn künstlich an, sagte noch mal: »Nu komm endlich!« und schob ihn entschlossen zu ihrem Kleinwagen.

»Da pass ich nicht rein!«, moserte er.

»Dann fahr mit dem Bus!«

In dem Konvoi von Blaulicht und Martinshorn, der aufgeregt durch Schleiden lärmte, fühlte sich Schwarz in dem winzigen Nissan doch sehr fehl am Platz. Um einen Grund zu schlechter Laune zu haben, entschloss er sich, die neugierigen Blicke der Passanten auf sich und das vermeintlich nicht adäquate Einsatzfahrzeug zu beziehen und nicht auf die Serie von Polizeiwagen.

Als sie aus Schleiden herausfuhren, beschleunigten die Streifenwagen vor ihnen weiter und bogen schließlich mit quietschenden Reifen in die Einfahrt der Getriebefabrik. Davor stand eine Gruppe von Arbeitern und hielt tapfer Transparente in die Höhe. Am Straßenrand stand Walterscheid mit einem Telefon am Ohr und winkte ihnen zu. Sandra fuhr langsam weiter.

»Von wegen Bügeleisen!«, grunzte Schwarz.

»Nicht Bügeleisen, Getriebe!«, begann Sandra ihm zu erklären, stoppte das aber schnell, als sie seinen Blick sah. »Kann es sein, dass du unterzuckerst bist? Solltest du mal was essen?«

Schwarz ersparte sich die Antwort und zückte sein Notizbuch. »Kannst du in die Verwaltung gehen und die Dienstpläne einsehen, am besten gleich die entsprechenden Leute verhören oder Adressen für Vorladungen aufschreiben?«

»Ja, Massa! Und der gnädige Herr?«

»Ich werde die Leiterin, die Althoff, mal aus den Träumen vom friedlichen Alltag reißen, und als Belohnung plaudere ich hinterher mit der Charmeoffensive persönlich, der Stationsleiterin. Vielleicht sollte ich mir direkt den Gummiknüppel mitnehmen. Als Argumentationshilfe.«

* * *

»Das tut mir aber sehr leid, die Frau Althoff ist nicht da, da müssen Sie mit mir vorlieb nehmen.« Die Stationsleiterin sah Schwarz unter den blonden Haaren aus dunkel umränderten Augen an, als freue sie sich, ihn in einen Ringkampf zu verwickeln und ihm dabei besondere Schmerzen zuzufügen.

Der war darauf allerdings gar nicht erpicht, denn weder entsprach er auch nur annähernd ihrer Gewichtsklasse, noch standen derlei Unternehmungen in seiner Stellenbeschreibung. Er beschloss, eine Karte zu ziehen, die diese Person sicher seit mehreren Jahren nicht ausgeteilt hatte: Freundlichkeit. Er strahlte sie an, legte seinen Kopf ein wenig schief und tat, als wäre sie das Tollste, was er heute gesehen hatte. »Das ist mir aber auch viel lieber, das muss ich Ihnen sagen, die Frau Althoff hat ja so gar keine Zeit, die ist so viel beschäftigt, und das ist ja bei Ihnen ganz anders.«

»Wollen Sie etwa sagen, ich hätte hier nichts zu tun?!« Sie baute sich drohend vor ihm auf.

Das hatte wirklich prima funktioniert! »Aber nein, ich sehe ja, wie viel Mühe Sie sich mit Ihren Patienten geben, und daher weiß ich auch, wie viel Zeit Sie aufwenden müssen, um mit ihren Patienten umgehen zu können. Die sind bestimmt auch nicht immer so einfach!«, fügte er vertraulich an.

Sie war ein wenig versöhnt. »Bewohner, wir sagen Bewohner.«

»Das finde ich gut, das hört sich viel persönlicher an!« Schwarz, du Schleimer! Aber immerhin, es wirkte.

»Ja, ohne einen persönlichen Zugang kommen Sie hier nicht weit!« Ihre Stimme nahm einen belehrenden Unterton an, als habe Schwarz sich gerade als Aushilfspfleger beworben.

»Deshalb bin ich auch so froh, dass ich mit Ihnen reden darf! Denn Sie kannten den Herrn Dürr doch bestimmt besonders gut. Die Frau Althoff nimmt sich ja gar nicht so viel Zeit für die Bewohner!«

Sie sah ihn befremdet an. »Wieso das denn? Die hat doch den ganzen Tag bei dem rumgesessen! Ich habe hier auch noch andere Bewohner, aber die Frau Althoff, also da hätte man meinen können, der Herr Dürr wäre etwas Besonderes gewesen.« Plötzlich wurde ihr wohl klar, das sie sich gerade in keine gute Position hineinredete. »Das soll natürlich nichts heißen, ich meine …« Was genau sie meinte, blieb allerdings im Dunkeln, denn hinten im Flur ging eine Lampe an. »Ich muss jetzt los. Vielleicht fragen Sie den Holger, der hatte hier auch viel Kontakt mit dem Dürr!« Sie setzte ihren massigen Körper in Bewegung, blieb aber plötzlich stehen. »Ach, wann können wir eigentlich das Zimmer wieder belegen?«

»War denn schon die Spurensicherung da?«

»Nein.«

»Dann fürchte ich, wird es noch ein wenig dauern.«

Sie schnaubte, als habe er ihr gerade erst gewonnenes Vertrauen zutiefst missbraucht und wallte davon.

Holger. Wer war denn jetzt wieder Holger? Schwarz blickte umher. Aus der Gegenrichtung kam ein junger Mann im weißen Pflegerkittel und schob einen Metallwagen mit Wäsche vor sich her.

Schwarz ging auf ihn zu. »Sind Sie Holger?«

»Will wer wissen?«, antwortete der junge Mann und schüttelte seine gelockte Haarpracht. Seine dunkelblonden Haare formten im Gesicht einen dürren, aber lang gewachsenen Vollbart. Seine Augen hinter den halb geschlossenen Lidern fokussierten Schwarz nur mühsam.

Schwarz hielt ihm seine Polizeimarke entgegen und sagte: »Sie kannten Herrn Dürr gut?«

Holger nickte. »Toller Mann. Konnte super interessant erzählen, so aus dem Krieg und so. Echt spannend, wie das früher alles war. Ich find das toll, wenn die Leute erzählen, das macht richtig Spaß, da zuzuhören. Aber was wollen Sie denn von dem? Der ist gestorben.«

»Das wissen wir. Sein Tod wirft allerdings Fragen auf. Wir ermitteln noch. Ist Ihnen am letzten Freitag irgendetwas aufgefallen?«

»Freitag, hm, da muss ich nachdenken.« Er sah an die Decke.

»Nachdenken ist immer gut«, sinnierte Schwarz halblaut.

»Also, mal sehen, Freitag hatte ich Tagschicht. Das heißt, ich habe morgens angefangen. Den Dürr, den habe ich um sieben in sein Bett gebracht, und da war er noch super in Ordnung. Also, ich weiß nicht, wieso der sterben sollte. Wie ist der denn gestorben?«

»Wir ermitteln noch«, wiederholte Schwarz und fand sich selbst wenig originell. »Sagen Sie, wie ist das denn hier in der Nacht? Sind die Türen da geschlossen?«

»Klar, schon, damit hier keiner abhauen kann. Sind ja nicht alle so super zurecht. Manche, die sind ziemlich durch den Wind, das ist schon krass. Aber der Dürr nicht, der war superklar, nicht, dass Sie was meinen!«

»Nein, nein«, wehrte Schwarz ab und erinnerte sein Gegenüber: »Die Türen …« War der Kerl bekifft? Schwarz schloss ein bisschen die Augen und roch in Holgers Richtung. So ein zarter Duft war da vielleicht, aber völlig überlagert von den alten Bettlaken auf dem Wäschewagen.

»Ja, die Türen. Die sind zu. Aber wenn man klingelt, kommt man rein. Das ist doch klar. Manchmal bekommen die Alten Panik, und sie rufen ihre Verwandten an, und die kommen hierher. Die wollen dann rein.« Er starrte ein wenig vor sich hin, dann sah er Schwarz an. »Oder?«

»Genau!« bestätigte Schwarz. Er beschloss, stolz auf sich zu sein, überhaupt Informationen aus dem jungen Mann herausbekommen zu haben und sich lieber an die Nachtschwester zu halten. Wer das war, würde Sandra hoffentlich in Erfahrung bringen. Er nickte Holger zu, als ihm noch etwas einfiel. »Ach, war die Frau Althoff eigentlich oft beim Dürr?«

»Ja, kann man sagen. Die war schon ziemlich oft da.«

»Aha. Danke.« Schwarz wandte sich ab. Seltsam. Vorgestern hatte sie ihm doch noch gesagt, sie habe Dürr kaum gekannt, wie sollte er das denn verstehen?

Er wollte gerade gehen, als er Holger weitersprechen hörte. »Aber die war nicht so oft da wie dieser Journalist.«

Schwarz erstarrte. »Was für ein Journalist?«

»Weiß nicht mehr, wie der hieß, so ein junger, mit so Militärhosen an.«

»Dominik Perschke?«

»Ja, genau, Mann, so hieß der! Perschke! Der saß immer stundenlang mit einem Block bei dem alten Dürr und hat sich mit dem unterhalten. Ich dachte schon, die schreiben ein Buch!« Er sah verträumt in seine Wäschetonne und begann dann zu kichern. »Der Dürr hat immer erzählt, und der Perschke, der hat alles mitgeschrieben. Wie so 'ne Sekretärin!« Er haute Schwarz auf die Schulter. »Das hätten Sie sehen sollen, Mann, das war superlustig!«

Schwarz lachte künstlich und ließ den munter vor sich hinglucksenden Holger mit dessen Wäschekarre ziehen.

Perschke und Dürr? Und beide sterben fast zur gleichen Zeit. Was sollte ihm das denn sagen?

Schwarz ging nachdenklich über den Flur. Es war seltsam still, als ob die Station evakuiert worden wäre. Bestimmt hatte das eine völlig unaufregende Ursache, und doch irritierte es ihn nach dem Betrieb, den er vor zwei Tagen hier kennen gelernt hatte. Er versuchte, all die verwirrenden Informationen zu verarbeiten, als er am Ende des Gangs eine kleine, dunkle Gestalt sah. Zwar war er sich nicht sicher, ob er die Person verwechselte, da Nonnen ja über die Kleidung nur schwer zu unterscheiden sind. Doch als er näherkam, sah sie auf, und er erkannte an dem fröhlichen Lachen unter der dicken Brille seine Informantin aus dem letzten Herbst. »Schwester, wie schön, Sie wiederzusehen!«

»Ach, mein Kölner Kriminalist! Wie isset denn? Immer noch im Lande? Hat man Sie noch nicht aus der Eifel verjagt?«

»Nein, nein, noch halte ich es hier aus. Und Sie arbeiten hier?«

»Ja, sicher, unser Kloster hilft hier in dem Altenheim. Dass es den Leuten auch gut geht, wissen Sie!«

»Heute ist es hier aber ruhig!«

Sie guckte verschmitzt. »Das stimmt, jetzt machen die meisten ein Mittagsschläfchen.« Sie rempelte ihn verschwörerisch an, »würde ich ja auch gerne, habe ich aber gar keine Zeit zu!«

Schwarz hatte eine Idee. »Aber vielleicht haben Sie noch ein bisschen Zeit für mich, Schwester, denn ich muss Sie wieder mal um Hilfe bitten. Ich habe da ein Problem.«

»Raus mit der Sprache!« Sie musterte ihn interessiert.

»Vielleicht haben Sie mitbekommen, dass der Tod von Erwin Dürr von uns näher untersucht wird.«

Sie nickte. »Man redet hier ja kaum noch über etwas anderes. Der Tod ist ja nicht selten im Altenheim, aber dann mit Polizei!«

»Genau. Sagen Sie, stimmt das, dass man hier nachts gar nicht reinkommt?«

Sie grinste ihn an. »Ja, Sie nicht! Sie müssen hier an der Pforte läuten, dann kommt die Nachtschwester und macht Ihnen auf. Aber ich verrate Ihnen einen Trick!« Sie zog ihn ans Fenster und zeigte auf das Erdgeschoss. »Sehen Sie, dort um die Ecke ist die Tür von unserem Lager. Die Nachtschwester hat ja auch nicht immer Zeit, die hat ja die komplette Station alleine. Und wenn wir dann noch einmal hinein müssen, dann gehen wir da durch.«

»Aha«, er sah verblüfft hinunter, »haben Sie denn keine Angst, dass hier nachts einer reinkommt, der hier nichts zu suchen hat?«

»Wer soll das denn sein? Hier ist doch keine Bank, hier ist ein Altenheim! Und da ist auch noch nie etwas passiert!«

»Und wer weiß davon?«

»Nur das Personal! Also, wer oft hier rein- und rausgeht.«

Schwarz nickte nachdenklich. »Man weiß es also eigentlich nicht. Aber da ist noch etwas, das ich seltsam finde. Mir wurde gesagt, dass der Herr Dürr des Öfteren Besuch von einem Journalisten hatte. Dominik Perschke, kennen Sie ihn?«

Sie lachte. »Ja, klar kenne ich den! Aber dabei müssen Sie sich nun wirklich nichts denken! Das ist hier völlig normal.« Sie kam einen Schritt näher und begann, ihm den Sachverhalt darzulegen. »Sehen Sie, wir sind hier ja ein Altenheim. Und da haben die Leute ja einiges erlebt. Und deshalb kommen die Leute aus Vogelsang gerne hierher und lassen sich von den Leuten, die hier gelebt haben, alles Mögliche erzählen. Und das ist gut für die Bewohner! Das hält das Gehirn fit! Sie glauben nicht, an was die sich alles erinnern! Die lieben das, wenn die mal richtig erzählen können und denen jemand zuhört!« Sie schüttelte energisch den Kopf. »Nein, nein, da brauchen Sie sich gar nichts bei zu denken.«

»Und Frau Althoff, war die oft bei Herrn Dürr?«

»Also, Herr Kommissar, ich habe hier doch auch meine Arbeit, ich kriege doch auch nicht alles mit! Aber wenn ich es mir recht überlege, dann war die auch schon recht häufig beim Herrn Dürr. Und wissen Sie, was merkwürdig war? Der Perschke, der hat dann auch mit dem Dürr abgemacht, dass der seine alten Briefe und Dokumente nach Vogelsang schickt, das hat der Dürr mir erzählt. Das ist auch nichts Ungewöhnliches, das kommt schon manchmal vor. Aber die Althoff war richtig böse, als am Freitag der Neffe hier ankam und die Kiste abholte! Die hat vielleicht geschimpft. Ich weiß auch nicht, warum, aber das war der gar nicht recht.« Sie sah ihn an. »Hilft Ihnen das weiter?«

»Ganz bestimmt, Schwester. Ich weiß noch nicht wie, aber das wird mir ganz bestimmt weiterhelfen.«

Aber erst einmal verwirrte es ihn. Perschke und Dürr, und jetzt auch noch Frau Althoff mittendrin? Die gute Dame hatte ihm jetzt wirklich ein paar Fragen zu beantworten.

Auf dem Weg zum Treppenhaus begegnete er seiner Freundin, der Stationsschwester, und fragte unvermittelt: »Entschuldigung noch mal, Sie sagten, Frau Althoff sei nicht im Hause. Wo kann ich sie denn erreichen?«

Sie sah ihn mit Abscheu an. »Zu Hause, nehme ich an. Sie

hat sich krank gemeldet. Fragen Sie doch ihren Mann.«

»Ach, der Herr Althoff ist auch hier?«

»Nein, nicht so wie Sie denken! Er hat hier die technische Leitung, so etwas wie ein besserer Hausmeister, aber sagen Sie nicht, das ich das gesagt habe, das kann er nämlich nicht leiden. Aber er ist heute auch nicht da. Doch Sie finden sie bestimmt zu Hause. Immerhin ist sie ja krank, nicht wahr?« Sie sah ihn triumphierend an, als hätte sie soeben einen Preis für logisches Denken erhalten. »So, und jetzt lassen Sie mich bitte weiter meine Arbeit machen!«

* * *

»Kannst du mir mal bitte sagen, wo hier irgendwo eine alte Kirche steht?« Schwarz hatte sich nörgelig in den Beifahrersitz zurückgezogen. Seine Stimme klang, als käme sie aus den Tiefen der Polsterung.

»Alte Kirche? Wieso?«

»Na, heißt das denn hier nicht ›Alte Kirche‹?« Er zeigte um sich. Der Hang, der sich von Hellenthal in Richtung Hohes Venn wölbte, war mit einem Einfamilienhaus neben dem anderen bebaut. Alt war hier nichts, außer dem Gestein unter den Fundamenten.

»Das musst du als Kölner gerade sagen. Liegt auf dem Heumarkt etwa Heu?«

»Da hat zumindest mal Heu gelegen! Wo ist denn aber bitte hier die Alte Kirche, an der wir hier sein sollen?« Schwarz hatte mit einem Mal eine maßlos schlechte Laune bekommen. Er verlor langsam den Überblick, und so etwas hasste er zutiefst. Sandras Befragungen hatten nichts ergeben, was ihnen weitergeholfen hätte: Niemand hatte etwas gesehen oder gehört. Es war am Abend völlig ruhig gewesen auf den

Stationen, und es war auch niemand dort unterwegs gewesen, der dort nichts zu suchen gehabt hatte.

»Vielleicht hat ja auch nur ein schlauer Stadtrat gedacht, wenn wir das Alte Kirche nennen, dann finden die Eifeler das bestimmt gut.«

»Und tun sie es?« Schwarz gab noch nicht so schnell auf.

»Sieh doch hin!« Sie wies auf die unzähligen Grundstücke, die sich zu netten, kleinen Einfamilienträumen entwickelt hatten.

Schwarz grunzte. Er begann, seine Fingernägel auf Sauberkeit zu untersuchen. Das Altenheim nagte an ihm. Wie würde er einmal sein? Wie wollte er werden? Wie würde man mit ihm umgehen? Und alle seine Freunde, seine Familie, er konnte es sich so gar nicht vorstellen, dort in eine Welt des Gepflegtwerdens abzutauchen und seine eigenen Fähigkeiten Stück für Stück verschwinden zu sehen. Und dann musste er noch hinter seinen Zeugen herrennen, das hasste er besonders!

»So, hier ist es!« Sandra parkte den Wagen direkt vor einem Haus.

Schwarz sah hoch. Neben dem Auto ragte eine freischwebende Betontreppe empor, die den Besucher in den ersten Stock zur Eingangstür hochführte. Die Fenster in der unteren Etage waren mit den üblichen Stores versehen, die einen Einblick verhinderten. Hätte nicht ein Geländewagen in der Einfahrt geparkt, so hätte man davon ausgehen können, hier niemanden anzutreffen.

»So, kommst du oder willst du weiterquengeln?« Sandra stieg schwungvoll aus dem Wagen und warf die Tür zu. Schwarz' schlechte Laune schien ihr Auftrieb zu verleihen. Ohne auf ihn zu warten, stapfte sie die Treppe hoch.

Mühsam quälte Schwarz sich aus dem kleinen Auto, als sei das Alter eine ansteckende Krankheit und er habe sich gerade im Altenheim damit infiziert. Langsam erklomm er die Stufen, nicht ohne einen Blick auf die wunderschöne Aussicht über das Tal zu werfen.

Unter ihm lag Hellenthal. Man konnte noch sehen, wie es sich früher in das Tal gekuschelt hatte und man die breite, flache Sohle genutzt hatte, um dort Fabriken und Industrie anzusiedeln. Jetzt erst wucherten die Häuser wie ein Pilz aus und wuchsen die Hänge empor. Nur die Häuser hatten sich geändert, von schmal, hoch und schwarz-weiß zu breit, flach und verklinkert.

Das Geräusch der sich öffnenden Haustür riss Schwarz aus seiner Gedankenwelt. Er drehte sich um. Frau Althoff blickte überrascht auf Sandra, als hätte man sie gerade bei einem Schäferstündchen mit dem Bürgermeister erwischt.

»Schönen guten Tag«, sagte Sandra und präsentierte ihre Polizeimarke, »mein Name ist Melches, und meinen Kollegen Schwarz kennen Sie ja bereits. Dürfen wir mal reinkommen?« Die Zeugen Jehovas hätten es nicht freundlicher sagen können.

Frau Althoff sah immer noch von dem einen zum anderen, als wären sie nicht von dieser Welt. »Reinkommen?«, echote sie tonlos.

»Reinkommen. Wir hätten ein paar Fragen an Sie bezüglich des Todes von Herrn Dürr.«

»Dürr? Aber da war doch alles klar, oder nicht?« Sie sah nach hinten, als wollte sie dem Bürgermeister Zeit geben, sich schnell in die Unterhose zu werfen.

»Eigentlich nicht. Aber das sollten wir doch drinnen besprechen. Oder möchten Sie lieber mit uns aufs Revier?«

Die Althoff trat beiseite und ließ sie ein. Sie nickte Schwarz zu, der etwas grunzte, was man situativ bedingt durchaus als Begrüßung empfinden konnte. Dann setzte sie sich an die Spitze der kleinen Kolonne und führte sie in das Wohnzimmer.

»Wir haben gerade Besuch«, erklärte sie über die Schulter. Sie schien sich wieder im Griff zu haben, und ihre Stimme hatte wieder das angenehme Timbre, das Schwarz schon bei seinem ersten Besuch aufgefallen war.

»Im Altenheim sagte man, Sie seien krank. Geht es Ihnen besser?«, fragte Schwarz.

»Ja ja, schon besser.« An der Tür trat sie beiseite und eröffnete den Blick auf zwei Herren, die sie erwartungsvoll ansahen.

»Dies ist Polizei. Der Dürr ist ja gestorben, und da hat man wohl Fragen an mich.« Sie wandte sich wieder an Sandra. »Sie können ruhig sprechen, mein Mann ist in alle Vorgänge im Altenheim sattsam eingeweiht.«

»Und Sie?«, fragte Schwarz den dritten Anwesenden. Er räusperte sich, um zu einer Erklärung anzusetzen, doch Frau Althoff kam ihm zuvor.

»Das ist der Herr Heckmann, ein Kollege aus Berlin. Er ist dort auch in einem Altenheim tätig, Sie können also auch vor ihm ruhig sprechen.«

»Nun gut, dann tun wir das mal.« Schwarz holte Luft und setzte sein amtliches Gesicht auf, was ihm augenblicklich äußerst leicht fiel. »Frau Althoff, die Obduktion hat ergeben, dass der Tod von Arnold Dürr auf Fremdeinwirkung zurückzuführen ist. Auf Deutsch heißt das: Mord.« Er sah in die allgemein erstaunten Gesichter und genoss ein wenig die Wirkung des Beamtenjargons. »Oder Totschlag. Das allerdings haben wir nicht zu entscheiden. Unsere Aufgabe ist es, herauszufinden, durch wen diese Fremdeinwirkung erfolgte.« Er blickte prüfend in die Runde. »Oder, um es ein weiteres Mal zu übersetzen: Wer hat Arnold Dürr ein Kissen auf das Gesicht gedrückt und ihn damit umgebracht?«

Frau Althoff schüttelte den Kopf. »Aber das hat doch keinen Sinn! Der Mann war doch uralt! So, wie der zurecht war, gab es doch gar keinen Grund, den umzubringen.«

Sandra legte den Kopf schief. »Das hat wohl jemand anders gesehen. Frau Althoff, Sie werden verstehen, dass wir den Aufenthaltsort jeder Person im Umfeld feststellen müssen. Also, wo waren Sie zu dem Zeitpunkt?«

Die Althoff sah sie irritiert an. »Zu welchem?«

»Natürlich zum Todeszeitpunkt. Freitagabend.«

Sie machte eine umfassende Bewegung in die Runde. »Na, hier natürlich. Mit meinem Mann! Wir haben geredet und ein Glas Wein getrunken.« Sie atmete durch. »Nicht gerade originell, ich weiß, aber das ist leider die Wahrheit.«

»Und Sie?« Schwarz wandte sich an den Besucher.

Der lächelte freundlich. »In Berlin. Und von einem Herrn Dürr hatte ich zu dem Zeitpunkt noch nie etwas gehört.«

Schwarz nickte, als hätte er genau dies erwartet. »Wann haben Sie denn von Herrn Dürr gehört?«

»Gerade eben. Von Ihnen.«

Schwarz drehte sich wieder zu den Althoffs. »Im Altenheim sagte man mir, dass Sie sehr viel Kontakt zu Herrn Dürr hatten?«

Margot Althoff sprang auf. »Das stimmt nicht! Ich habe natürlich zu jedem Kontakt, aber da gibt es doch niemanden, den ich bevorzuge, das ist Quatsch!«

»Mir hat man anderes erzählt.«

»Das verstehe ich gar nicht!«

»Außerdem sagte man, dass Dominik Perschke auch oft bei ihm war.«

»Perschke!«, schnaufte sie abfällig, als wäre sie eine Dampflokomotive, »der rennt doch immer bei uns durchs Haus. Wie ein Lumpensammler redet der auf die Leute ein.« Sie sah einen Augenblick aus dem Fenster, dann hob sie ihre Stimme noch ein wenig mehr an. »Das ist gar nicht gut für unsere Bewohner, wenn die immer wieder an diese schlimmen Zeiten erinnert werden. Die sollen auch mal in Ruhe und Frieden ihre Zeit bei uns genießen. Nicht immer der Krieg, der Krieg, der Krieg! Perschke kam immer damit an, und hinterher hatten wir dann die Arbeit, die Leute wieder zu beruhigen, wenn sie dann weinten, wenn die Erinnerung sie zu sehr aufwühlte. Aber Perschke war das ja egal, der wollte immer nur irgendwelche alten Briefe für sein blödes Archiv oben in Vogelsang!«

»Sie sagen, Perschke war bei vielen alten Leuten in Ihrem Heim?«

»Nicht bei vielen, bei allen! Überall hat der gebohrt, wo er noch etwas Altes finden konnte. Wie ein Trödler, ob er Überreste von Vogelsang oder Geschichten finden kann.«

»Aber das ist doch gut, wenn diese Geschichten nicht verloren gehen«, gab Sandra zu bedenken, »und die Alten freuen sich doch auch, wenn mal jemand ihren Geschichten zuhört.«

»Nicht, wenn die Leute dann so fertig sind, dass man Medikamente geben muss, um sie zu beruhigen«. Erstmals mischte sich Herr Althoff in das Gespräch. Er war ein ruhiger, dünner Mann, der sie durch eine Hornbrille aus wässerigen Augen ansah. Er trat zwei Schritte vor und legte seiner Frau einen Arm um die Hüfte, als wollte er sie damit beruhigen. Dann sah er die beiden Polizisten an. »Ich habe meiner Frau immer gesagt, dass sie ihm eigentlich Hausverbot erteilen sollte. Er hat immer nur Unruhe gestiftet.«

»Sie wissen, dass auch er tot ist?«

»Das war ja nicht zu übersehen.« Althoff zeigte auf den Couchtisch, wo Zeitungen in dicken, roten Lettern vom Ableben des Journalisten berichteten. »Können wir Ihnen sonst noch mit irgendetwas helfen?« Er sah die beiden Polizisten freundlich, aber ungastlich an. Es war ein höflicher, aber deutlicher Rauswurf.

Sandra und Schwarz nickten sich zu. »Nein danke, das war vorerst alles.« Sie wandten sich zum Gehen.

»Ach«, sagte Frau Althoff, »könnten Sie vielleicht bei ihren Ermittlungen versuchen, etwas diskret zu sein? Wir achten sehr auf einen guten Ruf des Hauses.«

Schwarz drehte sich um. »So diskret, wie es bei Mord möglich ist, Frau Althoff.« Dann folgte er seiner Kollegin.

Kapitel 9

»Warum, meinst du, lügen die uns alle an? Und wer ist dieser Typ? Irgendwoher kannte ich den!« Sandra hatte den Griff von der Fahrertür in der Hand und blickte Schwarz nachdenklich über das Wagendach hinweg an.

Schwarz stieg wortlos ins Auto und drehte den Rückspiegel so, dass er nach hinten etwas sehen konnte. Er wartete, bis Sandra eingestiegen war, dann erst antwortete er. »Das frage ich mich auch, aber ansonsten interessiert mich, warum dort einer sitzt und das Haus beobachtet.«

»Was?« Sandra drehte sich um und spähte durch die Heckscheibe.

»Mensch, nicht so auffällig!«

»Musst du grad sagen, reißt hier fast den Rückspiegel vom Dach und erzählst mir was von auffällig. Und überhaupt, was meinst du, was das hier ist? Hier ist nicht Köln-Kalk, hier ist Hellenthal-West!«

Schwarz grinste sie an. »Kollen-Kalk ist überall!« Er stieß sie an. »Fahr mal los, und hinter der nächsten Ecke drehst du einfach und fährst zurück, und dann wollen wir doch mal sehen.«

Sandra seufzte, warf ihm einen genervten Blick zu und startete den Motor. »Na gut, ich will dir ja nicht den Spaß verderben!«

Sie fuhr die ruhige Straße, die sich zwischen den Einfamilienhäusern am Berghang entlangwand, bis sie eine gute Stelle zum Wenden gefunden hatte, und drehte den Wagen um. Als sie in langsamem Tempo das Haus der Althoffs passierte, sah auch sie ihn: einen dunklen Passat Kombi, in dem etwas an die Seite gedrückt ein Mann saß und in die Landschaft blickte. Sandra hielt hinter dem Wagen, während Schwarz schon herausgesprungen war und an die Scheibe klopfte.

»Verpisst euch!«

»Wie bitte?«

Das Fenster fuhr herunter, und eine Hand streckte ihm einen Ausweis entgegen. »Winter, BKA, und wenn ihr hier nicht ganz schnell verschwunden seid, dann kriegt ihr einen Ärger, von dem ihr noch träumen werdet. Welche Dienststelle seid ihr?«

»Kripo Schleiden.« Schwarz war so überrascht, dass er im ersten Moment nicht wusste, wie er darauf reagieren sollte.

»Ich komme morgen um neun bei euch auf der Dienststelle vorbei. Und jetzt gib Gas und hau ab, bevor irgendeiner noch etwas merkt!«

Schwarz ging zurück zum Auto, als wäre er mit dem nassen Waschlappen verprügelt worden. Wortlos stieg er ins Auto und ließ sich auf den Sitz fallen.

»Was war los?«, fragte Sandra, »das ging ja schnell!«

»BKA«, sagte Schwarz tonlos.

»Wie bitte?« Sandra sah ihn an, als hätte er von Aliens berichtet, »was will denn das BKA hier?«

»Fahr los.« Er sah sie nachdenklich an. »Das ist genau die Frage, was will das BKA hier?«

»Willst du ihn das nicht fragen?« Sie gab Gas, dass Schwarz gegen die Tür geschleudert wurde.

»Ja, morgen, er will aufs Revier kommen, dann können wir ihn das fragen. Und jetzt …«, er sah aus dem Fenster auf die bewaldeten Hügel, »und jetzt wollen wir doch einmal sehen, was der junge Dürr so treibt. Wir wollen doch auch die Familie mit der frohen Botschaft des gewaltsamen Ablebens des Onkels beglücken.«

* * *

Er sei auf dem Flugplatz, hatte seine Frau gesagt und die Kommissare mit der eifeleigenen Ablehnung angeblickt, dort solle man doch hingehen. Und dann die Tür mit Nachdruck wieder zugedrückt. Nun standen sie auf dem Flugfeld vor dem Hangar in der Sonne. Es war wieder warm geworden, fast schon zu warm für die Jahreszeit, doch ein mildes Lüftchen bewegte sich noch auf der Hochfläche und ruckelte müde am Windsack, der vom Tower herunterhing wie eine leere Wurstpelle.

Sandra stieß Schwarz an und zeigte auf das offene Tor der Halle. Mehrere Sportflugzeuge waren dort zu sehen, und an einem wurde gearbeitet. Die Motorhaube stand offen, und aus ihr ragten zwei Beine, die gut im Körper von Arnold Dürr enden konnten.

Sie gingen über den Asphalt. »Herr Dürr?«

»Ja?« Ein Kopf mit zerzausten Haaren sah über die Haube und musterte die Gesichter. »Ach, Sie, was ist denn noch?«

»Wir hätten da noch ein paar Fragen«, begann Schwarz, »dies ist übrigens meine Kollegin Melches. Herr Dürr, ich muss Ihnen leider die Mitteilung machen, dass Ihr Onkel ermordet worden ist.«

»Ermordet? Wie kommen Sie denn darauf? Das ist doch Quatsch, wer soll denn Onkel Erwin ermorden!«

»Die Frage stellen wir uns natürlich auch. Haben Sie eine Idee?«

»Nein, gar nicht.« Er warf einen Schraubenschlüssel auf den Werkstattwagen neben sich und wischte sich die ölverschmierten Hände an einem Tuch Putzwolle ab. Dann biss er sich auf die Lippe und schüttelte ungläubig den Kopf. »Wie kommen Sie denn darauf? Wieso denn Mord?«

»Ach, wissen Sie, wir gehen eigentlich nicht davon aus, dass er sich selber ein Kissen aufs Gesicht gedrückt hat.« Schwarz wusste, dass er wirklich nicht seine feinfühligsten Momente hatte. Er fing sich auch einen strafenden Blick von Sandra ein, doch Dürr hatte die Boshaftigkeit offensichtlich gar nicht mitbekommen. Er sah nachdenklich auf den Betonfußboden.

»Ein Kissen? Schrecklich! Wer macht denn so was?«

»Wie gesagt, genau unser Thema. Und? Haben Sie eine Idee?«

»Er war eigentlich immer sehr beliebt. Und meine Frau und ich sind auch gut mit ihm ausgekommen. Als mein Vater damals mit dem Flugzeug abgestürzt ist, da hat er mir wirklich geholfen.« Er sah Schwarz verwirrt an. »Und Sie sind wirklich sicher?«

»Ja«, bestätigte Schwarz und zwang sich zur Ruhe, »Sie sind also gut mit ihm ausgekommen?«

»Ach, normal schon, aber ...«, er hob abwehrend die Hand, »wie alte Leute so sind, immer war der auch nicht nett. Also zu mir jetzt.« Er schob nachdenklich das Werkzeug auf dem Wagen in eine neue Ordnung.

»Mit wem hatte Ihr Onkel denn überhaupt Kontakt? Freunde? Verwandte? Leute aus dem Altenheim?«

»Ich kenne da keinen«, Dürr zuckte mit den Schultern, »die Freunde sind eigentlich schon alle gestorben, und besucht hat ihn außer uns auch keiner. Ich weiß wirklich nicht, wer das getan haben könnte. Keine Idee.«

»Und Sie? Könnten Sie uns erzählen, wo Sie am Freitagabend gewesen sind?«, fragte Sandra und musterte interessiert den Motor.

»Ich? Wieso? Denken Sie jetzt an mich? Jetzt machen Sie aber mal einen Punkt! Ich war zu Hause! Mit meiner Frau!«

»Wir denken nicht, wir sind Beamte«, antwortete Schwarz, »waren Sie den ganzen Abend zu Hause?«

»Natürlich. Nein, nicht ganz, wir waren um sieben noch in der Gaststätte, um ein Bier zu trinken, aber etwa um neun waren wir wieder zu Hause.«

»Und das kann Ihre Frau bestätigen?«

»Na klar, wieso denn nicht?«

Dürr stieß die Luft aus und schüttelte den Kopf. »Also, das ist jetzt aber wirklich ein Schock.«

»Warum sind Sie eigentlich nicht in Ihrer Fabrik?«, wollte Schwarz wissen, »Ihre Kollegen scheinen doch sehr aufgebracht zu sein. Sie nicht?«

»Hören Sie doch auf! Das hat doch eh keinen Sinn. Ich bin so stinksauer, wenn ich einen von diesen Idioten sehe, dann drehe ich durch. Nein, nein, ich reagiere mich besser hier ab und lasse die machen. Vielleicht schlagen die noch eine nette Abfindung raus für uns, die könnten wir gut gebrauchen.«

»Schöne Maschine«, sagte Sandra, die sich das Cockpit angesehen hatte, »ist das Ihre?«

»Gott, nein«, sagte Dürr und klopfte auf das Aluminium, »das kann ich mir nicht leisten. Aber ich halte sie in Schuss und repariere sie, dann darf ich auch mal damit fliegen. Ich kann mir ja kaum den Sprit für die Kiste leisten. Wissen Sie, was das alleine kostet, hier einmal um den Platz zu fliegen? Sie würden weinen!«

»Und warum machen Sie es dann?«

»Tja, wen der Virus einmal gepackt hat ... Da oben, da fühle ich mich frei. Es ist, als ob ich keine Probleme mehr habe, keine Angst, keine Grenzen. Ich vergesse meine Zukunft, meine Vergangenheit, nur ich und mein Flugzeug.« Er klappte die Motorhaube zu und sah die Polizisten an. »Haben Sie noch Fragen? Ich glaube, ich muss das jetzt erst mal verdauen. Und meiner Frau muss ich das auch noch erzählen, das … das mit Onkel Erwin.«

Die beiden Kommissare verabschiedeten sich, gingen zu Sandras Auto und stiegen ein.

»Glaubst du ihm?«, fragte Sandra.

»Keine Ahnung. Das mit dem Glauben lassen wir vielleicht mal. Überprüfst du sein Alibi?«

»Kann ich machen. Und du?«

»Ich werde mir heute Abend endlich die Akten, die ich bei Perschke beschlagnahmt habe, zu Gemüte führen. Jede Menge staubiges Papier! Mich juckt's schon jetzt in der Nase.«

* * *

Mit einem tiefen Seufzen ließ Schwarz die Tür des Waschraums hinter sich zufallen. Die Neonröhre flackerte ein-, zweimal, dann warf sie ihr unbarmherziges Licht auf den Kommissar, der sich auf das Waschbecken stützte und in den Spiegel sah. Rote Augen, dicke Lider, genauso musste man ja aussehen, wenn man seit Stunden ein vergilbtes Papier nach dem anderen angesehen, durchgelesen und schließlich beiseitegelegt hatte. In seinem Kopf rumorte es, das war jetzt zwar so nicht zu sehen, die roten Haare standen wirr wie immer nach allen Seiten, doch er wusste wohl, was sich hinter diesem müden Kommissarsgesicht abspielte, das er gerade mit seinen überanstrengten Augen betrachtete.

Für ihn sah es so aus, als sei Perschke da hinter etwas her gewesen, das sich für Schwarz höchst abenteuerlich anhörte. Wenn er das alles richtig zusammengesetzt hatte, dann war es nur so zu verstehen, dass die ganzen Bilder, die angeblich während des Dritten Reiches verbrannt worden waren, heute noch existierten. So hatte man bisher immer angenommen, dass 1939 in der Berliner Feuerwache Köpenick all diejenigen Bilder, die man zwar beschlagnahmt, aber dann für nicht verkäuflich gehalten hatte, vernichtet worden waren. Doch gab es nun Historiker, die ganz anderer Meinung waren und vermuteten, dass diese fünftausend Werke oder zumindest ein Teil davon von Goebbels in Sicherheit gebracht worden waren, um sie später für ein Museum für Zeitgeschichte zur Verfügung zu haben. Verantwortlich dafür sei ein Abteilungsleiter namens Hetschel gewesen, den man allerdings nicht mehr dazu befragen konnte, da er im Krieg gestorben war. Das Gebäude des Propagandaministeriums war im Krieg zwar kaum in Mitleidenschaft gezogen worden, doch hier hatte sich in den Kellern nichts gefunden, was auch nur im weitesten Sinne als Kunstwerk angesehen werden konnte. Außerdem war keins der angeblich vernichteten Werke jemals im Handel aufgetaucht. Es blieb also mehr als zweifelhaft, ob diese Geschichte stimmte. Doch was hatte Perschke so daran fasziniert? Schwarz' Begeisterung hielt sich jedenfalls in Grenzen.

Der Polizist drehte den Wasserhahn auf und ließ die Flüssigkeit laufen, bis sie eine eisige Temperatur erreicht haben musste. Er hielt seine zu einer Schale gehaltenen Hände unter den Strom, wartete ein paar Sekunden und stürzte dann sein Gesicht in die Kälte.

Der Kälteschock brachte tatsächlich wieder etwas Frische in seinen Kopf zurück. Er sah auf die Uhr: Seit vier Stunden saß er schon hier und wühlte sich durch den Papierkram – seitenweise Kopien aus historischen Werken und dann wieder Listen, Briefe, Dokumente, die für Schwarz überhaupt keinen Sinn ergaben. Wahrscheinlich hatten die Kollegen aus Euskirchen doch recht, wenn sie hinter den Neonazis aus Aachen her waren. Die Spur, die er jetzt verfolgte, war wahrscheinlich das letzte Mal heiß gewesen, als das Feuer in Berlin gebrannt hatte, und das war für Schwarz' Geschmack entschieden zu lange her.

Er rieb seine müden Wangen mit den Händen, so fest, dass es fast schmerzte, dann schüttelte er die letzten Tropfen von der Stirn, fuhr sich einmal mit dem Ärmel durch das Gesicht und schlurfte wieder in sein Büro, wo er sich mit einem neuerlichen Seufzer in seinen Bürostuhl fallen ließ und angestrengt auf seinen Schreibtisch sah. Überall waren Stapel von Papier, Fotokopien aus Büchern, Notizen in einer fast unleserlichen Handschrift. Aus dem Flur hörte er immer wieder Schritte, aufgeregtes Rufen und das Klingeln von Telefonen. Normalerweise wäre diese Nacht in der Kriminalabteilung ruhiger gewesen als ein Arbeitsplatz in der Nationalbibliothek, doch die ungeklärte Situation in der Getriebefabrik schien seine Kollegen auf Trab zu halten. Immer mal wieder rannte jemand mit abwesendem Gesichtsausdruck an ihm vorüber, grunzte einen Gruß oder floh wortlos beim Anblick des überladenen Schreibtischs, wahrscheinlich aus Furcht, mit in die undankbare Arbeit, die Aktenberge zu durchwühlen, abkommandiert zu werden.

Schwarz schüttelte den Kopf. Er hatte nicht den Eindruck, dass dies hier zu irgendetwas führen würde, was mit dem Tod des Journalisten zu tun hatte. Vorsichtig wagte er einen Blick in die Kiste neben sich, um den Stapel abzuschätzen, den er noch nicht bearbeitet hatte. War es wirklich notwendig, sich das alles noch anzutun? Er ließ seine Hand hinunterfallen, griff einen Aktendeckel, zog die Gummischnapper zurück und schlug ihn auf.

Schon wieder etwas von dem Kram, den er sich schon die ganze Zeit ansah. Mehrere Seiten, die oben das Zeichen irgendeiner NSDAP-Behörde trugen. Er mochte die alten

Originalunterlagen mehr als die modernen Fotokopien, sie lösten in ihm das Gefühl des Schatzsuchers aus, in eine andere, längst vergangene Welt einzutauchen und jeden Augenblick auf eine aufregende Entdeckung zu stoßen. Trotzdem überflog er nur noch grob den Inhalt und war schon kurz davor, die Mappe wegzulegen und endgültig aufzugeben, als wie ein Blitz ein Wort vor ihm aufzuleuchten schien. Er hatte es gar nicht richtig gesehen, blätterte wieder zurück, konnte sich kaum erinnern, wo es gestanden haben könnte, doch er war sicher, dort den Namen Erwin Dürr gelesen zu haben.

Er ging das Schriftstück noch einmal durch. Es handelte sich um einen Brief, in dem die Intendantur der Ordensburg Vogelsang nach Berlin meldete, dass der Transport wohlbehalten angekommen und in der besprochenen Weise zur Aufbewahrung gebracht worden sei. Unterzeichnet war dies vom Adjutanten des Burgintendanten, von Erwin Dürr.

Schwarz schüttelte den Kopf. Was war das jetzt? Was für ein Transport? Was hatte es mit dieser Intendantur auf sich? Er machte schnell ein wenig Platz auf seinem Schreibtisch und breitete die anderen Blätter aus, die noch in der Mappe waren. Hier war eine Anfrage an das Wehrmachtskommando Berlin nach Geleitschutz durch einen Trupp Soldaten. Doch woher dieser Transport jetzt gekommen war, woraus er bestand und wohin er gehen sollte, das war diesen dünnen Zeilen nicht zu entnehmen. Schwarz sah auf das Datum: Juni 1942. Jetzt wurde es langsam interessant, zum ersten Mal konnte er eine Verbindung zum wirklichen Leben herstellen. Immerhin konnte Schwarz sich nun denken, was Perschke immer mit Dürr zu bereden gehabt hatte, er schien da auf etwas gestoßen zu sein. Zu gerne hätte er in die Unterlagen gesehen, die aus Vogelsang verschwunden waren. Doch vielleicht gab es ja im restlichen Karton irgendwelche Hinweise. Am besten würde er überhaupt noch einmal von vorne anfangen, die Dokumente unter diesem Gesichtspunkt zu ordnen, nachdem er eine Idee hatte, wonach er suchen musste.

Er setzte sich auf seinem Schreibtischstuhl zurecht und begann noch einmal die gesamten Unterlagen durchzusehen.

Als er das letzte Blatt beiseite legte, hörte er schon, wie die Kollegen der Tagschicht aus dem Treppenhaus in ihre Büros kamen. Mittlerweile war es wieder hell geworden, doch nun begannen die Dinge langsam Gestalt anzunehmen. Perschke war da auf etwas gestoßen, was eine wirkliche Sensation war – jedenfalls, wenn das alles auch nur annähernd der Wahrheit entsprach.

Die Stimme, die sich aus dem Haufen von Papier auf seinem Schreibtisch erhob, erzählte die Fortsetzung der Geschichte der verschwundenen Bilder, die, so wie es aussah, nicht in einem Feuer in Berlin endete. Im Frühjahr 1942 hatte Hetschel, Abteilungsleiter im Propagandaministerium, einen sicheren Aufbewahrungsort für eine größere Anzahl von Kisten, angeblich »Lagerware«, gesucht. Hierzu wandte er sich an den Leiter der Verwaltung von Vogelsang, den Burgintendanten Hans Siebert, der ihm offensichtlich von irgendwelchen gemeinsam besuchten Lehrgängen bekannt war. Die Eifel war Hetschel als sicheres Rückzugsgebiet erschienen, fernab jeder Kampftätigkeit und hinter dem Westwall gut behütet. Ob es denn auf dem weitläufigen Gelände der Ordensburg Räumlichkeiten gebe, die nicht nur dem Einfluss feindlicher Kräfte, sondern auch den allzu neugierigen Augen gewisser Parteifreunde nicht zugänglich seien, fragte er an. Die Antwort von Siebert war nicht vorhanden, dafür aber ein zweiter Brief Hetschels, in dem er sich für die prompte und positive Antwort bedankte und ankündigte, in Kürze einen Transport mit den besprochenen Kisten fertigzustellen. Dürr bestätigte dann das Eintreffen der Kisten und fügte noch an, dass die Lastwagen wieder nach Berlin zurückfahren würden.

Doch was war weiter mit der »Lagerware« passiert? Wo hatte man sie versteckt? Und wo war sie geblieben? Wenn es wirklich so war, dass in diesem Transport beschlagnahmte Kunstwerke enthalten waren, die auch in den langen Jahren nach dem Zweiten Weltkrieg nie wieder aufgetaucht waren, dann lag die Vermutung nahe, dass man sie damals versteckt und nie wieder hervorgeholt hatte. Und dass sie immer noch irgendwo da oben in Vogelsang lagen.

Schwarz packte schweigend die Dokumente zusammen. Sein Gehirn arbeitete auf Hochtouren. Das war es also, hinter dem Perschke hergejagt hatte. Und Dürr schien ihn mit Informationen versorgt zu haben. Doch nun waren genau die beiden Personen, die sich mit dieser Geschichte befasst hatten, tot. Entweder war also mehr dran, als man auf den ersten Blick meinen sollte, oder es gab irgendwo in der Eifel jemanden, der genau davon ausging. Oder, Schwarz ging zum Fenster und sah auf den Fluss, der in der Morgensonne friedlich zu ihm hochglitzerte, oder es war alles ein gigantischer Zufall, und die Neonazis waren der friedlichen Entwicklung in die Quere gekommen. Er drehte sich um und blickte auf die Unterlagen. Wenn er dies so vor sich sah, fand er das alles sehr bestechend, wie aber würde das aussehen, wenn er vor dem Staatsanwalt stand, um seine Ergebnisse vorzutragen? Oder erst vor Kleinert?

Wenn dies aber alles wirklich mit den beiden Morden zu tun hatte, wo sollte er weitersuchen? Nur zu gerne hätte er einmal einen Blick in die Dokumente getan, die der Neffe von

Dürr nach Vogelsang gebracht hatte. Wo waren die abgeblieben? Wer hätte ein Interesse haben können?

Die durchwachte Nacht forderte ihren Tribut, sein Gehirn war schwerfällig und seine Gedanken trübe. Da hatte er die große Entdeckung gemacht, die all die Hintergründe in einem anderen Licht erscheinen ließ, aber es war ihm dennoch nicht klar, wie es jetzt weitergehen sollte.

Er ließ die Personen in dem Fall noch einmal Revue passieren. Noch immer kam ihm die Rolle des Ehepaars Althoff sehr rätselhaft vor. Warum log die Frau, wenn es darum ging, dass sie so oft Kontakt mit Dürr gehabt hatte? Das musste einen Grund haben. Er mochte ihre Art, mit den alten Menschen umzugehen. Doch das spielte hier wirklich keine Rolle. Die Frage war doch, warum er immer wieder auf sie stieß. Was hatte sie alles von Dürr wirklich erfahren? Sollte das, was Perschkes Tod verursacht hatte, wirklich mit Dürr zusammenhängen, dann wären die Althoffs die Einzigen, die etwas darüber wissen konnten.

Und sowohl Dürr als auch Perschke waren jetzt tot, die Dokumente verschwunden. Vielleicht war es ein Möglichkeit, dass die Althoffs über den Einbruch etwas wussten? Schwarz glaubte nicht, dass sie die Akten, die aus Vogelsang verschwunden waren, selbst gestohlen hatten, da hätte es viel bessere Möglichkeiten gegeben, derer habhaft zu werden. Doch sie sagten ihm definitiv nicht die Wahrheit. Es war wohl an der Zeit, sie einmal etwas unter Druck zu setzen.

Er wählte die Nummer der Kripo in Euskirchen, um sich erst einmal mit der Soko abzusprechen und von seinen neuen Erkenntnissen zu berichten. Nach kurzer Wartezeit klickte es in der Leitung und Henning Rauschs Stimme war zu hören.

»Ah, Schwarz, sehe ich dich gleich zur Teamsitzung?«

»Ich würde eigentlich gerne vorher schon einmal mit dir

reden. Es kann sein, dass ich da auf etwas Interessantes gestoßen bin.«

»Dann lass mal hören!«

Schwarz versuchte die Geschichte der verschwundenen Bilder so knapp, aber so genau wie möglich zu erzählen. Wenn er sich selbst zuhörte, kam ihm das alles etwas dämlich vor. Seinem Gesprächspartner schien es ähnlich zu gehen.

»Hm«, sagte der Soko-Leiter, »das klingt ja alles ziemlich wild. Hast du's nicht eine Nummer kleiner, ich vermisse noch Drogenhandel und Waffenschmuggel. Und welchen Wert sollten diese Kunstwerke heute haben?«

»Man sagte mir, zwischen zwanzig und hundert Millionen, je nach Zustand.«

Rausch schienen die Zahlen die Sprache verschlagen zu haben. Es herrsche Schweigen am anderen Ende der Leitung.

»Was haben denn eure Ermittlungen ergeben?«, brachte Schwarz das Gespräch wieder in Gang

»Wir treten noch auf der Stelle. Schlimm genug. Und dauernd kommen Knarpsen und Genossen und wollen irgendwelche Neuigkeiten haben, dabei haben wir keine. Der lacht sich schon kaputt, wenn wir sagen, dass wir aus ›ermittlungstaktischen Gründen‹ nichts sagen, der ist ja auch nicht blöd. Den Wagen von Perschke haben wir am Bahnhof in Eschweiler gefunden. Wer immer also das Auto nach Eschweiler gebracht hat, kann also mit dem Zug weitergeflohen sein. Das spricht für die Theorie mit den Neonazis.«

»Oder wir sollen das denken.«

»Genau. Befragungen in der Familie und dem Freundeskreis haben bisher nichts Auffälliges ergeben. Deine Putzfrau hat es geschafft, bei der Befragung einen gestandenen Kripobeamten so zu entnerven, dass er um Versetzung gebeten hat. Und was die Neonazis angeht: In Zülpich war an diesem

Abend ein großes Kameradschaftstreffen. Alle schwören natürlich Stein und Bein, dass niemand die Feier verlassen hat. Es kann natürlich gut sein, dass die Jungs sich noch etwas in Vogelsang vergnügen wollten. Leider wissen aber auch die V-Männer, die in der Szene aktiv sind, nichts davon. Allerdings war Perschke bei den Rechten so verhasst, dass die ihm mit Freuden den Schädel eingeschlagen hätten. Motive gibt es da zuhauf, wir müssten nur noch jemandem nachweisen, dass er zum richtigen Zeitpunkt in der Gegend gewesen ist.«

»Wann ist überhaupt der richtige Zeitpunkt?«

»Laut vorläufigem Obduktionsbericht irgendwann in der Nacht von Freitag auf Samstag.«

»Und hat sich aus den alten Zeitungsberichten etwas Neues ergeben?«

Rausch seufzte tief. »Drei Leute wühlen sich durch zehn Jahre Lokalzeitung. Wenn ich mir das so angucke, dann muss Perschke es geschafft haben, sich so ziemlich jeden im Landkreis zum Feind zu machen. Und alle müssen wir jetzt auftreiben, befragen. Polizeiarbeit als Geduldspiel, aber das gehört eben dazu.«

Eine Weile war wieder Schweigen in der Leitung, nur ein Rauschen war zu hören.

Dann setzte Rausch von Neuem an: »Was ich seltsam finde, ist der Tod von diesem … wie hieß dieser Alte?«

»Dürr. Ja, das gefällt mir auch nicht. Dadurch bin ich überhaupt erst auf einen Zusammenhang gestoßen.«

»Es wäre ein Ansatz. Allerdings darf man die Familie ebenfalls nicht aus dem Blickfeld verlieren. Oder vielleicht hat irgendeiner im Altenheim ja Streit mit ihm gehabt. Oder ein Pfleger auf humanitärer Erlösungstour. Und doch ist es ein seltsamer Zufall. Was hast du jetzt vor?«

»Was mich stutzig macht, sind die Widersprüche in den Aussagen der Althoffs. Das passt hinten und vorne nicht zusammen. Also, wenn du mich wirklich nach meiner Meinung fragst, dann möchte ich die Spur mit den Althoffs gerne ermitteln. Mir gefällt das nicht, dass am selben Abend ein Journalist und sein Informant ermordet werden. Wir haben widersprüchliche Aussagen, die ausgeräumt werden müssen, und dafür würde ich gerne offiziell werden und den Althoffs so viel Druck machen wie möglich. Also Hausdurchsuchung, unter dem Vorwand, den Laptop und die gestohlenen Akten zu suchen, dann getrennte Befragung des Ehepaares. Sie spielen eine Rolle in zwei ungeklärten Todesfällen.«

»Hm. Ich kann aber nicht versprechen, dass der Staatsanwalt das auch so sieht. Hausdurchsuchung ohne gesicherte Erkenntnisse … Ich tue, was ich kann! Hast du eigentlich eine Kopie vom Obduktionsbericht?«

»Ich habe hier gar nichts!«

»Ich werde dir nachher alles rüberschicken. Pass auf, wir machen das so: Du bleibst jetzt in Schleiden. Ich renne zum Staatsanwalt und versuche, einen Durchsuchungsbeschluss zu bekommen. Besorg dir an Leuten, was du brauchst. Wie man sagt, habt ihr ja jetzt genug Beamte vor Ort!«

Schwarz trat ans Fenster und sah hinüber auf den Parkplatz, an dem die Mannschaftswagen standen, um in rhythmischen Abständen zur Fabrik hinüberzufahren. Die Absperrung des Geländes und die Aufgabe, die Bundesstraße als Hauptdurchgangsweg offenzuhalten, erforderten jede Menge Manpower.

»Sobald du irgendetwas findest, werden wir zu euch rauskommen. Bis dahin bearbeiten wir noch die anderen Spuren, damit wir nichts übersehen. Und wenn der Staatsanwalt nicht mitspielt, dann kommst du her, und wir gehen das alles noch einmal von vorne durch. Also, bis später!«

Schwarz legte den Hörer auf und gähnte. Jetzt wäre doch auch mal eine gute Gelegenheit, die durchwachten Überstunden abzufeiern, bis die Staatsanwaltschaft sich über seinen Antrag klar werden würde. Er griff nach seiner Jacke und stand auf, als es an seiner Tür klopfte. Er blickte überrascht hinüber.

Kleinert stand dort und sah ihn mit einem seltsamen Gesichtsausdruck an. »Stefan, kommst du mal bitte?«

»Was habe ich denn jetzt schon wieder angestellt?«

»Komm einfach. Wir haben Besuch.«

Berlin, 1942

Das Propagandaministerium brummte. Aus dem Generalstab der Armee kamen laufend neue Nachrichten, die von uniformierten Meldegängern so schnell wie möglich zu den jeweiligen Adressaten gebracht wurden.

Der Mann, der die breiten Treppen hinaufstieg, kannte den Betrieb. Seit 1934 arbeitete er hier, und auch schon vorher hatte er gern und oft mit dem Herrn Reichsminister zu tun. Er bewunderte ihn, er selbst war ja nur ein kleiner Beamter, dem die Genialität dieses Mannes fehlte. Der Doktor Goebbels, ein wahrhaft brillanter Mann, der es wie kein zweiter verstand, die Ideen des Nationalsozialismus im Volk zu verankern. Kaum einer, der ihn je hattte reden hören, konnte sich der Begeisterung verschließen, für Volk, Vaterland und die nationalsozialistische Idee bis zum Letzten zu kämpfen. Hetschel bewunderte ihn. Und auch wenn man auf den Fluren des Ministeriums immer wieder Dinge hörte, die vielleicht nicht so perfekt waren, so sah er ihm das nach, denn schließlich musste Goebbels auch mit den ganzen Filmleuten und Künstlern zurechtkommen, und das konnte einen schon mal auf dumme Ideen bringen. Dieses Künstlervolk war ja dekadent und gehörte eigentlich ausgemerzt wie so manche Laus im Pelz des gesunden deutschen Volkskörpers. Aber man brauchte sie, das wusste hier jeder, und sie sich als williges Werkzeug zu Diensten zu machen, verstand kaum jemand so elegant wie der Herr Doktor, keine Frage. Doch im Augenblick war keine Rede von irgendwelchen Affären, und der Herr Reichsminister widmete sich wieder mit ganzer Kraft dem Aufbau des Nationalsozialismus, und da wollte auch er, Hetschel, nicht zurückstehen.

Der Einzige, der ihn noch übertraf, das war der Führer. Diese Ausstrahlung, diese einzigartige Tatkraft, Deutschland konnte froh sein, von so einer Lichtgestalt in ein neues Zeitalter geführt zu werden. Und dieser Krieg, das war nur ein kleiner Schritt, der würde schnell vorbei sein. Auch wenn die Engländer versuchten, mit ihren Flugzeugen auf das Reichsgebiet vorzudringen, das werden sie nicht schaffen, da würde der Reichsmarschall Göring schon für sorgen! Das deutsche Volk ließ sich doch nicht von diesem Proleten Churchill in die Suppe spucken!

Im obersten Stockwerk, in dem die Räumlichkeiten des Ministers waren, war es ruhiger. Die Besprechungen, die sich den Morgen über hingezogen hatten, waren vorbei, und die Leiter der Fachabteilungen waren in ihre Büros zurückgekehrt, um die Anweisungen der obersten Reichsleitung in die Tat umzusetzen.

Hetschel klopfte an die Tür des Vorzimmers. Er wurde erwartet, und so führte der Sekretär ihn auch zügig in die Diensträume des Ministers.

Der Mann stand am Fenster und sah hinaus. Heute trug er Zivil, also keine offiziellen Termine. Die geringe Körpergröße dieses Mannes und seine körperliche Behinderung verführten immer wieder dazu, seine Fähigkeiten nicht ernst zu nehmen, doch Hetschel war dieser Fehler noch nie unterlaufen. Er war loyal, war es immer gewesen, und hatte es auch nie bereut.

»Heil Hitler, Herr Reichsminister!«, rief Hetschel und riss den Arm zum Deutschen Gruß hoch.

Der Mann am Fenster drehte sich um. Sein scharf geschnittenes Gesicht musterte den Gast eindringlich und löste sich dann in ein freundliches Lächeln. »Heil Hitler, mein lieber Hetschel, kommen Sie, nehmen Sie Platz!«

Er führte ihn zu einem Tisch an der Seite des großen, holzgetäfelten Arbeitszimmers. Hinter dem Schreibtisch das Portrait des Führers und die Fahnen der Partei. Hetschel nahm in einem Sessel Platz, sprang aber sofort wieder auf, als der Minister ihm eine Zigarre anbot.

»Gern, Herr Dr. Goebbels!« Er ließ sich Feuer geben und setzte sich wieder.

Goebbels selbst setzte sich auf die Armlehne eines der schweren Polstermöbel. Eine wunderbare Pose, die sich auch großartig vor der Kamera machen würde, dachte Hetschel, der Doktor war immer an der Arbeit, immer gespannt, immer auf dem Sprung.

»Hetschel, hat sich eigentlich jemals etwas wegen der Bilder gerührt, die wir vor zwei Jahren eingelagert haben?«

»Nein, Herr Doktor, es hat niemand je danach gefragt. Alle sind überzeugt davon, dass sie verbrannt worden sind.«

»Sehr gut, sehr gut. Hetschel, Sie wissen, dass wir diese Sachen noch zu einem späteren Zeitpunkt brauchen werden. Ein Museum der Zeitgeschichte, eines, wie es noch keines gab!« Er machte eine große Geste und sah sinnend in den Himmel.

Hetschel blickte ihn bewundernd an und beeilte sich zu versichern: »Die Bilder sind sicher in unbeschrifteten Kisten hier im Ministerium untergebracht.«

Goebbels nickte. »Hetschel, wir müssen langfristig denken. Seit diesem Winter hat die deutsche Armee große Probleme an der Front, das wissen wir beide. Auch kommen immer öfter Bomberstaffeln der Engländer über den Kanal, und dieser dicke Trottel Göring schafft es nicht, der Sache Herr zu werden. Der Führer hat ihm zwar eindeutige Anweisungen gegeben, aber unsere Luftwaffe wird immer schwächer, das ist jetzt schon zu merken.« Er atmete tief durch. »Hetschel, die Bilder müssen weg hier aus Berlin. Haben Sie eine Idee, wo man sie unterbringen kann, ohne dass einer dumme Fragen stellt?«

Hetschel dachte einen Augenblick nach, zog an der Zigarre, ließ den beißenden Rauch genussvoll über die Zunge gleiten. »Herr Doktor, ich hätte da vielleicht eine Idee. Mein Schwager ist Intendant einer der Ordensburgen. Dort hat man jetzt eine Adolf-Hitler-Schule untergebracht, in der die Jugend auf die Ziele des National-

sozialismus eingeschworen wird. Ich kann ihn gerne einmal fragen, ob er eine Möglichkeit hat.«

»Ja, tun Sie das, eine gute Idee. Wo ist das?«

»Vogelsang, Herr Doktor, in der Eifel!«

»Ja, danke, Hetschel. Machen Sie das klar. Organisieren Sie einen Transport. So schnell wie möglich!«

»Jawohl, Herr Reichsminister! Sofort!« Hetschel warf die Zigarre in den Aschenbecher und sprag auf. Seine Stiefel knallten scharf aneinander, und er ging entschlossenen Schrittes zur Tür.

»Ach und, Hetschel?«

Der Angesprochene hielt inne. »Ja, Herr Reichsminister?«

»Allerhöchste Geheimhaltung! Sie sind mir verantwortlich, dass niemand etwas erfährt!«

»Jawohl, Herr Reichsminister! Sieg heil!« Mit lautem Geräusch schloss Hetschel die Tür wieder hinter sich.

»Sieg heil«, sagte Goebbels in den leeren Raum und ging wieder zum Fenster, um nachdenklich in das sommerliche Berlin zu blicken.

Kapitel 10

Schwarz ging lustlos hinter Kleinert her in dessen Büro. Auf dem Flur kam ihnen Sandra entgegen. »Stefan«, begann sie aufgeregt, »ich habe das Alibi von den Dürrs überprüft, das stimmt wohl, aber auf deren Konto sieht es nicht so doll aus, und die Frau …«

»Prima«, sagte Kleinert, »aber am besten kommst du auch mit.«

Mit fragendem Gesichtsausdruck folgte Sandra den beiden Männern in Kleinerts Büro.

Am Fenster stand der Mann, den Schwarz am Vortag in Hellenthal gesehen und in der Zwischenzeit völlig vergessen hatte. Er schnipste mit den Fingern. »Stimmt, jetzt weiß ich es wieder, Sie wollten ja heute hier herkommen!«

Der Mann nickte. »Richtig. Und jetzt bin ich da.« Er streckte seine Hand aus. »Daniel Winter. Sie haben mir gestern beinahe meinen Fall vermasselt.«

Kleinert schloss die Tür und zeigte auf ein Tablett mit einer Thermoskanne und Kaffeetassen. Schwarz goss vier Tassen voll, verteilte sie unter den Anwesenden. Während er Winter Milch anbot, die dieser ablehnte, musterte er ihn. Ein junger, drahtiger Mann mit kurzen, leicht gewellten Haaren – energiegeladen, genau, was man gerne beim BKA nahm. Er trug ein legeres, graues Jackett über Jeans und Turnschuhen und setzte sich jetzt mit souveräner Selbstverständlichkeit.

Kleinert nahm den Gesprächsfaden wieder auf. »Wir ermitteln hier in einem Mordfall, und ich gehe eigentlich davon aus, dass auch das BKA sich an die Gepflogenheiten und den Dienstweg hält, und …«

»Ja ja, ich weiß.« Winter winkte ab. »Hätte ich auch getan,

tue ich normalerweise, klar, aber da hatte ich noch gar keine Zeit zu. Ich bin nämlich auch an diesen Fall gekommen wie die Jungfrau zum Kinde, wie man so schön sagt. Bis vor zwei Tagen wusste ich noch gar nicht, wo Hellenthal liegt, aber mittlerweile«, er lachte, »ist es mir doch recht vertraut geworden. Hätt ich ja nicht gedacht, Sie haben es ja richtig nett hier!«

Schwarz und Kleinert sahen sich an. Schwarz räusperte sich. »Freut uns ja, wenn es Ihnen bei uns gefällt. Aber wenn Sie uns mal ins Bild setzen würden, was Sie hier treiben, dann wäre das …«, er überlegte einen Augenblick, »... nett.«

»Kein Problem. Darf ich mich setzen? Es dauert nämlich ein bisschen länger.« Ohne auf eine Antwort zu warten, nahm er einen Stuhl in Besitz. »Ich gehöre zu einer Sondereinheit, die sich mit verlorenen Kunstschätzen befasst. Sie hören immer wieder von uns, wenn wir mal einen gestohlenen Picasso wiederbringen oder irgendwelche Raubkunst zu Tage fördern. Erinnern Sie sich an den Fall mit dem Schweizer Bankschließfach, in dem jede Menge von den Nazis geraubte Kunstwerke waren?«

Die beiden Schleidener Kriminalbeamten nickten.

»Das waren wir. Wir haben unsere Quellen, wir beobachten die Märkte, und außerdem gibt es so ein paar Gestalten, die immer wieder in Zusammenhang mit Raubkunst auftauchen, sogenannte Bilderdetektive. Die werden von uns überwacht, und wenn sie irgendwelche seltsamen Aktivitäten zeigen, dann hängen wir uns an ihre Fersen. Einen gibt es, der besonders aktiv ist, den wir immer im Auge haben und ungewöhnliches Verhalten aufschnappen. Ja, und so kam ich nach Schleiden.«

»Also doch Bilder«, murmelte Schwarz.

»Wie bitte?«, fragte Winter nach.

»Nichts, erzählen Sie weiter. Wie heißt der Mann?«

»Heckmann, Rainer Heckmann.«

»Das ist doch der …«

»Richtig, den haben Sie gestern bei Althoffs gesehen. Und Heckmann ist einer von Deutschlands pfiffigsten Bilderdetektiven.«

»Stimmt!«, rief Sandra, »daher kenne ich den, der kam mir doch gleich so bekannt vor! Kann es sein, dass ich den neulich mal im Fernsehen gesehen habe? Da war ein Bericht über Raubkunst, und der hat in Polen in alten Stollen Bilder ausgegraben, die dort seit sechzig Jahren gelegen haben.«

»Dann war es Heckmann. Allerdings ist das, was er macht, immer sehr am Rande der Legalität. Was er findet, geht nicht den offiziellen Weg und wieder dorthin, wo es einmal verschwunden ist, sondern taucht auf irgendwelchen Auktionen irgendwo in der Welt wieder auf. Sie können ihn mit einem Raubgräber vergleichen, der überall auftaucht, wo aufsehenerregende Ausgrabungen stattfinden. Doch die Funde, die räumt er selbst ab und verschachert sie an den Meistbietenden.«

»Und die haben uns erzählen wollen, das sei jemand von einem Altenheim aus Berlin!« Sie schüttelte, fassungslos über so eine Frechheit, den Kopf.

Schwarz räusperte sich und wandte sich wieder an Winter. »Das heißt, Sie wissen gar nicht, worum es hier geht?«

»Ehrlich gesagt, nein, außer, dass es etwas mit Kunst zu tun haben wird.«

Kleinert sah Schwarz an. »Wissen wir es denn?«

Schwarz nickte. »Ich glaube schon. Heckmann ist offenbar hinter den Bildern her, die die Nazis 1939 im Zuge der Aktion ›Entartete Kunst‹ verbrannt haben. Es sieht so aus, als würde diese Spur hierher in die Eifel führen. Nach Vogelsang.«

Winter sah ihn erstaunt an. »Das kann nicht sein, die Bilder sind verbrannt! Und alles andere weiß man! Es gibt noch einen Teil, der vermisst wird, aber der ist damals im Atelier von Barlach verschwunden und wahrscheinlich von den Russen vernichtet worden, das ist bekannt.«

»Richtig. Aber es gibt niemanden, der diese Verbrennung in Berlin 1939 damals bezeugt hat. Sie hat unter Ausschluss der Öffentlichkeit stattgefunden. Und es wird behauptet, dass damals nur Rahmen und Verpackungsmaterial gebrannt haben.«

Winter schüttelte den Kopf. »Das ist Quatsch. Wenn die Althoffs ihn mit der Geschichte gelockt haben, dann rennt Heckmann hinter einem Phantom her, da ist nichts dran. Nein, nein, vergessen Sie es. Da steckt etwas anderes dahinter. Ich glaube eher, dass Heckmann den beiden etwas verkaufen will. Er hat gerade in der Ukraine zwei Schlösser ausgeräumt, das wissen wir. Ich denke, dass Althoffs die Kontaktleute sind, über die er die Beute absetzen will. Ich würde Sie deshalb dringend bitten, dass Sie mir freie Hand geben und nicht mehr weiter in meine Ermittlungen eingreifen.«

Kleinert lachte. »Herr Winter, ich denke, jetzt überschreiten Sie Ihre Kompetenzen. Wir ermitteln wegen Mord und nicht wegen irgendwelcher verschwundener Bilder.«

»Das sind nicht irgendwelche Bilder! Hier geht es um internationale Verwicklungen höchsten Ausmaßes! Das ist diplomatisch vermintes Gebiet! Wenn die Russen davon Wind kriegen, dann sehen wir nie mehr wieder, was die in den Jahren nach dem Krieg aus den deutschen Museen geklaut haben.« Er richtete sich auf und atmete tief ein. »Ich kann natürlich auch meine Vorgesetzten anrufen und Ihre Ermittlungen offiziell über den Staatsanwalt verbieten lassen, aber ich fände es doch besser, wenn wir hier weiterhin kooperativ miteinander …«

»Wissen Sie was?«, unterbrach ihn Kleinert, »tun Sie das! Machen Sie das offiziell, wir machen hier weiterhin unsere Arbeit, und ich schwöre Ihnen, dass bei Mord auch das BKA seine Interessen nachrangig ansiedeln muss.« Er hob den Telefonhörer hoch. »Wollen Sie Ihre Dienststelle nicht direkt anrufen?«

Winter dachte einen Augenblick nach. »Wenn ich vielleicht kurz allein telefonieren könnte?«

»Bitte!« Kleinert drückte ihm den Hörer in die Hand und winkte Sandra und Schwarz mit einer schnellen Bewegung hinaus. Sie traten auf den Flur, und Kleinert sagte noch: »Hat der kein Handy?«, als Bettina Kampert aus der Telefonabteilung zu ihnen trat.

»Stefan, hier ist ein Fax für dich von der Staatsanwaltschaft.«

Er nahm es in die Hand und sah darauf. »Hui, das ging aber flott!«

»Was ist das?«, wollte Sandra wissen.

»Durchsuchungsbeschluss für das Haus Althoff.«

Kleinert kratzte sich an seinen kurz geschorenen Haaren. »So, damit ist es ja wohl klar, wir ziehen unser Ding durch. Und wenn jetzt das BKA schwierig wird, dann machen wir die ganz große Nummer mit Innenminister und allem. Immerhin ermitteln wir hier in einem Mord. Was sagt Euskirchen überhaupt dazu?«, wollte er von Schwarz wissen.

Der hob die Schultern. »Ehrlich gesagt, hatte ich völlig vergessen, es zu erzählen.«

»Dann übernehme ich das. Macht ihr euch auf den Weg zur Hausdurchsuchung. Und nehmt noch ein paar Beamte mit. Die sitzen hier den ganzen Tag nur rum und warten darauf, dass aufregende Dinge passieren. Aber in der Fabrik sieht es eher so aus, als hätte sich die Lage stabilisiert, deshalb können wir die ruhig heute Vormittag woanders einsetzen. Ist doch schön, wenn wir mal genug Leute hier haben, oder?« Er ging auf die Tür seines Büros zu, die in diesem Moment von der anderen Seite geöffnet wurde. »Also, Herr Winter«, sprach Kleinert ihn direkt an, ohne abzuwarten, was er sagen würde, »wir haben gerade den Durchsuchungsbeschluss für das Haus Althoff sowie das Büro im Altersheim bekommen und werden ihn jetzt auch umsetzen, egal, was Ihre Behörde dazu sagt.«

Winter starrte einen Moment vor sich hin und sagte dann: »Vielleicht können Sie noch einen Moment damit warten, bis ich meine Vorgesetzte davon in Kenntnis gesetzt habe?«

»Meinetwegen, aber suchen Sie sich jetzt ein anderes Telefon. Ich brauche meines selbst. Gehen Sie zu Schwarz, der hat jetzt eh anderes zu tun.« Er nickte allen in der Runde zu und verschwand in seinem Zimmer.

Schwarz zeigte in Richtung seines Büros. »Da geht's lang, die dritte Tür auf der linken Seite.«

Winter seufzte. »Sie wollen jetzt wirklich zu Althoffs?«

»Ja!«

»Und es gibt nichts, was Sie davon abhalten könnte?«

»Nein!«

»Dann wünsche ich Ihnen viel Spaß bei der Suche. Vielleicht aber kann ich derweil Ihre Akten studieren?«

»Können wir machen. Bedienen Sie sich, Sie wissen ja, wo es langgeht.«

Er sah Winter hinterher, der gemächlich den Flur hinunterging. Dann drehte er sich zu Sandra um. »Mich würde interessieren, ob man in Vogelsang oben jemals diese Bilder gefunden hat.«

»Dann sollten wir am besten einmal dort nachfragen, oder?« Sie setzte ein fragendes Gesicht auf.

»Am besten direkt. Zu mir oder zu dir?«

»Zu mir, bei dir ist ja Besuch.«

Sie gingen zu ihrem Büro. Sandra zeigte auf das Telefon und sagte: »Bitteschön, am besten führst du das Telefonat, ich sehe inzwischen mal zu, dass wir alles für die Hausdurchsuchung vorbereiten.«

Er nickte und machte sich an die Arbeit.

Es dauerte eine Weile, bis er nach einer Reihe schier endloser Erklärungen bei einem Herrn Bell gelandet war, der nicht sofort abweisend auf seine Frage nach vermissten Bildern reagierte, sondern ein nachdenkliches »Hm« von sich gab und dann eine Weile schwieg, bevor er erklärte: »Ja, wissen Sie, es gibt wohl so einiges, was hier in Vogelsang noch nicht aufbereitet ist. Die Belgier waren faktisch Besatzer, und die haben hier niemanden reingelassen. Wir entdecken hier andauernd neue Sachen.« Er räusperte sich. »Ich bin jetzt selber noch nicht so lange hier und kenne noch nicht alle Vorgänge, aber ich bin sicher, wenn hier ein aufsehenerregender Bilderfund gemacht worden wäre, dann wüsste ich es. So etwas bleibt nicht geheim.«

»Verstehe ich das also richtig, dass Sie ausschließen, die Bilder könnten auf Vogelsang sein?«

Bell lachte. »Nein, gar nicht. Sie sehen das völlig falsch! Wir haben hier ein riesiges Areal, und wir fangen gerade an, die kleinen Überraschungen, die uns die Belgier dagelassen haben, aufzuarbeiten. Ich muss mich da auch erst mal schlau machen. Was suchen Sie denn eigentlich?«

»Eine Wagenladung Kisten, wenn ich das in den Unterlagen richtig gesehen habe.«

»Und die war hier auf Vogelsang?«

»Angeblich ja.«

»Und wo?«

»Das wollte ich eigentlich von Ihnen wissen!« Schwarz hatte langsam den Eindruck, er drehe sich im Kreis.

»Hm«, machte Bell und schwieg erneut. Doch bevor Schwarz tief Luft holen und schwierig werden konnte, sprach er weiter. »Also, wie gesagt, mir fällt da auf die Schnelle nichts ein. Hat das etwas mit dem Mord an Dominik zu tun?«

»Ich gehe davon aus. Perschke war offensichtlich auf derselben Spur wie ich jetzt.«

»Dann werde ich mich mal dransetzen. Das interessiert mich jetzt selber. Es kann aber etwas dauern. Wir stochern ja eigentlich im Dunkeln, oder? Wir wissen weder, ob die Kisten noch hier sind, noch, wo sie gewesen sind, noch nicht einmal, wie sie aussehen, richtig?«

»Richtig.« Schwarz kam die ganze Geschichte mehr und mehr unwirklich vor. Jagte er einem Phantom hinterher?

»Also, Sie hören von mir, wenn ich etwas mehr weiß, in Ordnung?«

»So machen wir es!« Langsam hängte Schwarz ein und sah Sandra an, die vor wenigen Sekunden im Türrahmen erschienen war.

»Und?«

»Man weiß nichts. Keine Ahnung, noch nie gehört. Und angesichts der Informationen, die wir bisher haben, und die ausgesprochen dünn sind, ist denen auch nichts eingefallen.«

»Na komm, dann lass uns mal sehen, ob wir nicht bei Althoffs etwas finden, das uns weiterhilft.«

* * *

Es war eine eher kleine Kolonne geworden, die über die Bundesstraße an der Getriebefabrik vorbei nach Hellenthal rollte.

Zwar waren die meisten Kollegen schon verplant gewesen, doch da Gorres wegen der Fabrikbesetzung noch zusätzliche Einsatzkräfte von der Bereitschaftspolizei hatte anrücken lassen, war es letztendlich doch relativ einfach gewesen, zumal deren Vorgesetzter der geballten Kraft von Schwarz' Entschlossenheit und Sandras Eifeler Landcharme wenig entgegenzusetzen gehabt hatte. Schwieriger war es jedoch gewesen, Fahrzeuge zu bekommen, und so hatten sie noch eine Weile warten müssen, ehe einer der Mannschaftswagen seine Last in Wiesgen abgesetzt hatte und dann bereitstand, um den kleinen Trupp an uniformierten Männern zum Haus der Althoffs zu transportieren, während ein Streifenwagen schon einmal zum Altenheim fuhr, um dort das Büro zu sichern.

»Das sieht ja gewaltig aus, mit der Wanne hinter uns! Vergitterte Fenster, Schutzschilde hinter den Sitzen, als würden wir nach Wackersdorf fahren«, überlegte Schwarz, während Sandra aus Schleiden hinausrollte.

»Ich bin eher gespannt, was die Kollegen im Haus finden werden. Nach der Einweisung, die sie gerade von dir bekommen haben, kann das interessant sein«, erwiderte Sandra, »›Ich will alles, was so aussieht, als würde es etwas mit einem Bild zu tun haben, Briefe, Akten, Zettel, alles! Ich will sogar die Zeitung, wenn da nur *Bild* drauf steht!‹«, ahmte sie ihn nach.

»Na ja, manchmal muss man halt ungewöhnliche Wege gehen. Die Leute aus der Verwaltung von Vogelsang haben uns ja nun auch nicht weitergeholfen.«

»Und dann nachher Verhör von den Althoffs? Wer nimmt denn wen?«

»Immer abwechselnd. Dann werden die müde, und wir langweilen uns nicht.«

Die Nachbarn schienen nicht gewohnt zu sein, dass längere Kolonnen von Polizeifahrzeugen durch ihr ruhiges Wohnviertel rollten. Schwarz sah überall dieses verräterische Wackeln der Vorhänge an den Küchen- oder den Flurfenstern, wenn neugierige Hände versuchten, die Sicht freizumachen.

Schließlich hielten sie vor dem Haus. Sandra griff nach ihrem Handy und sagte zu Schwarz: »Fangt schon mal an, ich komme gleich nach, ich muss noch gerade etwas abklären.«

Er nickte beim Aussteigen, wartete, bis alle aus dem Mannschaftswagen ausgestiegen waren, sah zu, wie sich einer noch gähnend streckte, dann sagte er zu ihnen. »Zwei gehen hinten herum durch den Garten und sehen zu, dass dort nichts rausgeht. Zwei bleiben hier vor der Garage stehen, die vielleicht einen Durchgang ins Haus hat, und der Rest kommt mit mir.«

Während sie die Treppe hochstiegen, beobachtete Schwarz, wie sich die Kollegen schulmäßig um das Haus herum positionierten. Mit einem kurzen Blick durch die Glasscheiben versuchte er noch, in den Hausflur zu sehen, doch erkennen konnte er dort nichts. Dann trat er an die Haustür und drückte auf die Klingel.

Die Wucht der Explosion riss die Haustür aus den Angeln und warf sie mit ungeheurem Druck auf Schwarz. Ein riesiger Feuerball tobte über ihn hinweg und ließ seinen Atem stocken. Neben sich hörte er Klirren, Schreien, Krachen. Endlos flossen die Sekunden, in denen Schwarz unter der Holzplatte lag, die immer weiter wie von einer riesigen Faust auf ihn gedrückt wurde. Sein Blick ging zur Seite, unter der Tür weg, hinter der er ein rotes Feuer glühen sah, der heiße Atem der Hölle schien ihn zu berühren.

Das ist es, so wird es sein, dachte Schwarz und schloss die

Augen. Das Ende, auf das du immer gewartet hast, der Punkt, an dem sich das Schicksal erfüllt. Und du kannst gar nichts machen, sondern nur darauf warten, dass das Grauen vorbeigeht.

Bis du stirbst.

Er fühlte keinen Schmerz, nur diese Hitze, die wie ein Hauch aus dem Hochofen seinen Körper umfloss. Kein Schmerz, nur unendlich lange Zeit. Warte, jetzt ist es gleich vorbei.

Gleich vorbei.

Er öffnete die Augen, um sein Ende mitzuerleben, und sah mit Erstaunen, dass der rote Schein, den er in dem schmalen Spalt sehen konnte, verblasste. Er spürte, dass der Druck auf die Tür, die ihn unter sich begraben hatte, nachließ. Der Lärm verklang, und nur noch ein leises Knacken war zu hören, in das sich jetzt mehr und mehr Schmerzensschreie mischten.

Also doch nicht das Ende. Es geht weiter, irgendwie geht es weiter. Du lebst ja noch, aber was ist mit den anderen?

Er blickte suchend dorthin, wo er eben noch den jungen Polizisten gesehen hatte, doch der war jetzt verschwunden. Schwarz spannte die Muskeln an und schob sich vorsichtig unter der Tür hervor. Der Boden war mit Glassplittern übersät, heiße Luft und Rauch trafen ihn, dass er husten musste. Vorsichtig setzte er sich auf und sah fassungslos um sich. Die Vorderfront des Hauses schien fast herausgesprengt worden zu sein; dort, wo Tür und Glasscheiben gewesen waren, gähnte nun ein dunkles Loch, aus dem dicke, schwarze Wolken quollen. Im Haus selbst stand alles in Flammen, was brennbar war. Schwarz war alleine auf der Empore, seine Kollegen waren verschwunden. Er stand auf und sah, wo die Hilferufe herkamen. Unter sich konnte er im Vorgarten einen Körper sehen, die Arme ruderten hilflos in der Luft, der andere Mann lag regungslos am Fuß der Treppe. Das Garagentor hing nur noch halb in seiner Befestigung, und der Mannschaftswagen sah aus, als wäre er in Kreuzberg in einen Steinhagel gekommen.

Sandra stieg langsam aus dem Auto und sah mit offenem Mund zu ihm hoch. »Was war das denn? Ist alles okay?«

»Ja. Nein. Ich weiß nicht. Ruf Hilfe, Notarzt, Feuerwehr, was auch immer!«

»Ist gut!« Sie griff ihr Handy und wählte.

Vorsichtig ging Schwarz die Treppe runter. Aus dem Haus kam eine mörderische Hitze, das Prasseln der Flammen wurde immer stärker. Er bückte sich zu dem Kollegen, der regungslos am Boden lag, und fühlte seinen Puls. Nur schwach spürte er das ersehnte Klopfen an seinen Fingern. Das Gesicht des jungen Polizisten war verbrannt und von Glassplittern durchsiebt. Er schien zu atmen. Schwarz lud ihn sich mühsam auf den Arm und schleppte ihn bis zur Straße, wo er ihn in die Seitenlage drehte.

Dann stieg er durch die sorgfältig gestriegelten Rabatten zu dem anderen jungen Beamten, der immer noch um Hilfe rief. »Ich bin bei dir«, sagte er zu ihm, »ganz ruhig, es kommt gleich Hilfe.«

»Es tut so weh!«, jammerte der Mann. Sein Körper blutete aus einer Unzahl von Wunden, und sein linkes Bein war in einer unnatürlichen Haltung unter dem Körper begraben. Schwarz sah hoch. Tief konnte der Mann nicht gefallen sein, doch wenn der Druck ihn durch die Luft gewirbelt hatte und er unglücklich gelandet war, dann konnte das verheerende Folgen gehabt haben.

Beruhigend wollte Schwarz den Verletzten berühren, doch als er ihm an die Schulter fasste, griff er in eine Lache warmer, klebriger Flüssigkeit. Er sah hin. Tiefrotes Blut.

»Ich drehe dich jetzt um«, sagte Schwarz und zog vorsichtig, doch ein heftiger Schrei ließ ihn sein Vorhaben sofort wieder abbrechen.

Inzwischen kamen immer mehr Menschen aus den umstehenden Häusern, langsam, erschrocken, vorsichtig, als würde der Rest der Straße auch noch in die Luft fliegen. Sie sahen ihn an, als er sei er ein Wesen aus einer anderen Welt, wie er da saß mit dem jungen Polizisten in seiner blutverschmierten Uniform und immer nur sagte: »Gleich wird alles gut, gleich kommt Hilfe, halte durch.« Es war die fremde Welt von Gewalt und Schrecken, die auf einmal in ihr kleines Eifeldasein mit ohrenbetäubendem Krachen eingebrochen war.

Immer mehr Menschen liefen um ihn herum, Sandra schüttelte ihn, fragte ihn etwas, doch auf einmal war ihm alles egal. Er spürte die Verzweiflung des jungen Menschen, als wäre es seine eigene, seine Schmerzen, seine Hoffnungslosigkeit, seine Todesangst. Er selbst spürte keinen Schmerz, wollte keinen spüren. Die Tür, die auf ihn gefallen war, hatte wohl das Schlimmste abgehalten, nur ein lautes Klingeln dröhnte in seinen Ohren, das nicht aufhören wollte zu tönen und zu pfeifen, immer weiter, und wieder sah er den Jungen fast schon verliebt an, wollte ihm über das schmutzverklebte Haar streicheln, sagte »Nun, nun«, und strich ihm jetzt tatsächlich über das Haar, während Sandra ihm immer noch auf die Schulter klopfte und schüttelte, ihm irgendetwas ins Ohr schrie. Doch er hörte sie nicht oder wollte sie nicht hören, wollte nichts wissen von der Welt, die von jetzt auf gleich zu einem Feuerball wurde und junge, fröhliche Männer in blutendes, wimmerndes Elend verwandelte.

Es war ungerecht. Er war Polizist geworden, um Menschen zu helfen, und jetzt saß er hier auf einem Lavendel und verschmierte Blut auf der Stirn eines Schwerverletzten, der aus einer geheimnisvollen Wunde literweise Blut in den Vorgarten vergoss. »Alles wird gut«, wiederholte er unproduktiv, auch wenn er wusste, dass es gelogen war, dass nach dieser Sekunde nie wieder irgendetwas gut werden würde für diesen armen Menschen, dessen ganzes Leben sich in diesen Sekunden auf den Kopf gestellt hatte. Und auch die Blaulichter und Sirenen würden nichts wieder gut machen, was jemals gut gewesen war. Auch wenn jetzt die Sanitäter kamen und sich wie die Habichte auf die Verletzten stürzten, während Sandra sinnlos an seiner Schulter riss und in sein Ohr schrie, damit er sie vielleicht irgendwann wieder beachtete.

Er stand auf. Er wusste, dass diese Leute in den weißen Hosen dem Verletzten besser helfen konnten als er mit seinen mantraartig wiederholten Beschwichtigungen, auch wenn er sich einredete, dass auch dies wichtig und Teil der Ersten Hilfe sei.

Während er durch die Beete stapfte, bemerkte er, dass Sandra immer noch an ihm herumzog. »Was ist denn, was willst du?«

»Endlich, Schwarz, da bist du ja wieder! Kannst du mir sagen, was hier passiert ist?«

Er sah sich mit leerem Gesicht um. »Wo ist denn der Rest?«

»Welcher Rest?«

Langsam kehrte seine Wahrnehmung zurück, und er erkannte, was sich um ihn herum tat. Inzwischen war die Feuerwehr eingetroffen und rollte einen Schlauch nach dem anderen aus. Männer setzten sich Helme auf, legten Atemschutzgeräte an und richteten den Wasserstrahl auf das Haus. Schwarz richtete sich ein wenig auf und torkelte kurz, weil ihm der Kreislauf wegblieb. Sandra griff seinen Arm und fragte: »Bist du wirklich in Ordnung?«

»Ja, schon gut. Wo ist der Mann, der da am Boden gelegen hat?«

»Da! Er liegt immer noch dort!«

Um den Mann herum standen inzwischen so viele Helfer, dass Schwarz ihn nicht sehen konnte. »Und die anderen? Die hinten im Garten waren? Die hier vor der Garage stehen sollten?«

»Sie sind ziemlich okay, soweit ich das mitbekommen habe. Aber jetzt komm erst mal, du bist ja völlig fertig!« Sie zog ihn zum Wagen und setzte ihn auf den Beifahrersitz. »So, und jetzt bleibst du mal hier. Ich gucke mal, ob ich einen Sanitäter finde, der sich dich mal anguckt.« Sie stieß ihn zurück, als er aufgeregt aufspringen wollte. »Und du bleibst hier! Es sind genug Leute hier! Du bleibst sitzen!« Sie warf wütend die Tür ins Schloss.

Auch wenn Schwarz sich vorkam wie ein angeketteter Hofhund, den man zwingt, verzweifelt vor seiner Hütte sitzend den Einbrechern zuzusehen, war er insgeheim doch nicht unglücklich, sich hier auf das Abstellgleis geschoben zu sehen. Auf einmal begann er zu zittern. Aus seiner Nase fielen immer wieder kleine Bluttropfen auf seine Hose. Es roch angebrannt, das war er, seine Hosenbeine qualmten immer noch, kleine Glutnester hatten sich festgesetzt und wurden nun von ihm wild fuchtelnd auf den Fußmatten ausgetreten.

Er bemühte sich, vernünftig zu denken, um seine schlotternden Knie wieder in den Griff zu bekommen. Explosion, Brand, ihm kam das so vor, als wäre das Haus eine einzige, riesige Bombe gewesen, zur Zündung gebracht durch seinen einfachen Druck auf den Klingelknopf. Vielleicht war er unvorsichtig gewesen, es war ja möglich, aber Schwarz hatte sein ganzes Leben auf Klingelknöpfe gedrückt, ohne dass jemals die Welt um ihn herum untergegangen war, also sagte er sich, dass er nicht unbedingt damit hatte rechnen müssen.

Konzentriere dich, Schwarz, was ist hier los?

Wenn, so zwang er sich logisch zu denken, der Auslöser für dieses Inferno jetzt wirklich sein unschuldiger Zeigefinger gewesen sein sollte, so bedeutete das entweder, dass man den elektrischen Klingelstrom zur Zündung einer Bombe benutzt hatte, was nur Sinn machte, wenn man jeden, der vor der Tür stand, mitsamt Haus in die Luft jagen wollte, oder dass im ganzen Haus ein Gasgemisch verteilt gewesen war, das durch einen kleinen Funken in die Luft gegangen war. Er war nun wirklich kein Brandexperte, aber soviel verstand sogar er von der Materie. Absicht oder Zufall? Niemand hätte genug Zeit gehabt, dem kleinen Polizeitrupp diese Falle zu stellen, das war völlig unmöglich. Aber was war dann die Ursache für dieses Inferno?

Was sollte das für ein Gas gewesen sein?

Auf einmal fielen ihm die Althoffs ein. Aufgeregt richtete er sich auf. Waren sie noch in dem Gebäude? Er konnte sich nicht vorstellen, dass jemand diese Explosion hätte überleben können, denn durch die Explosion musste im ganzen Haus schlagartig der Sauerstoff verbraucht worden sein. Waren sie verbrannt? Er sah zu dem Gebäude hoch, das sich in wenigen Minuten in eine unbewohnbare Ruine verwandelt hatte. Das Feuer war wohl gelöscht, aber dicker, beißender Qualm wälzte sich noch immer aus den zerbombten Fenstern. Einzelne Wehrmänner kamen ruhigen Schrittes aus der Türöffnung, sie machten nicht den Eindruck, dort drinnen auf ein lebendes oder totes Wesen getroffen zu sein.

Er schreckte hoch. Alfred Kleinert hatte an sein Fenster geklopft. Er öffnete die Tür.

»Wie geht es dir?«

»Ich glaube, ganz gut. Ich zittere etwas, und in meinen Ohren pfeift es tierisch, aber ich denke, ich habe Glück gehabt. Die Haustür ist auf mich gefallen, und die hat das

Schlimmste wohl abgehalten. Die beiden anderen hatten nicht so viel Glück, die standen vor den Fenstern neben der Tür, die haben die komplette Ladung abbekommen. Weiß man schon was?«

Kleinert schüttelte den Kopf. »Der eine ist bewusstlos, hat schwere Verbrennungen. Der andere hat wohl Knochenbrüche und eine riesige Glasscherbe, die sich in seinen Leib gebohrt hat, weswegen er unglaublich viel Blut verloren hat. Hoffentlich sind keine zentralen Organe verletzt. Beide sind unterwegs ins Krankenhaus, Zustand kritisch.« Er sah zu dem Haus hoch und verfolgte die Rauchsäule in den Himmel. »Kannst du mir sagen, was hier überhaupt passiert ist?«

Schwarz zuckte mit den Schultern. »Würde ich gerne, wirklich. Ich habe auf den Klingelknopf gedrückt, und die Welt ging unter. Ich weiß, dass das nicht wirklich eine sachdienliche Beschreibung ist, aber so war es. Ich klingele, und im nächsten Augenblick habe ich die Tür im Gesicht. Ich hatte ja noch Glück damit, die armen Schweine neben mir … Alfred, wo sind die Leute aus dem Haus hin?«

Kleinert zuckte mit den Schultern. »Ich habe noch nichts gehört. Aber die Feuerwehr ist noch an der Arbeit, die können noch nicht ins Haus rein.« Er sah Schwarz nachdenklich an. »War das eine Falle? Solltest du in die Luft fliegen?«

»Keine Ahnung, frag mich nicht. Ich wüsste es auch gern. Alfred, du hättest das sehen müssen, das komplette Haus ist auf einmal in die Luft geflogen, das war keine einfache Bombe, das war …«, er ruderte mit den Händen, vergeblich nach einer Beschreibung suchend für das, was er vorhin erlebt hatte.

Kleinert betrachtete ihn nachdenklich. »Stefan, du stehst unter Schock, und zwar nicht zu knapp. Ich denke, es ist am besten, wenn du dir den Rest des Tages erst mal freinimmst, dann sehen wir weiter.« Er hob die Hand, als Schwarz etwas sagen wollte. »Du bist völlig am Ende. Schlaf dich aus, rede mit deinem Therapeuten, geh in die Sauna oder sonst etwas, aber ich möchte dich heute nicht mehr sehen. Am besten bringt dich gleich jemand nach Hause. Ich kann nur im Moment keinen Mann entbehren. Und alleine fahren lassen will ich dich auch nicht.«

»Soll ich den Bus nehmen?«, fragte Schwarz sarkastisch.

»Nein, das auch nicht. Ich muss gleich in die Getriebefabrik. Ich weiß nicht, ob du das mitbekommen hast, aber da wird es ziemlich chaotisch. Die Arbeiter haben die Gebäude besetzt und halten die Fabrikleitung gefangen. Jetzt wollen sie verhandeln, aber nur mit mir. Der Chef von denen wohnt ein paar Häuser weiter, er denkt wohl, einem Nachbarn kann er eher vertrauen als den hochbezahlten Verhandlern aus Düsseldorf.«

»Hat er ja auch recht! Ihr Eifler haltet doch immer zusammen! Willst du dich denn austauschen lassen?«

»Ich als Geisel?« Er sah Schwarz überrascht an. »Wenn die das wollen, vielleicht. »Und was wird mit dir? Ich bestehe darauf, dass du dir frei nimmst und dich erholst.«

Schwarz schüttelte den Kopf. »Unsinn, erst erzählst du mir, dass keine Leute mehr da sind, und dann soll ich gemütlich nach Hause fahren? Ich finde doch jetzt sowieso keine Ruhe. Der Fall, an dem ich arbeite, ist anscheinend«, er zeigte auf das qualmende Haus, »in eine heiße Phase eingetreten, jetzt sollte man dranbleiben.«

Kleinert atmete tief ein. »Lass das doch die Kollegen machen. Brandermittler aus Euskirchen sind gerade unterwegs, und Rausch hat auch schon Kollegen geschickt. Ich glaube wirklich, du kannst mal ein wenig Pause machen. Ich werde etwas für dich organisieren, mir fällt schon was ein.«

Er ließ die Wagentür zufallen und zückte sein Handy.

Schwarz lehnte sich wieder zurück in die Polster und schloss die Augen. Er fand nicht, dass er sich jetzt aus den Ermittlungen zurückziehen konnte, aber ein paar Minuten Ruhe würden vielleicht wirklich nicht schaden.

Kapitel 11

Er schreckte hoch, als wieder jemand an die Scheibe klopfte. Es war Bettina Sieger, die ihm zulächelte. Er begriff nicht. Wo kam die denn jetzt her? Verwirrt sah er umher; auf der Zunge hatte er diesen seltsamen Geschmack nach toten Mäusen, der ihm sagte, dass er wohl tatsächlich eingeschlafen war. Er sah auf die Uhr: Eine Dreiviertelstunde hatte er hier gesessen und war einfach weg gewesen, ohne sich daran zu stören, dass Menschen hin- und herrannten, sich Dinge zuriefen, riesige Laster mit röhrenden Motoren an ihm vorbeidröhnten.

Er öffnete die Tür und sah sie müde an.

»Na, wackerer Krieger? Habe ich Sie geweckt?« Sie bückte sich zu ihm herunter. »Mann, Sie haben hier ja ganze Arbeit geleistet, wie haben Sie denn das geschafft?« Sie sah ihn kritisch an. »Und aussehen tun Sie, als hätte man vorher die Straße mit Ihnen feucht durchgewischt. Hat keiner mal nach Ihnen gesehen?«

»Doch, eigentlich schon. Aber was machen Sie denn hier?«

»Gorres hat mich angerufen. Er fand, Sie müssten hier mal rausgeholt werden, und sonst sei niemand verfügbar. Das glaube ich sofort. Zwischen hier und Schleiden ist mehr Polizei unterwegs als damals in Wackersdorf.« Sie richtete sich auf. »Kommen Sie, das Auto steht dort hinten.« Sie machte eine vage Bewegung in eine entfernte Richtung und packte ihn am Arm. »Können Sie aufstehen, oder klappen Sie mir zusammen?«

Er konnte nicht anders als zu lachen. »Ich habe keine Ahnung. Aber wenn ich es nicht versuche, werden wir es nicht erfahren.« Er stützte sich an dem kleinen Nissan ab, während er aufstand. Tatsächlich war er noch etwas wackelig, sein Kreislauf schien nicht der allerbeste zu sein.

»Ich sollte Sie nach Hause bringen, wo Sie sich dann ins Bett legen.«

Er schüttelte den Kopf. »Nein, bitte nicht. Ein paar Schritte, und dann geht es mir auch gleich wieder gut.«

»Na gut, was halten Sie von einem Spaziergang? Die Hunde wollten mit und sitzen jetzt in Ereignislaune im Auto, und gegen schlechten Kreislauf und böse Energie gibt es kaum etwas Besseres als eine kleine Wanderung.«

»Nun denn, wenn Sie das sagen …« Es war ungewohnt, mitten am Tag so einen Vorschlag zu bekommen. Aber wenn er die Lage richtig einschätzte, konnte er sowieso nichts tun, Feuerwehr und Spurensicherung stand er nur im Weg. Er wollte nur noch Sandra Bescheid sagen, doch die war während seines Nickerchens schon längst wieder auf die Dienststelle gefahren.

Schwarz ging ein Auto weiter und ließ sich dort auf den nächsten Beifahrersitz fallen. Die Malerin hatte einen kleinen Kastenwagen, aus dessen Kofferraumabteil heraus ihn die Hunde mit einem begeisterten Quietschen begrüßten.

»Und? Wo geht es hin?«

»Richtung Belgien, gar nicht weit. Wir können prima lustwandeln, ohne dass wir aufgeregten Gruppen von Wanderern in die Spazierstöcke laufen. Da gibt es immer noch einige wunderschöne Ecken, die sonst kaum jemand kennt.«

Sie hielten an einem Feldweg, der gemessen an dem, was die Malerin hatte verlauten lassen, erschreckend unattraktiv aussah. Doch schon die Aussicht, die Schwarz von hier hatte, war fantastisch. Sie standen auf einem Höhenrücken, von dem aus man einen freien Blick in alle Himmelsrichtungen hatte. Und so weit man sehen konnte, reihten sich ähnliche Hügel aneinander, bis sie im Dunst immer verschwommener und unklarer wurden.

»Dort ist Belgien«, erklärte die Malerin und zeigte über endlosen Wald auf graue Wolken, die sich noch zu überlegen schienen, ob sie zum Grenzübertritt auch die entsprechenden Ausweispapiere dabei hätten. »Und dort«, fuhr sie im Ton eines Menschen fort, der dies alles als sein unverbrüchliches Eigentum ansah, »dort ist irgendwann Köln. Da wo der Dunst so dick wird, dass man sich fragt, was die Leute eigentlich atmen. Und wir«, sie grinste ihn an, während sie die Hunde zusammensammelte, die freudig erregt in den Wiesen herumtollten, »gehen jetzt da lang«, und schritt voran, dem Feldweg folgend, der zwischen den Wiesen hin- und herschwang wie ein Seil, um dann in einem lauschigen Tal zu verschwinden. Schwarz sah auf seine Straßenschuhe, die unter diesen Umständen wohl leiden könnten, doch wenn er so um sich blickte, dann war ihm das jetzt eigentlich egal. Er atmete tief durch und folgte der Malerin.

Die frische Luft traf ihn wie ein Schlag. Er musste erst einen kurzen Augenblick verweilen, um diesen Schock zu überwinden. Dann sah er zu der Malerin, die ein paar Meter weiter auf ihn wartete. Mühsam setzte er sich in Bewegung, um zu ihr aufzuschließen. Irgendwie hatte er das Gefühl, ihr eine Erklärung zu schulden für den Zustand, in dem sie ihn vorgefunden hatte, und während sie vorwärts schritten, begann er, alles zu erzählen, was er an diesem Vormittag erlebt hatte, die Fahrt nach Hellenthal, das Haus, die Explosion. Sie hörte meistens schweigend zu, als wüsste sie schon alles, und wäre nun eher aus Güte so höflich, ihm zuzuhören. Doch dann und wann fragte sie kurz zurück, enthielt sich aber danach jeden Kommentars, als würden die Ereignisse für sich selbst sprechen.

Ein Schritt vor den anderen, so gingen sie immer weiter in

beinahe meditativem Gleichmaß den Weg entlang, der sie tiefer und tiefer in den Wald führte. Kleine Bäche plätscherten kühl durch Lichtinseln, die zartes Gras zum Leben erweckt hatte. Riesige Wurzeln türmten sich auf, bewachsen mit Moos, um einen Baum in abenteuerlicher Schräglage an einer schroffen Felswand zu halten. Um sie herum war ein Lärm, der andernorts als Ruhestörung gegolten hätte, doch hier war es nur ein Vogelkonzert, das jede Philharmonie erblassen ließ. Die Malerin sah nur umher, zeigte ihm einen besonders formschönen Ameisenhügel, auf dem sich eine Kellerassel verstiegen hatte, machte ihn auf einen kreischbunten Vogel aufmerksam, den sie als Stieglitz identifizierte, oder wies auf einen Fuchs, der schlecht gelaunt seine Jagd nach unvorsichtigen Mäusen abbrach und sich vor den Hunden in Sicherheit brachte, die allerdings viel zu sehr damit beschäftigt waren, den Gerüchen nach Wildschwein und Reh hinterherzuschnüffeln, deren Spuren den matschigen Boden dekorierten, um sich auf eine anstrengende Hetzjagd zu begeben.

Es kam ihm vor, als wären sie schon ewig gegangen. Es gab den alles erstickenden Schrecken von explodierenden Häusern und verblutenden Polizisten nicht mehr. Schwarz hatte den Kopf wieder frei, er fühlte sich angenehm gereinigt. Die Malerin führte ihn an einen Abhang, an dem eine Bank stand. Unter sich konnte er eine glitzernde Wasserfläche sehen, die ruhig zwischen den Bäumen lag. Die steil aufragenden Hügel sahen mit den sich in junges Laub hüllenden Bäumen aus, als hätte man die Felsen mit puscheligem Flausch überzogen. Schwarz wollte die Arme ausbreiten und hinüberspringen, um lachend in ihrer Weichheit zu landen und sich darin zu aalen.

»Man mag gar nicht glauben, dass es noch eine Welt gibt, oder?«, sagte er begeistert.

Sie nickte. »Das geht mir auch immer in meinem Haus so.«

»Stimmt. Aber hier ist es noch extremer. Im Haus, da weiß ich, da ist ein Dach, da ist eine Lampe, da ist eine Zivilisation, aber hier, hier ist gar nichts.«

Sie nickte noch einmal. »Es macht den Kopf frei, merken Sie das?«

»Allerdings. Ich hätte nicht gedacht, dass ich meine Gedanken noch einmal sortiert bekomme, aber genau das ist passiert. Sagen Sie«, er wandte sich an sie, »wie wäre es eigentlich, wenn wir das mit dem Sie jetzt mal sein lassen? Immerhin teilen wir ja schon ein paar Monate das Haus miteinander.«

Sie sah ihn undurchdringlich an. »Gut. Gerne. Ich heiße Bettina, und Sie heißen Stefan, das weiß ich. Allerdings hoffe ich, dass wir hier nicht Bruderschaft trinken müssen, wie das früher so Sitte war. Es könnte sich wegen Abwesenheit von Getränken technisch schwierig gestalten.«

Er lachte. »Das lässt sich vielleicht noch nachholen, mit einer Flasche Wein heute Abend.«

Sie sah in die Ferne. »Ja, das sollten wir wohl machen.« Dann schaute sie ihn an. »Es geht mich bestimmt nichts an, aber du warst heute Nacht nicht da, und als vorhin der Anruf kam, habe ich mich ziemlich gesorgt.«

»Eigentlich hat das eine nichts mit dem anderen zu tun.« Er dachte kurz nach. »Oder doch. Ich war die ganze Nacht auf der Wache und bin die alten Akten durchgegangen. Eine völlig wahnsinnige Geschichte, auf die ich da gestoßen bin. Du erinnerst dich, dass es um die Bilder ging, die 1937 von den Nazis beschlagnahmt worden sind. Könntest du dir vorstellen, dass die damals gar nicht verbrannt wurden, sondern hier auf Vogelsang versteckt sind? Bis heute?«

Sie schwieg einen Moment. »Ehrlich gesagt, fällt es schwer, so etwas zu glauben. Das ist wie das Bernsteinzimmer oder das

Nazigold. Wilde Geschichten von vergrabenen Schätzen. Wir sind wohl alle so kleine Schiffsjungen und auf der Suche nach der Aufregung einer Insel, die ein lang gehütetes Geheimnis birgt. Die Jäger des verlorenen Bildes. Ich halte das für Unfug.«

»Und wenn Perschke hinter so etwas her war?«

»Dominik war ein Trüffelschwein. Der hat nicht viel auf Hirngespinste gegeben. Der hat nur recherchiert, wenn es sich lohnte. Aber niemand ist unfehlbar. Doch …«, sie sah auf ihre farbbekleckerten Hände, »wenn das wirklich wahr sein sollte, dann ist es eine Sensation. Ich kenne genug Leute, die nach Bildern suchen, die wie vom Erdboden verschwunden sind. Und wenn die wieder auftauchen – das wäre schon ein Hammer. Nur wo in Vogelsang sollen die versteckt sein? Ich kenne das Gelände eigentlich ganz gut, wo sollte das sein?«

»Ich weiß es nicht. Noch nicht. Perschke hat einen ehemaligen Mitarbeiter der Burg aufgetrieben. Nur sind die Aufzeichnungen verschwunden.«

Sie sah in die Ferne. »Es ist so traurig mit Dominik. Er war ein feiner Kerl.« Sie wandte sich zu Schwarz. »Und? Wie geht dein Tag weiter?«

Er dachte einen Augenblick nach und war überrascht, wie frisch er sich wieder fühlte. »Ich glaube, ich will wieder zurück nach Hellenthal. Ich bin wieder in Ordnung, die Idee mit dem Spaziergang war goldrichtig. Aber ich muss herausbekommen, was mit den Leuten passiert ist, die in dem Haus wohnen. Das lässt mir jetzt keine Ruhe mehr.«

»Gut«, sagte sie, »du musst wissen, was du tust. Ich fahre dich gerne. Aber«, sie grinste breit, »jetzt hast du erst mal noch eine gute Stunde vor dir, bis wir wieder am Auto sind.« Sie sah auf seine Füße. »Was meinst du, machen deine Disco-Schühchen das noch mit?«

Vor dem Haus am Hang hoch über Hellenthal war immer noch ein Großaufgebot der Feuerwehr an der Arbeit. Das Feuer schien gelöscht zu sein, wenigstens entstieg nur noch dünner Qualm den Fenstern. Löschwasser rann wie aus einer neu angestochenen Quelle die Vortreppe hinunter in den Gully, durch das Männer in den riesigen, schwarz-gelben Monturen patschten, die sie wichtig und bedeutend aussehen ließen.

Die Malerin hielt kurz auf der Straße und musterte die Anwohner, die immer noch mit schockierten Gesichtern zusammenstanden, um die Ereignisse zu diskutieren.

»Bist du sicher, dass es dir gut geht?«

Er nickte. »Mach dir keine Sorgen. Und wenn nichts dazwischen kommt, sehen wir uns heute Abend.«

»Ich hatte eh nichts vor. Und jetzt werde ich mal an meine Leinwand zurückkehren. Ich hoffe, die Pinsel sind noch nicht alle eingetrocknet, ich habe sie einfach hingeworfen und liegen lassen, als Gorres angerufen hatte. Rettungsaktion, die zweite: Lieblingspinsel in Gefahr! Ich werfe mein Blaulicht an und rase. Bis später! Ach, und wenn du nach Hause kommst – nicht klingeln, einfach reinkommen!« Sie lachte, ließ ihn die Tür zuwerfen und gab vorsichtig Gas, sich einen Weg durch das Kuddelmuddel aus Feuerwehr, Schläuchen, Dreck und Anwohnern bahnend.

Schwarz wandte sich um und sah zu dem Haus hinauf. Sein erster Eindruck hatte ihn nicht getäuscht: Das gesamte Haus schien in die Luft geflogen zu sein, denn zumindest auf dieser Seite war kein intaktes Fenster mehr zu sehen. Die Fensteröffnungen waren jetzt rauchgeschwärzt. Er kletterte über das rotweiße Flatterband und stieg langsam den Berg hoch. Als er an der Haustür war, fragte er einen der Feuerwehrleute, ob denn Kollegen von der Polizei vor Ort seien.

Dieser nickte und wies auf einen Menschen in Zivil, der in Gummistiefeln durch die Pfützen stakte und überall hinlugte, als suche er nach exotischen Reptilien. Schwarz rief ihn an, und der Kollege winkte ihn zu sich.

»Kommen Sie her, wenn Sie sich trauen. Spuren werden Sie eh nicht verwischen, so viel ist hier nicht.« Er schüttelte Schwarz die Hand. »Das ist nicht wie bei Ihnen, wo Sie die DNA verwischen, wenn Sie nicht aufpassen.« Er blickte auf Schwarz' verkohlte Hosenbeine und zog die Augenbrauen hoch. »Sind Sie vielleicht der Kollege, der auf den Knopf gedrückt hat? Mann, Mann, Mann, so ein Mist! Sie haben verdammtes Glück gehabt, wissen Sie das?«

»Und ob ich das weiß.« Schwarz sah dorthin, wo früher die Haustür gewesen war, und unterdrückte ein Schaudern. »Haben Sie im Haus irgendwelche Leichen gefunden? Oder Verletzte, irgendeinen Hinweis, wo die Bewohner geblieben sein können?«

»Nein, nichts, keine Spur von irgendjemandem.«

»Und haben Sie etwas von den Kollegen gehört, die verletzt worden sind?«

Er verzog das Gesicht. »Sieht nicht gut aus, leider. Aber ich bin hier natürlich nicht auf dem neuesten Stand.« Er blickte Schwarz kritisch an. »Aber jetzt erzählen Sie doch mal: Nach allem, was ich gehört habe, haben Sie auf den Klingelknopf gedrückt, und die Bude ist sofort in die Luft geflogen, stimmt das?«

»Ja, genau so war das. Und was meinen Sie, wie ist das alles passiert? Gas?«

»Benzin. Allerdings sollte das Haus wohl schon vorher brennen, da ist wohl einiges danebengelaufen. Im ganzen Haus scheint Benzin ausgeschüttet worden zu sein, so wie das hier riecht und aussieht. Wir müssen natürlich noch Tests machen, damit das auch vor Gericht Bestand hat, aber meine Nase sagt: Benzin. Und Gas. Anscheinend war das Haus mit Gas beheizt, und sämtliche Anschlüsse waren aufgedreht. Ich habe zwei Sprengsätze gefunden, die wohl das Feuer in Gang setzen sollten, Zeitzünder, gestellt auf sechs Uhr. Doch das scheint wohl nicht so ganz funktioniert zu haben, stümperhaft gebaut, die Dinger. Und so ist über Stunden das Gas weiter ausgeströmt, das Benzin ist fröhlich verdampft, bis Sie schließlich kamen und auf die Klingel drückten. Das Ganze wäre auch in die Luft geflogen, wenn das Telefon geklingelt hätte oder eine Schaltuhr ein Licht angeschaltet oder Ähnliches. Das Haus war voll mit zündfähigem Luftgemisch, und wo der Funke herkam, das war egal.« Er hob die Hand, als Schwarz etwas sagen wollte. »Das ist natürlich alles vorläufig und inoffiziell, aber da verwette ich meine Knöllchenquote!«

»Schon klar. Darf ich mich denn etwas umsehen?«

»Nicht ganz ungefährlich, aber wenn es sein muss. Was suchen Sie denn?«

»Dokumente, die verschwunden sind. Gibt es da eine Chance?«

Der Beamte wiegte den Kopf. »Wenn etwas in Möbeln verstaut war, dann kann es schon überlebt haben. Das Feuer war nur oberflächlich, allerdings sehr heiß, da fängt Papier schon mal von alleine an zu brennen, je nachdem, wo es liegt. Es ist Glückssache. Aber eigentlich wäre es besser, wenn Sie warten, bis die Ruine abgekühlt ist und betreten werden kann. Morgen ist das alles viel einfacher, da bin ich hier auch fertig.«

»Ich habe zwei Mordfälle zu klären, und alle Spuren führen hierher.«

»Ich sehe schon. Heinz!« Ein Feuerwehrmann blickte auf und kam zu ihnen herüber. »Hast du noch einen Helm für den jungen Mann hier? Und dann begleite ihn mal ein bisschen, damit ihm nichts passiert. Er muss sich hier mal umsehen.«

»Schon klar!« Der Mann musterte Schwarz kritisch mit dem Blick des erfahrenen Herrenausstatters. »Mann, mit Ihren Haaren hätten wir Se gleich mitlöschen sollen. Kommen Se, für Ihren Bumskopp werden wir schon wat finden!«

Zwei Stunden später war Schwarz auch nicht schlauer. Er saß hinten im Feuerwehrauto auf den kleinen, harten Schemelchen, die für die Mannschaft vorgesehen waren, und grübelte vor sich hin.

Mit einem sehr knurrigen Heinz war er durch die Ruine gestiegen, hatte vorsichtig in Schränke gesehen und schwelende Stapel mit Eisenstangen durchstochert, sich unter krachenden Türrahmen durchgewunden und war durch matschigen Brandschutt gestiegen. Die Luft war zum Ersticken gewesen, immer noch heiß und qualmig. Heinz hatte vor sich hingeschimpft und ihm mit Atemschutz gedroht, doch Schwarz war wie ein Jagdhund auf der frischen Fährte gewesen.

Nur, dass diese Fährte nirgendwo hinführte. Für die Feuerwehrleute und Brandermittler mochte das Chaos, das sich ihnen bot, ein gewohntes Bild sein, in dem sie lesen konnten wie in einem offenen Buch. Er aber kapitulierte vor diesem Durcheinander von verkohlten und verschmorten Einrichtungsgegenständen, die noch qualmten, übel rochen, manchmal bei Berührung zu stinkendem Staub zerfielen, während andere sich hartnäckig und verkrustet jedweder Untersuchung widersetzten.

Irgendwann folgte er nur noch Heinz, der zwischenzeitlich auch Gefallen an der ungewohnten Aufgabe gefunden hatte und immer wieder den Finger an die Nase legte und laut vor sich hin dachte: »Dokumente suchen wir. Also wat zum Lesen. Wo liest man denn? Im Schlafzimmer!«

Und dann waren sie durch die Trümmerlandschaft gestiegen auf der Suche nach einem Raum, der das Schlafzimmer hätte gewesen sein können, bis sie in etwas standen, dass eher aussah wie der Vorhof zur Hölle, und Heinz hatte genickt und gesagt: »Schlafzimmer, isch hannet doch jewoss! Sprungfedern!« und hatte auf das rußüberzogene Innenleben einer abgefackelten Matratze gezeigt.

Doch auch hier fanden sie nichts, was auch nur annähernd wie die Hinterlassenschaften eines in Ehren gealterten Assistenten der Verwaltung von Vogelsang wirkte. Und immer noch war da die Frage, die Schwarz viel mehr interessierte, wo die Bewohner dieses Hauses überhaupt abgeblieben waren. Hatten sie das Feuer gelegt? Und wenn nicht sie, wer dann? Und warum meldeten sie sich nicht?

Er hörte nur mit halbem Ohr auf die Gespräche der Feuerwehrmänner auf den Vordersitzen. Sie redeten über den Alltag, über das Grillfest, das sie am Wochenende feiern wollten, und wer kommen und Fleisch mitbringen würde. Plötzlich aber hörten sie auf zu reden. Er spürte, wie sich im Fahrzeug eine aufmerksame Spannung verbreitete, und richtete sich auf. Durch die riesige Windschutzscheibe fiel flackerndes Blaulicht.

»Eure Jungs sind heute aber schwer im Stress!«, sagte der Fahrer und rollte langsam auf den Stau vor ihm zu, »meine Güte, wat es denn do loss?«

»Dat sin die Jungs von der Fabrik«, sagte sein Nebenmann, »die kämpfen um ihre Arbeitsplätze.«

»Die armen Säue, die tun mir leid, malochen hier seit Jahren, und dann kommen irgendwelche Penner und machen hier alles platt, was für eine Schweinerei!«

»Ich glaube, ihr könnt mich einfach hier absetzen«, sagte Schwarz. Er spürte in sich, wie das Adrenalin aufwallte. Es sah so aus, als würden hier neue Probleme warten, und er wollte die Leute von seiner Schleidener Wache, die ihm immer mehr auch ans Herz wuchsen, nicht damit alleine lassen, auch wenn er ihnen vielleicht gar nicht helfen konnte.

»Wir hätten dich aber auch noch zur Wache gebracht«, sagte der Fahrer.

»Nee, lass mal stecken, ich komm schon zurecht.«

Der Feuerwehrwagen hielt vor der Fabrik, und Schwarz sprang hinaus. Klarwitz, der darum bemüht war, den Verkehr, so gut es ging, an dem Nadelöhr direkt am Kreisverkehr vorbeizuschleusen, scheuchte den Wagen weiter.

»Du hast dir aber ein schickes Taxi ausgesucht!«

»Ja, in der Not! Sie wollten es nicht grün spritzen, nichts zu machen!«

Schwarz ging weiter auf das Tor zu. Medien und Übertragungswagen hatte man ein Stück weiter befördert und diesen Platz für die Polizeifahrzeuge reserviert. Schwarz ging zwischen ihnen her, ohne genau zu wissen, was er hier eigentlich sollte. Plötzlich sah er Kleinert, der in ein Funkgerät sprach. Er ging zu ihm und stellte sich neben ihn.

»Ich dachte, du bist zu Hause«, sagte Kleinert, nachdem er seine Anweisungen gegeben hatte.

»Ich wollte mal sehen, wie das hier läuft.«

Kleinert lachte. »Ohne dich geht es nicht? Oder einfach nur neugierig? Viel Rauch um nichts, wenn du mich fragst. Die Arbeiter hatten ihre Aufmerksamkeit«, er wies auf die Übertragungswagen auf der anderen Straßenseite, »jetzt muss man nur noch versuchen, denen zu zeigen, wie wir alle wieder aus der Nummer rauskommen. Die Arbeiter haben die Direktoren in der Verwaltung eingesperrt, die Direktoren können nicht raus und die Arbeiter wollen nicht weg, kommen aber nicht weiter und wissen nicht, was sie eigentlich fordern sollen. So, und jetzt werden wir einfach mal nett miteinander reden, und dann gehen wir alle spätestens morgen wieder friedlich nach Hause. Wir brauchen nur ein bisschen Zeit.«

»Gott sei Dank, ja. Sowohl Bonn als auch Aachen sagen unisono, das ist eine eifelinterne Geschichte, da lassen wir euch mal machen. Und nur vom Innenministerium kommen besorgte Anfragen, ob wir auch genug Leute haben. Aber alle finden, wir sollten hier nicht zu viel Druck machen. Die Sympathien liegen auf Seiten der Arbeiter, und wenn es hier heiß wird, dann kommen alle Freunde, die die Besetzer haben, und haben schlechte Laune. Da hat keiner Lust drauf. Also sehen wir zu, dass alles ruhig und gelassen bleibt. Was gibt es Neues von der Brandstelle?«

»Keine Spur von den Bewohnern, keine Personen in dem Haus. Wo die Althoffs sind, weiß ich nicht. Ich bin gerade unterwegs in die Wache, um sie zur Fahndung auszuschreiben. Und dann sehen wir weiter. Ich war in der Ruine, habe aber nichts gefunden. Mal abwarten, ob die Kollegen noch etwas finden. Und wie geht das hier weiter?«

Kleinert hob die Schultern. »Ich werde mich wohl austauschen lassen, und dann werden die Arbeiter auch irgendwann genug haben.« Pass bitte auf dich auf, wenn du da drin bist.«

Kleinert lachte. »Mensch, die sind doch gar nicht bewaffnet. Ich kenne sie alle, ich bin dort sicherer als in Abrahams Schoß. Ich mache mir viel mehr Sorgen um dich. Nachher willst du wieder irgendwo klingeln, und ich bin nicht da, um auch dich aufzupassen!«

Er klopfte Schwarz auf die Schulter, zwinkerte ihm zu und ging wieder auf die Fabrik zu. Schwarz sah ihm nachdenklich hinterher und wandte sich dann ab, um irgendjemanden aufzutreiben, der ihn zur Polizeiwache mitnehmen könnte.

Kapitel 12

Als Schwarz in der Wache angekommen war, ging er, ohne sich lange mit den Kollegen zu unterhalten, die Treppe hoch. Jetzt merkte er doch, wie sehr ihm der Tag in den Knochen steckte; auf einmal schienen es viel mehr Stufen zu sein als sonst. Mit einem tiefen Aufseufzen drückte er die Tür zur Kriminalabteilung auf und ging zu seinem Büro. Auf dem Flur sah er die Tür zu Sandras Büro offen stehen und ging hin. Sie saß an ihrem Schreibtisch und guckte hoch, als er an den Türrahmen klopfte.

»Gibt es was Neues?«

»Jede Menge«, sagte sie, »aber nichts, was uns weiterbringt.« Sie hielt eine schmale Mappe in die Höhe. »Ich habe hier mal den Sohn von dem Dürr unter die Lupe genommen, aber das kann man ja jetzt wohl vergessen, wie die Sache aussieht. Das Ehepaar Althoff ist wie vom Erdboden verschluckt. Die Nachbarn wissen nichts, das Auto steht vor der Tür, im Altenheim haben sie sich gar nicht erst gemeldet.«

»Ist ja komisch«, überlegte Schwarz, »und dann kommen wir dorthin, und als Erstes fliegt ihr Haus in die Luft. Gibt es was Neues aus dem Altenheim?«

Sie schüttelte den Kopf. »Nein, die Durchsuchung der Büroräume ist erst mal vertagt worden, nach der Explosion. Da hatten wir andere Sorgen. Ach, übrigens, weiß man schon etwas über die Ursache?«

»Ja, Brandstiftung, allerdings war wohl nicht geplant, dass wir das alles mit dem Klingelknopf zünden. Wie geht es den Kollegen?«

»Den einen hat man nach Köln mit dem Hubschrauber geflogen, der andere ist inzwischen außer Lebensgefahr.

Schwere Verbrennungen, er soll auch noch verlegt werden, vielleicht Aachen, keine Ahnung.«

Katzenmacher kam von hinten und sah Schwarz über die Schulter. »Sag mal, ist das eigentlich in Ordnung, dass dieser Typ da den ganzen Tag in deinen Akten wühlt?«

Schwarz sog genervt die Luft ein. »Den habe ich ja völlig vergessen! Ist der auch noch hier? Muss der nicht mal dringend nach Karlsruhe?« Er wandte sich an Sandra. »Kannst du die Althoffs zur Fahndung ausschreiben? Ich habe keine Ahnung, wo die sein könnten, aber wir müssen sie finden.«

»Hey Schwarz, die Fahndung läuft schon längst. Und diesen Heckmann habe ich einfach auch gleich mit auf die Liste gesetzt. Vielleicht hat der uns ja dieses Feuerwerk eingebrockt.«

»Heckmann!« Schwarz schnippte mit den Fingern, »der auch noch! Hast du eigentlich etwas über den herausbekommen?«

»Nein. Nach Kollege Computer ein völlig unbeschriebenes Blatt. Wenn das BKA wirklich gegen den ermittelt, dann haben die das völlig unter der Decke gehalten. Aber sonst ist das Internet voll von Geschichten über ihn. Er ist seit Jahren in der ganzen Welt unterwegs und gilt als einer der erfolgreichsten Spürhunde für verschollene Kunst.«

»Super! Und jetzt gehe ich mal gucken, was dieser Fredi da in meinem Büro treibt. Kommst du mit?« Er stupste Katzenmacher an.

»Klar! Ich hatte sowieso gerade was Wichtiges in deinem Büro vor, ich weiß nur nicht mehr, was!«

Als Schwarz mit Mike Katzenmacher im Gefolge in sein Büro trat, schreckte Daniel Winter hoch.

»Huch, mit Ihnen habe ich gar nicht mehr gerechnet, ich war so vertieft! Haben Sie etwas gefunden?«

»Nicht wirklich!« Schwarz berichtete in kurzen Worten von der Explosion.

Winter schien ehrlich schockiert. »Wie geht es denn den beiden Verletzten?«

Schwarz trat einen Schritt vorwärts. Winter hatte alle Dokumente auf dem Fußboden ausgebreitet, sodass kaum ein Platz geblieben war, wo man seinen Fuß hinsetzen konnte. »Genaues weiß ich auch nicht.« Er zeigte auf die Papiere, die sein Büro bedeckten. »Und? Haben Sie neue Erkenntnisse?«

Winter schüttelte den Kopf. »Nein. Alles sehr interessant. Vielleicht ist ja an der Geschichte wirklich etwas dran, obwohl Sie ja streng genommen immer noch keinen Beweis haben. Schön wäre es schon, wenn man wüsste, wo die Bilder in Vogelsang hingebracht worden sind, aber wenn ich richtig informiert bin, dann ist doch dort alles schon untersucht worden, oder?«

»Aber ja«, sagte Schwarz schnell. Er spürte, wie Katzenmacher in seinem Rücken sich ins Gespräch einmischen wollte und gab ihm keine Zeit dafür. »Die Belgier waren ja bald fünfzig Jahre dort, und die haben keinen Stein auf dem anderen gelassen, oder Mike?« Er drehte sich um und sah seinen Kollegen an. Der nickte artig. Schwarz wandte sich wieder an Winter. »Aber ich muss Sie jetzt leider hier rauswerfen. Sie brauchen auch nicht aufzuräumen, aber ich muss wieder an meinen Arbeitsplatz, ich muss etliche Telefonate führen und so weiter. Wo wohnen Sie eigentlich?«

»Ach, ich hatte Glück, ich habe mir hier schnell ein kleines Häuschen fürs Wochenende gemietet, machen Sie sich keine Sorgen.«

»Na, dann ist es ja gut.« Schwarz nahm die Haltung eines Gastgebers ein, der einen zu lang gebliebenen Gast aus dem

Haus komplimentiert, und wartete, bis Winter unter allgemeinen Abschiedsgrüßen die Treppe hinuntergestiegen war. Dann stapfte er vorsichtig über die Papiere an seinen Schreibtisch, ließ sich in seinen Bürostuhl fallen und sah Katzenmacher fröhlich an. »Was wolltest du sagen, lieber Mike?«

Katzenmacher setzte sich auf einen der Stühle, die im Raum standen. »Redet ihr über Vogelsang?«

Schwarz nickte.

»Du weißt aber schon, dass dort nicht alles bekannt ist?«

»Was meinst du? Der Mensch aus der Verwaltung von Vogelsang, mit dem ich vorhin gesprochen hatte, erwähnte auch schon so etwas.«

»Und warum hast du ihm das nicht erzählt?« Katzenmacher wackelte mit dem Kopf in Richtung Treppe.

»Der erzählt auch nicht alles. Und ich habe das Gefühl, wir sollten hier ein wenig mehr Kontrolle über die ganze Angelegenheit gewinnen. Alle wissen ganz viel, und wenn sie guter Laune sind, dann erfahren wir auch mal was, das geht so nicht weiter. Wir brauchen jetzt mal den Überblick. Aber jetzt erzähl mal, was weißt du?«

»Nicht viel«, sagte Katzenmacher, »Gerüchte. Der Perschke hat mal davon erzählt, dass da eigentlich etwas sein müsste, weil Luftschutzbunker vorgeschrieben waren. Und in Vogelsang wären das Räume für mindestens zweitausend Leute, kannst du dir vorstellen, wie groß die sein müssen? Ob die allerdings wirklich existieren, da habe ich keine Ahnung. Die Belgier haben sowieso keinen reingelassen, und die neue Verwaltung hat auch nie ein Wort darüber verloren. Es ist schon komisch. Vielleicht sollten wir über das BKA einfach mal Zutritt verlangen?«

»Da brauchen wir kein BKA für, das kann unsere Staatsanwaltschaft genauso erreichen. Nein, die halten wir mal raus.

Wenn das BKA drinsteckt, sind wir sofort raus, und ich habe jetzt keine Lust, denen zuzusehen, wie die hier überall herumrennen und sich wichtig tun. Da reicht mir der Winter. Und so haben wir bisher nur Gerüchte, und ansonsten weiß niemand etwas Genaues, aber wir sollten das jetzt herausbekommen.«

Sandra steckte ihren Kopf durch die Tür. »Was bekommen wir raus?«

»Unter Vogelsang könnten riesige, unterirdische Anlagen sein«, fasste Katzenmacher alles knapp zusammen.

»Ach, tatsächlich?«, rief Sandra verblüfft, »also doch! Dann sollte man die in Vogelsang doch mal mit der Nase draufstoßen, was meint ihr? Ich ruf einfach mal da an«, entschied sie praktisch und sah auf die Uhr, »ach nee, das sind ja Beamte, da ist bestimmt keiner mehr. Müssen wir wohl auf morgen vertagen.«

»Na prima«, grinste Schwarz, »wir haben also zwei Tote, eine Brandstiftung, zwei Vermisste …«

»Drei!« korrigierte Sandra, »denk an Heckmann, außerdem eine besetzte Fabrik, vergessene Kellerräume …«

»... verschollene Bilder …«, fuhr Katzenmacher fort.

»Männer, ich glaube, wir haben genug Unheil angerichtet für einen Tag. Ich muss noch in Euskirchen Bericht erstatten, und das ist nichts, auf das ich mich freue. Ersatzweise darf ich noch mein Büro aufräumen, und darauf habe ich noch weniger Bock. Und dann, glaube ich, habe ich keine Lust mehr.«

Katzenmacher und Sandra standen auf. »Ach, übrigens« ergänzte Sandra, »gerade hat eine Streife gemeldet, dass das Auto von Heckmann auch in Hellenthal steht, gar nicht weit vom Haus der Althoffs entfernt.«

Schwarz stutzte. »Macht das Sinn? Ist er zu Fuß unterwegs?«

»Vielleicht gab es Streit?«

»Und dann nimmt er sich die Kiste mit den Dokumenten

von Althoffs und wandert über den Eifelsteig nach Aachen?«

»Und Althoffs vorneweg. Wie könnten sie denn noch aus Hellenthal verschwunden sein?«

»Taxi. Bus. Eifelverein.«

»Ich check das«, sagte Katzenmacher, »und dann mache ich auch Schluss, war ein anstrengender Tag. Ich hoffe nur, die Kollegen in der Fabrik bekommen keine Probleme. Ach, und du und Sandra, ihr habt heute Nacht Rufbereitschaft.«

»Auch das noch. Nun gut, normalerweise ist ja Ruhe. Aber was ist in diesen Tagen denn noch normal?«

* * *

Eigentlich hätte Schwarz noch gerne ein paar Minuten draußen vor der Tür des Forsthauses in Wintzen gestanden, doch die Hunde der Malerin hielten das für eine völlig bescheuerte Idee. Sie begrüßten ihn mit großem Hallo, sprangen um ihn herum und taten so ziemlich alles, um ihm das Gefühl zu geben, er sei genau die Person, auf deren Kommen sie seit Ewigkeiten gehofft hatten. Natürlich wusste er, wie verlogen das war, hatten sie ihn doch auf dem Spaziergang so gut wie gar nicht beachtet, und auch jetzt ließen sie sofort von ihm ab, als sie begriffen, dass er ihnen nichts mitgebracht hatte und sie stattdessen Gefahr liefen, ihre soeben in der Futterküche servierte Mahlzeit zu verpassen.

Er ging nach oben und stellte sich unter die Dusche, weil er inzwischen das Gefühl hatte, die Witterung eines Iltis zu verströmen. Müde lehnte er den Kopf an die Fliesen und ließ das heiße Wasser über sich laufen. Wieder hatte er den Geruch von Brand und schwelendem Plastik in der Nase, und wieder meinte er, den Schrecken und die Schreie der jungen Polizisten auf seiner Haut zu spüren.

Er stellte das Wasser ab und griff nach seinem Handtuch. Während er sich abtrocknete, starrte er sinnend aus dem Fenster auf den Waldrand. Wald. Er hatte bisher nicht darüber nachgedacht, dass man vielleicht auch dort hineingehen könnte. Für ihn war das Ende der Welt immer dort gewesen, wo das Gras aufhörte zu wachsen, als würden dort Schilder stehen, wie in der Stadt. Doch hier gab es das nicht, das hatte er heute gesehen: Das Gras zog sich in einem weichen Teppich durch die Wälder und begrünte den eintönig braunen Boden in zarten Tönen. Hinter den Büschen, die den Übergang markierten, begann eine völlig neue Welt, voller Wunder und Schönheit, die die Besucher einhüllte wie ein Kokon aus Märchen und sanften Träumen.

Schwarz ging in sein Zimmer, um sich anzuziehen. Er fühlte sich wie neugeboren, ein neuer Tag schien für ihn anzubrechen und begrüßte ihn mit der Abenddämmerung. Ja, er war müde, doch die Dusche hatte zwischen ihm und den Ereignissen der letzten Stunden einen angenehm tiefen Graben ausgewaschen und den Dreck der Erinnerung fortgespült. Er öffnete seinen Schrank, in dem er ein kleines, improvisiertes Weinlager eingerichtet hatte und wählte angesichts des kühler werdenden Abends einen Rotwein aus. Bordeaux, Grand Cru; er hatte das Gefühl, dass heute etwas Besonderes angemessen wäre, und der Geruch, der durch das Haus zog, deutete ihm an, dass so ein Getränk wohl ausgezeichnet dazu passen würde.

Als er die Treppe hinunterkam, stellte er fest, dass er sich nicht geirrt hatte; der Geruch von heißem Olivenöl, Zwiebeln und geschmortem Fleisch begrüßte ihn. In der Küche war die wild kochende Malerin, die Dunstabzugshaube heulte, der Mixer röhrte, und das Klappern von Töpfen und Besteck erfüllte das Haus mit Wohnlichkeit. Er hatte sich nie eingestanden, wie sehr er sich in der kurzen Zeit des Zusammenlebens schon daran gewöhnt hatte. Vielleicht wurde er, der einsame Wolf, ja doch alt und sehnte sich nach einer Höhle voll Wärme und Freundlichkeit. Eigentlich mochte er nicht mehr im Regen unter einem Busch liegen und sich die Wunden lecken, so erschien ihm jedenfalls sein Verhältnis zur Vergangenheit, wenn er hier auf der untersten Treppenstufe stand und den Geruch nach frischem Essen genießerisch einsog. Schwarz, sagt er zu sich selbst, bleib auf dem Teppich, du bist zur Untermiete. Ja, antwortete er stumm, wenn dieser Teppich hier liegt, dann bleibe ich gerne darauf.

»Manchmal hat man so Vorahnungen«, begrüßte ihn Bettina, »irgendwie hatte ich schon gestern Abend das Gefühl, dass wir heute Hunger haben könnten, und als der Förster mir eine Wildschweinkeule vor die Tür legte, da habe ich die mal vorsichtshalber baden geschickt.«

»Aha.« Schwarz spähte in den Ofen. »In Rotwein?«

»Rotwein, Lorbeer, Wacholder, Knoblauch, alles, was nicht bei drei auf dem Baum ist. Dann habe ich es heute Vormittag scharf angebraten, bei siebzig Grad in den Ofen gelegt und dann vergessen. Wenn mich nicht alles täuscht, müsste das Fleisch jetzt ganz rosa, fein und saftig sein und auf der Zunge schmelzen.« Sie verdrehte in sinnlicher Vorfreude die Augen.

»Und da?« Er hob den Deckel von einem kleinen Topf und lugte hinein.

»Wildschweinbadewasser. Das köchelt da ein, mit etwas Chili und Balsamico, mit einer Prise dunklem Kakao und noch ein paar Gemüsestreifen, Möhren, Sellerie und natürlich, zum Binden, ein paar Esskastanienherzen.«

»Und das machen Sie auf Pfannkuchen?« Er zeigte auf die gelbliche Pampe, die immer noch im Mixer schwappte.

Sie lachte. »Tolle Idee, das wäre auch lecker! Salzige Crêpes mit Wildschweinfüllung, genial, das muss ich mal versuchen! Nein, ich mache noch Spätzle, dafür steht dort der Topf mit Wasser. Da sind auch keine Eier drin, die gelbe Farbe kommt von ein wenig Safran. Ansonsten besteht der Teig nur aus Mehl und Wasser. Und natürlich aus ein bisschen Käse.«

Schwarz nickte verständig, die Frage nach dem Wassertopf hatte sich erledigt. Er griff sich den Korkenzieher, öffnete den Wein, damit der noch etwas atmen konnte, und beobachtete aus dem Augenwinkel, wie Bettina ein Lochbrett nahm und den Spätzleteig darauf goss, sodass er durch die Löcher in das heiße Wasser lief. Schnell fischte sie die Fäden mit einem Schaumlöffel heraus und warf sie in eine bereitstehende Pfanne, wo zufrieden zischend das Wasser aus ihnen verdampfte.

Schnell deckte er den Tisch, denn er merkte, dass Bettina sich nicht mehr lange mit dem Kochen aufhalten würde. Während er noch das Besteck in appetitliches Arrangement rückte, säbelte sie schon hauchfeine Scheiben von der Wildschweinkeule.

»Hinter mir steht ein Glas mit Pickles, sauer eingelegtes Lecker, das muss noch auf den Tisch. Von einer Freundin aus Cornwall, das schmeckt toll dazu!«, rief sie und belegte die Teller mit dem Essen und servierte es.

Die ersten Minuten war Schweigen.

»Schmeckt es dir nicht?«, fragte Bettina beunruhigt.

»Es ist göttlich. Man kann keine Worte finden, und bei einem solchen Genuss zu reden, ist einfach nicht angebracht.«

Sie lachte. »Stimmt! Eine solche Köstlichkeit muss gewürdigt werden. Und das Wildschwein hat auch eine entsprechende Beerdigung verdient.«

»Die hat es wirklich! Wo hast du so kochen gelernt?«

»In Italien. Ich war lange dort, und in Italien gibt es eigentlich nichts, was so wichtig ist wie gutes Essen. Und das beste Essen macht immer noch ›La Mamma‹, wenn man dem nahe kommt, dann wird es nicht direkt wieder ausgespuckt. Ich habe dort zum ersten Mal erlebt, wie Nahrungsmittel wirklich schmecken können, da galt hier noch der Toast Hawaii als kulinarischer Höhepunkt.«

»Prima. Und ich profitiere davon.«

»Na ja, ich doch auch. Wie gerne esse ich selbst gut, und wenn ich es selbst mache, weiß ich, was drin ist.«

»Du machst auch viel selbst, oder?«

»Ja, das ist ein Glaubenssache. Und Bequemlichkeit. Ich glaube einfach nicht daran, dass die Dinge, die durch eine Maschine gelaufen sind, wirklich noch so gut sind wie die, die von Hand hergestellt werden. Zum Beispiel Gnocchi. Wenn du die selbst machst, dann schmecken die völlig anders als die gekauften, das ist ein ganz anderes Nahrungsmittel. Allein, was man da reinmischen muss, damit es maschinell hergestellt werden kann und sich dann noch drei Wochen hält, das ist der Wahnsinn!«

»Du redest dich ja richtig in Rage.«

»Beim Essen verstehe ich gar keinen Spaß, da bin ich richtig italienisch!«

»Kann ich verstehen. Mir hat meine Großmutter kochen beigebracht, und sie schimpfte auch immer auf die gekauften Lebensmittel. Sie sagte, da wird der ganze Dreck reingemischt, und am Dreck wird man sterben.«

»Und dann?«

»Dann ist sie mit siebenundachtzig gestorben, und ich habe das Leben eines Polizeibeamten und Imbissbudenfrequentierers geführt. Bis ich, als ich letztes Jahr ins Sanatorium kam, wieder anfing zu kochen. Erst sollte es eigentlich Therapie sein, aber ich bin dann dem Koch so sehr auf die Nerven gegangen, dass er mich irgendwann in seine Küche gelassen hat. Zwei Wochen später hat er gekündigt. Er sagte, wenn er noch einmal den Satz höre, dass meine Großmutter viel besser gekocht hätte, könnte man ihn direkt als Patient dabehalten.«

»Kann ich verstehen.«

»Ich fand das klasse. Dann habe ich da gekocht. Jeden Tag für dreißig Leute. Das hat Spaß gemacht. Jedenfalls mir. Nur meine Gäste haben gemeutert, weil es nicht genug Fritten und Currywurst gab. Doch das hatte ich früher zur Genüge gehabt, das wollte ich nicht mehr. Und dann bin ich auch nach zwei Wochen wieder abgesetzt worden und bekam Küchenverbot.« Er grinste zufrieden.

»Bist du eigentlich verheiratet gewesen? Polizisten haben doch so eine hohe Scheidungsrate, deshalb wundere ich mich nicht, dass ich nie etwas von einer Frau gehört habe.«

Er schüttelte den Kopf. »Nein, nie. Ich bin vielleicht zu gerne Junggeselle gewesen, vielleicht auch zu sehr Polizist. Über eine Affäre ist es nie hinausgegangen. Und du?«

Sie schob verträumt ihr Essen auf dem Teller hin und her. »Zweimal. Zwei große Fehler, sage ich immer. Beide über einsneunzig.« Sie sah ihn ernst an. »Manchmal denkt man, man will jetzt dazugehören, und dann müsse das so sein. Es hat eine Weile gedauert, bis ich gemerkt habe, dass ich am besten zu mir selbst gehöre, dann kommen die Tiere, und dann ganz viel Ruhe.«

Er nickte. »Das kann ich verstehen.«

»Sag mal«, sie grinste diabolisch und schenkte sich noch ein Glas Rotwein ein, »wie kommt es eigentlich, dass heute Abend dein Telefon noch nicht geklingelt hat? Kannst du denn dann noch fahren?«

Er lachte auf. »Das kann in jeder Sekunde passieren, ich habe heute Rufbereitschaft. Wenn etwas passiert, was die Kollegen von der Streife nicht allein tun können, dann muss ich raus. Und dann wäre es auch nicht ganz unpraktisch, wenn ich dann auch noch fahrtüchtig wäre. Aber, keine Sorge: Ich weiß mich im Zaum zu halten, nach dem Glas ist Schluss.«

Doch das Telefon klingelte nicht. Und als er nach dem Essen noch ein Feuer im Ofen anzündete, um der Kälte des Abends noch etwas entgegenzusetzen, war es, als hätten sie die Abende immer schon so verbracht: erzählend, lachend, vorsichtig die Seele des anderen erforschend, doch nie zu schnell vorwärts gehend, um auch der eigenen Empfindlichkeit letzten Schutz zu lassen.

Schwarz ertappte sich auf einmal dabei, die Wahrheit zu erzählen. Auf einmal wollte er nicht mehr Lügen erzählen über sich, sein Leben und seine Vergangenheit. Irgendwie kam es ihm vor, als könne er zu seiner Vergangenheit stehen. Er berichtete von den ermordeten, gequälten Kindern, die sein geistiges Gebäude zum Einsturz gebracht hatten, er erzählte von der Einsamkeit in der belebten Großstadt, der Unverbindlichkeit der Beziehungen, die alle Welt unglücklich und aggressiv macht. Und er hörte sie von ihren Erfolgen als Künstlerin sprechen, ihren Niederlagen, dem Auf und Ab in der Liebe und dem Beruf.

Und er sprach über den Fall. Von dem Leichenfund auf Vogelsang und der Durchsuchung des ausgebrannten Hauses. Er erzählte all das, wofür man ihm von der Polizeidirektion diesen teuren Psychologen an die Seite gestellt hatte.

Als das letzte Scheit nur noch aus glühender Schlacke bestand, saßen sie schon seit vielen Minuten nebeneinander und starrten in die rote Glut, als wäre in ihr die Antwort auf die vielen Fragen zu finden, die der Alltag immer wieder stellte. Sie wussten beide, dass dies ein Abend war, wie man ihn nicht wieder herbeizaubern konnte. Die Stimmung hatte sich entwickelt, einzigartig, diese Mischung aus jäher Vertrautheit und spannungsreicher Neugierde, die eigentlich nur eine Erfüllung kennen konnte. Doch Schwarz hatte Angst, diesen Schritt zu tun. Was war, wenn er sich wieder einmal täuschte, wenn alles eigentlich ganz anders war und dieses Gefühl der Zusammengehörigkeit nur das Ergebnis eines ausgezeichneten Essens und eines hervorragenden Weins? Er spürte, dass es ihr ähnlich ging, sie genauso wenig wusste, wie es jetzt weitergehen konnte, ob der eine Schritt, nach dem es sie beide drängte, diese kleine, schöne Pflanze in den Dreck der Beliebigkeit treten würde.

Sie streckte die Hand aus und berührte seine Wange.

»Stefan?«, sagte sie.

»Ja?« Er war froh, dass sie eine Entscheidung getroffen zu haben schien, wie sie auch immer ausgefallen sein mochte, er war zu allem bereit.

»Du solltest jetzt schlafen gehen. Jeden Augenblick kann wieder dein Telefon klingeln und dich in die Welt der Ungerechtigkeit und der Schmerzen zurückrufen. Es war ein besonders angenehmer Abend, und er sollte jetzt sein Ende finden. Ich möchte ihn so in Erinnerung behalten, wie er bis jetzt gewesen ist. Dein Tag war nicht schön, und der nächste wird wohl nicht besser werden, wenn ich das richtig verstanden habe, was du mir erzählt hast.« Sie stand auf. »Und heute werde ich aufräumen, okay?«

Er nickte. Ja, so sollte es sein. Er würde versuchen zu schlafen, und sie würde aufräumen. Heute. Und er könnte sich langsam an den Gedanken gewöhnen, wie es sein würde, wenn der Abend einmal anders endete.

Kapitel 13

Das Telefon klingelte, als es noch dunkel war.

»Schwarz«, meldete er sich.

»Hallo, Stefan, raus aus den Federn, die Pflicht ruft!« Schwarz erkannte die Stimme von Geschwind.

»Was ist denn los, könnt ihr nicht mal eine Nacht ohne mich auskommen?«

»Wir schon, keine Sorge. Wir laden dich auch nicht zum Pizzaessen ein. Leichenfund in Losheim. Die Streife ist schon da, aber du musst als unser zuständiger Kriminaler auch dahin kommen.«

»Finde ich das?«

»Einfach immer die Bundesstraße lang, die Kollegen stehen dort auf der Straße. Gute Reise.«

»Ja, ja, danke.« Er drückte auf den roten Knopf seines Handys und seufzte. Es wäre auch zu schön gewesen, wenn er in Ruhe hätte ausschlafen dürfen.

* * *

In seinem Rückspiegel sah Schwarz das Licht des erwachenden Tages. Die Straße, die von Hellenthal immer weiter die Eifelberge hinaufführte, war gut ausgebaut und trotzdem gerade in der Nacht eine Herausforderung. Er war langsam unterwegs, sehr langsam, eigentlich zu langsam dafür, dass er zu einem Einsatz unterwegs war, aber er hatte gehörigen Respekt vor dem Wild, das immer wieder Unfälle verursachte, wenn es gerade jetzt in der Dämmerung die Straße überquerte. Immer höher schraubte sich die Fahrbahn in die Dunkelheit, die mehr und mehr helle Streifen bekam, wie schwarzblaues Porzellan zerbrach und Risse bekam. Dass er nach endlos scheinender, einsamer Fahrt durch dunkle Wälder an seinem Ziel angekommen war, wusste er, als er schon von Weitem das zuckende Blaulicht durch die Nacht blitzen sah.

Er nickte dem Polizisten zu, der ihn auf einen kleinen Parkplatz auf der anderen Straßenseite winkte. Dort stieg er aus und ging über die Straße. Am Seitenstreifen stand ein belgisches Polizeiauto, und die belgischen und die deutschen Beamten standen einträchtig nebeneinander, hatten die Hände in den Hosentaschen und sahen in den Graben.

»Was ist los?«, fragte Schwarz und stellte sich daneben.

»Da ist eine Leiche.«

Schwarz versuchte, etwas zu erkennen. Im Graben lag ein großer Stapel alter Fichtenzweige, sonst sah er nichts.

»Könnte man vielleicht mal etwas Licht machen? Für mich liegt da nur ein Haufen mit Ästen.«

»Ja«, sagte einer der deutschen Beamten, »würden wir ja gerne, aber da gibt es ein Problem.« Sie sahen wieder in den Graben.

»Aha. Welches?« Schwarz spürte seine Geduld schwinden.

»Ja, guck mal, hier ist die Straße, und da ist der Graben, und hier ist auch die Grenze.«

»Wie, Grenze?« Schwarz verstand nur Bahnhof.

»Na, die Straße ist die Grenze, und wir können uns im Moment nicht einigen, ob die Leiche in Deutschland oder Belgien liegt.«

»Augenblick, die Straße ist die Grenze?«

»Na ja, eigentlich mehr der Straßengraben. Im Dritten Reich sind hier die Juden aus Deutschland geflohen. Und später war hier die Hauptschmuggelroute für Kaffee und solches Zeug. Das hat hier immer so ausgesehen, da hat nie ein Zaun gestanden. Ja, und jetzt liegt hier genau die Leiche.«

Schwarz atmete tief ein. »Freunde, das kann nicht euer Ernst sein. Dafür gibt es doch Richtlinien!«

»Schon«, sagte einer der belgischen Polizisten mit dem singenden Akzent der Vennbewohner, »aber so wie es aussieht, liegt die Leiche halb in Deutschland und halb in Belgien.«

»So, dann erzählt mal von vorne«, sagte Schwarz, der immer noch nicht den Kern der Geschichte erfasst hatte, und gab den interessierten Zuhörer.

»Also, ganz einfach«, begann wieder der Deutsche, »wir finden, die Leiche liegt zwar genau auf der Grenze, aber der Kopf, also das Wichtigste, der liegt in Belgien, deshalb ist das eine belgische Leiche.«

»Und wir finden, der größte Teil des Toten ist in Deutschland, deshalb ist das wohl eher eine deutsche Leiche.«

»Außerdem«, ergänzte der zweite Belgier, »hat doch eine deutsche Gruppe die Leiche gefunden!«

»Aber bei euch belgischen Kollegen gemeldet!«

»Dabei standen sie aber in Deutschland! Nur das Telefonnetz war belgisch!«

»Aber die Leiche ist ein Deutscher! Also müsst ihr das bearbeiten!«

»Moment, Moment«, unterbrach Schwarz, »woher wisst ihr denn, dass das ein Deutscher ist?«

»Na, zeig's ihm«, forderte der Belgier seinen deutschen Kollegen auf.

»Der hat einen deutschen Pass dabei«, sagte der Polizist zögernd.

Schwarz schwante Böses. »Und das weißt du weshalb?«

»Wir haben in seine Brieftasche gesehen.« Kleinlaut zog er sie aus der Jackentasche und hielt sie Schwarz hin.

Der schloss die Augen. »Ich nehme nicht an, dass ihr sie mit Handschuhen angefasst habt?«

»Nee, da haben wir nicht dran gedacht. Aber ich war der Einzige, der sie in der Hand hatte, bestimmt!«

»Ja, und ich!«, gab der Belgier zu, »und er ist wirklich Deutscher. Heckmann, Rainer Heckmann.«

Heckmann. Schwarz wurde einen Moment trotz des kühlen Luftzuges, der aus dem Wald kam, siedendheiß. Er nickte. »Kollegen, die Belgier haben gewonnen. Das ist unser Fall. Wir fahnden nach dem Mann.« Er sah kritisch auf den Holzhaufen, hinter dem jetzt in der aufsteigenden Morgendämmerung die Umrisse des Körpers sichtbar wurden. »Habt ihr irgendetwas gesehen, wie der Mann zu Tode gekommen ist?«

»Nee, aber ich meine, Blut gesehen zu haben.«

»Gut, ich verschaffe mir selbst einen Eindruck. Ruf derweil schon mal die Spurensicherung.«

»Ach«, sagte der deutsche Polizist, »ich glaube, das können wir uns schenken.«

Schwarz atmete tief durch. »Und wieso?«

»Weil der Tote von der WDR-4-Wandergruppe gefunden wurde. Erleben Sie den Sonnenaufgang im Hohen Venn! Zweihundert Leute, die fröhlich singend in den Morgen marschieren wollten, als auf einmal der eine die Hand da unter den Fichtenzweigen herschauen sah.«

»Ihr wollt mir jetzt nicht erzählen, dass zweihundert Leute hier waren, um an unserer Leiche Wiederbelebungsversuche zu machen?«, fragte Schwarz entsetzt.

»Ich will nicht, aber ich fürchte, so war es.«

Schwarz sah den belgischen Kollegen an. »Manchmal bin ich sehr müde.«

Der Mann nickte, enthielt sich ansonsten aber weiterer Kommentare.

»Wo sind die jetzt?«

»Ein Stück weiter, auf dem Parkplatz Weißer Stein. Und

alle wollen aufgeregt von der Polizei vernommen werden, um genau zu erzählen, welches Körperteil sie zuerst von dem Toten gesehen haben.«

»Die sollen jetzt weiterwandern und sich heute Nachmittag in Schleiden auf dem Revier melden. Ich erspare es euch, alle Personalien festzuhalten. Haben die denn was an der Fundstelle verändert?«

»Wenn du mich fragst«, sagte der Belgier, »alles!«

»Dann fahrt bitte zu denen hin. Lasst euch in etwa erzählen, wie die Auffindesituation war. Aber tut mir den Gefallen, keine zweihundert Versionen, die sollen sich einigen.«

Die deutschen Kollegen nickten und wollten in ihren Wagen steigen.

Schwarz rief ihnen hinterher: »Und ruft endlich die Spurensicherung! Wenn ich nicht ausschlafen darf, dann sollen die das auch nicht!«

Vorsichtig rutschte er den kleinen Abhang von der Straße hinunter und ging um den Holzstoß herum. Jetzt konnte er den Körper auch vollständig sehen. Es handelte sich um Heckmann, kein Zweifel. Vorsichtig rührte Schwarz an die Hand, die kalt und steif war. Wann auch immer Heckmann zu Tode gekommen war, es musste schon eine Weile her sein. Schwarz stand auf und betrachtete die Szenerie kritisch. Die Wanderer hatten wirklich ganze Arbeit geleistet. Die Leiche lag auf dem Rücken, das Hemd war geöffnet, vielleicht von einer beschwingten Herzmassage. Was mochten die Wandersleute wohl dazu gesungen haben?

Eine Stimme unterbrach ihn von oben mit belgischem Akzent. »Na, Kollege, geht es Ihnen gut? Haben Sie Ihren Pass dabei?«

Er sah hoch. Dort standen Sandra und ein Mann mittleren

Alters und betrachteten ihn milde lächelnd. »Ach, ihr kennt euch? Stehe ich in Belgien?«

»Mit dem rechten Bein, soweit ich das von hier beurteilen kann. Kann ich behilflich sein?«

»Ich weiß es nicht. Der Mann war zur Fahndung ausgeschrieben und liegt jetzt hier als internationaler Grenzzwischenfall. Ich hoffe, wir müssen Brüssel nicht einschalten, sonst ist der verwest, bis eine Antwort kommt.«

»Stimmt. Wir könnten ihn vielleicht auf die andere Straßenseite tragen, dann hätten wir kein Problem.«

»Ist das wirklich Heckmann?«, rief Sandra dazwischen.

»Ja«, bestätigte Schwarz.

»Kann man die Todesursache sehen?«

Schwarz untersuchte vorsichtig die Leiche. Die offenen Augen starrten in den frühen Morgenhimmel. Dunkelrot verkrustet war der Hinterkopf, soweit Schwarz sehen konnte. »Ich würde denken, Schlag auf den Kopf, wenn ich hier das Blut richtig deute. Aber ich will das bisschen, was unsere munteren Wandervögel noch nicht zerstört haben, doch lieber den Kollegen übriglassen.« Er ging zu den beiden. Der Belgier reichte ihm die Hand und zog ihn auf die Straße.

»Eure Techniker sind wohl schon benachrichtigt? Mir ist das recht. Ich werde nachher mal mit Kleinert besprechen, ob wir Papierkram produzieren oder das auf dem kleinen Dienstweg erledigt wird. Normalerweise arbeiten wir hier sehr gut zusammen.« Sandra nickte bestätigend.

»Da bin ich ja beruhigt«, sagte Schwarz, »ich sah mich hier schon um die Leiche kämpfen.«

»Soweit kommt's noch!«, lachte sein Kollege, »solange das hier unter uns Eifelern bleibt, gibt es nie Probleme.«

Schwarz stand mit Sandra an ihrem Auto. Rudi, der belgische Kollege, hatte sich verabschiedet.

»So«, sagte Schwarz, »jetzt haben wir den Salat. Heckmann ist tot. Wo sind die … wie heißen sie noch?«

»Althoffs? Ja, gute Frage. Mich würde auch interessieren, wieso die Leiche hier ist. Wenn du aus Hellenthal kommst, bist du schnell hier.«

»Aber nicht gut versteckt, im Straßengraben.«

»Du, die Polizisten haben mir gesagt, was die Wanderer erzählt haben. Die Leiche muss wohl ein Stück in der Erde gewesen sein und dazu noch mit Fichtenzweigen zugedeckt. Das hätte schon eine Weile gedauert, bis wir die gefunden hätten. Allerdings haben die nicht mit Wildschweinen gerechnet. Die haben wahrscheinlich die Leiche ausgebuddelt.«

»Wildschweine?«

»Ja, die fressen alles. Man kann froh sein, dass die nicht die Leiche gefressen haben. Und sie graben wie die Maulwürfe. Aber ich sage dir, spätestens am Wochenende, wenn hier die Radwanderer unterwegs sind, dann hätte einer ihn gesehen. Wenn du Autofahrer bist, dann siehst du hier ja nur die gerade Strecke und denkst, hier ist das sicher, hier sieht das keiner. Aber du ahnst nicht, was am Wochenende an Radfahrern unterwegs ist.«

»Eben! Ich hätte die Leiche doch gegenüber in den Wald gebracht, oder wenigstens hier noch ein Stück weiter ins Dickicht getragen.«

»Vielleicht sind die Althoffs ja gestört worden und hatten keine Zeit.«

»Jetzt wäre noch spannend, wann der Tod von Heckmann eingetreten ist. Wann kommt denn der Arzt?«

»Ist alles unterwegs, kommt schon. Lass uns mal ins Revier fahren und die Kollegen ihren Job machen lassen. Wir setzen uns dort noch einmal mit allen zusammen und überlegen noch einmal neu. Dann sind vielleicht auch die Euskirchener eingetroffen. Wäre ja schön, wenn die ihren Hintern mal zu uns rauskriegen.«

* * *

Sandras Erwartungen wurden gleich mehrfach enttäuscht. Nicht nur hatte sich die Soko überlegt, dass Schleiden angesichts des wegen der Fabrikbesetzung herrschenden Rummels nicht der geeignete Standort für ein Treffen sei, sondern man hatte auch keinerlei Wert auf ihre Anwesenheit gelegt. Sie könne ja mitkommen, wenn sie meine, dass es nötig sei – eine Formulierung, die die junge Frau beinahe ausrasten ließ. Schimpfend und zutiefst gekränkt zog sie sich in ihr Büro zurück, ohne auf Schwarz und Pankowskis Versuche, ihre berechtigte Verbitterung zu besänftigen, auch nur im Mindesten einzugehen.

Im Nachhinein fand Schwarz, dass sie eigentlich nichts verpasst hatte, auch wenn er sie gerne dabei gehabt hätte. Die Besprechung bestand vor allem daraus, dass er erzählte, was er bereits wusste, und so die Kollegen, die sich in den letzten Tagen durch den braunen Sumpf der Region gewühlt hatten, auf den Stand der Ermittlungen brachte. Normalerweise kannte es Schwarz, dass ihm, während er berichtete, klar wurde, wo anzusetzen war. Jetzt allerdings wurde seine Erwartung enttäuscht. Und auch seine Kollegen machten einen ratlosen Eindruck. Statt den Tod eines Journalisten aufzuklären, stand man jetzt vor drei Leichen, zwei Vermissten und einem explodierten Haus, ohne wirklich zu wissen, wie das alles miteinander zusammenhing.

»Stefan«, überlegte Rausch, »ich denke, wir sollten verstärkt die Spur bearbeiten, die du die ganze Zeit verfolgst. Wir tun einfach mal so, als ob die Ereignisse wirklich miteinander in Verbindung stehen und fangen jetzt einmal richtig an, den Laden auseinanderzunehmen. Da Althoffs immer noch verschwunden sind, holen wir jetzt die Durchsuchung vom Altenheim nach. Dann sollten noch einmal alle Angestellten befragt werden. Wenn da eine Verbindung besteht, dann werden wir sie auch finden!«

»Ja, gibt es denn diese Bilder oder nicht?«, fragte ein Beamter.

»Stefan«, fragte Rausch, »erzähl, was ist mit den Bildern? Wo sind die denn jetzt?«

Schwarz räusperte sich kurz. »Das ist nicht wirklich klar. Die Spur verliert sich in Vogelsang. Ich habe in der Verwaltung dort angefragt, wo diese Kunstwerke sein könnten. Oder zumindest gewesen sein könnten. Allerdings wissen sie auch nicht Bescheid, haben aber versprochen, sich darum zu kümmern. Auf jeden Fall gibt es offensichtlich jemand, der sicher ist, dass es sie gibt, der sie sucht und angesichts eines möglichen Wertes von mehreren Millionen auch bereit ist, dafür einiges Risiko einzugehen. Deshalb meine ich, wir sollten dieses Versteck zuerst finden. Kollege Katzenmacher sprach von vergessenen Luftschutzbunkern. Auf Vogelsang wusste man allerdings nichts davon.«

»Dann sorge mal dafür, dass ihnen wieder einfällt, wo auf dem Gelände mögliche Verstecke sind. Das sind zwölftausend Hektar, und wir suchen die Nadel im Heuhaufen, Kunstwerke, die seit sechzig Jahren nicht gefunden wurden, während Generationen von Soldaten dort Räuber und Gendarm gespielt haben.«

»Wie passt denn dieser Alte, dieser Dürr in das Bild?«, fragte eine junge Kriminalbeamtin.

Henning Rausch sah zu Schwarz hinüber und forderte ihn

mit einer Handbewegung zu einer Antwort auf.

Der zuckte mit den Schultern. »Nach augenblicklichem Stand hat er Perschke über die Geschichte der Bilder informiert. Wieso er dafür sterben musste, ist aber noch nicht ganz klar.«

Rausch stand auf. »Na gut. Ob Bilder oder nicht, bei euch oben ist so viel los, dass wir dort die Ermittlungen intensivieren. Außerdem sollten wir den Fahndungsdruck auf das Ehepaar Althoff erhöhen. Wer in der Eifel wirklich nicht gefunden werden will, da sind wir uns wohl einig, der hat keine schlechten Chancen, wenn er es ein bisschen geschickt anstellt. Aber über kurz oder lang werden die schon auftauchen, da mache ich mir keine Sorgen. Erster Ansatzpunkt Altenheim. Durchsuchung, Vernehmungen, das ganze Programm. Irgendwie müssen wir doch da weiterkommen! Und dann sollten wir auch Vogelsang nicht vergessen, Stefan, du sorgst dafür, dass wir bald Ergebnisse haben, ob diese verlorene Kunst dort noch versteckt ist oder nicht.« Er stand auf und beendete damit die Besprechung.

Schwarz ging nachdenklich durch die Tür und reihte sich auf dem Flur in den Euskirchener Polizeipräsidiumsverkehr ein.

»Ach, sieh an, sind Sie nicht der Kollege aus Schleiden? Schwarz?«

Er sah überrascht neben sich. Eine junge Dame lächelte ihn breit an.

»Allerdings. Kennen wir uns?«

»Sie mich nicht, ich Sie dafür umso besser!« Sie streckte die Hand zum Gruß aus. »Ich bin Maren Aberkron, ich mache hier die Laborarbeit, und ich überlege gerade, ob ich euch Landeiern mal einen Auffrischungskurs im Absichern von Tatorten verpasse.« Ihre Stimme hatte bei den letzten Worten ein drohendes Timbre angenommen.

Er sah sie verwirrt an. »Muss ich das verstehen?«

»Das wäre mir schon lieb! Ich habe gerade den Zünder untersucht, der da bei Euch in Hellenthal den Brand auslösen sollte. Mit ein paar schönen Abdrücken drauf. Ja, und als ich gehört habe, dass Sie am Tatort waren, da habe ich mir dann Vergleichsabdrücke besorgt.« Sie stellte sich breitbeinig vor ihn hin. »Herr Schwarz, wenn Sie schon über einen Tatort latschen wie ein Dinosaurier, dann müssen Sie nicht auch noch mit ihren Patschfingern überall drauflangen!«

Seine Verwirrung steigerte sich mehr und mehr. »Tut mir leid, aber ich habe keinen Brandsatz zu Gesicht bekommen.«

»Na klar, das hätte ich jetzt auch gesagt! Verdammt noch mal, Sie ersparten uns jede Menge überflüssige Arbeit, wenn Sie einfach Handschuhe tragen würden! Auch auf dem Land!« Sie drehte sich um und stampfte wütend weg.

»Aber ich habe Handschuhe getragen!«, rief er hinter ihr her, doch sie schien ihn nicht mehr zu hören. Kopfschüttelnd ging er weiter und verließ das Gebäude.

* * *

Es war bald Mittag, als er auf den Parkplatz vor der Wache in Schleiden fuhr und den Motor abstellte. Diese Gurkerei nach Euskirchen kostete eine wahnsinnige Zeit. Konnte man da nicht in Zeiten des Internets eine andere Lösung finden? Wozu gab es Videokonferenzen? Grüblerisch stieg er die Treppe in den zweiten Stock hinauf.

Auf dem Flur hielt ihn Pankowski an. »Stefan, ich muss mit dir reden, ich glaube, wir haben ein richtiges Problem.«

»Ich höre.«

Pankowski sah sich um, als sei die Staatssicherheit hinter ihm her, und zog Schwarz in sein Büro. »Mir kam das so ein bisschen seltsam vor. Wenn das BKA bisher kam, dann waren das immer mehrere Leute und nicht bloß einer. Die kamen hier an wie Graf Koks und behandelten uns wie zurückgebliebene Untermenschen.«

»Ja. Und?«

»Ich habe dann mal in Wiesbaden angerufen, und jetzt halte dich fest: Daniel Winter ist seit sechs Wochen vom Dienst suspendiert! Sonst stimmt eigentlich alles, was er erzählt hat, allerdings hat er wohl immer öfter in die eigene Tasche gearbeitet und steht unter dem Verdacht, Funde nicht gemeldet, sondern Bilder später selbst verkauft zu haben.«

»Aber das kommt doch raus! Auf dem Kunstmarkt ist doch alles öffentlich.«

»Wohl nicht in Osteuropa. Dort ist es, so erzählte man mir, überhaupt kein Problem, heiße Ware abzusetzen. Und dort tummeln sich beileibe nicht nur Russen und Usbeken. Es gibt einige Sammler, die dort ihre Sammlung aufrunden.«

Schwarz dachte kurz nach. »Und jetzt?«

»Ja, sie sagten, die Ermittlungen seien noch nicht abgeschlossen, konkret liege noch nichts vor. Aber wir sollten ihm auf jeden Fall den Zugang zu den Akten verwehren und ihn so schnell wie möglich raussetzen.«

»Na gut, dann machen wir das mal.« Er stand auf.

»Wollte ich ja auch schon, aber er ist nicht mehr da.«

»Na, dann ist doch alles gut.«

»Ich weiß nicht.« Pankowski wiegte seinen Kopf hin und her. »Ich habe ein blödes Gefühl.«

»Komm. Wir sagen Sandra Bescheid, dann kann eigentlich nicht mehr viel passieren. Ist die immer noch beleidigt?«

»Keine Ahnung, ich habe nichts von ihr gehört.«

Die Männer standen auf und gingen zu Sandras Büro. Die Tür war geschlossen. Vorsichtig klopften sie, um keinen neuen Wutausbruch zu provozieren, doch es antwortete niemand. Schwarz öffnete die Tür und sah hinein – das Büro war leer.

»Hm«, sagte Schwarz, »seltsam.« Er blickte Pankowski an und ging dann zur Telefonzentrale auf demselben Flur. »Bettina«, sprach er die Telefonistin an, »weißt du, wo Sandra ist?«

»Ja, sie sagte mir, sie wolle mit diesem BKA-Fritzen irgendwo hinfahren, nach den Bildern suchen.«

»Mein blödes Gefühl«, knurrte Pankowski, »ich hasse es, recht zu behalten.«

»Jetzt lass gut sein, wird schon nicht so schlimm sein. Die sind bestimmt einfach nach Vogelsang hochgefahren. Wir rufen sie jetzt an und sagen ihr Bescheid, dass sie vorsichtig sein soll. Winter wird ja nicht gleich Amok laufen.« Er griff sein Handy und wählte Sandras Nummer. Geduldig hörte er es tuten und wartete, bis sich am anderen Ende die Mailbox meldete.

»Hallo, Sandra«, sagte er nach dem Automatenton, »bitte ruf mich an, hier ist Schwarz. Und sei etwas vorsichtig mit Winter, er ist nicht koscher.« Er stellte das Handy ab und sah Pankowski an. »Du und dein Scheiß-Gefühl!«

»Ach, bin ich jetzt schuld? Ich habe dir gleich gesagt, das geht nicht gut! Was ist denn los?«

»Ja, nichts. Mailbox.« Er drehte sich zur Telefonistin um. »Hat Sandra gesagt, wo sie hin wollen? Vielleicht Vogelsang?«

»Keinen Ton!«

»Bettina, kannst du feststellen lassen, wo Sandras Handy sich befindet? Vielleicht hat sie ja einfach kein Netz.«

»Sofort!«, rief sie und griff nach dem Hörer. Die Männer sahen sich einen Augenblick an.

»Fahndung nach dem Auto.«

»Ihres oder seins?«

»Gut, Fahndung nach *den* Autos. Ich sehe mal auf dem Parkplatz, mit welchem sie unterwegs sind.« Er ging zum Fenster und sah hinaus. »Sandras Nuckelpinne ist noch da. Was hat der Winter denn für eine Pumpe?«

»Irgendwas dickes, Geländewagen, SUV.«

»Kennzeichen?«

»Kriege ich raus.« Schwarz ging in sein Büro und startete eine Anfrage bei der Zulassungsstelle. Heimlich hatte er bei einem Allerweltsnamen wie Daniel Winter keine große Hoffnung. »Pankowski«, schrie er in den Flur, »hast du eine Adresse von dem Typen, irgendwas?«

»Ja, Wiesbaden halt. Sonst muss ich da noch einmal anrufen, die müssen das doch wissen! Ich schick mal eine Streife nach Vogelsang hoch, vielleicht finden die ja das Auto.«

»Dann mach das bitte!«

»Die letzte Meldung kam von einem Telefonmast hier in Schleiden. Allerdings schon vor einer Stunde. Seitdem ist das Handy aus«, kam die Stimme aus der Telefonzentrale.

»Wo könnten die sein?«

»So ein Mist«, sagte Pankowski, »und gerade jetzt ist hier das halbe Dezernat entvölkert wegen dieser Drecksfabrik! Wir könnten jetzt jeden Mann gebrauchen, ich sage dir, mit meinem Gefühl ist nicht zu spaßen!«

»Mensch, es muss doch nicht gleich was Schlimmes passiert sein.«

»Nun gut, mag sein. Aber wir suchen doch die Althoffs wegen des Verdachts des Mordes an Heckmann, richtig?«

»Richtig. Und wegen des Mordes an Perschke.«

»Und weil sie ihr Haus angezündet haben. Nur, wenn Althoffs und Heckmann zusammengearbeitet haben, warum soll dann nicht ein Dritter dazwischenfunken?«

»Und wer?«

»Winter! Er arbeitet auf eigene Rechnung und verfolgt Heckmann, weil er einen großen Coup wittert. Und da kreuzt ihr auf, er bekommt Panik und bringt ihn um.«

»Und warum sind die Althoffs dann verschwunden?«

»Das weiß ich jetzt auch nicht, es ist ja nur eine Idee! Sie können ja vor ihm geflohen sein und haben dann, um ihn in eine Falle zu locken, das Haus in die Luft gejagt.«

»Horst, tut mir leid, das kommt mir alles sehr vage vor.«

»Aber widersprechen kannst du mir auch nicht! Und wenn Sandra irgendwie auf die Idee kommt, dass mit Winter etwas nicht stimmt, dann ist sie in großer Gefahr. Denn ich sage dir, der fackelt nicht lange. Seit der hier aufgetaucht ist, geht wirklich die wilde Luzie ab!«

Schwarz schwieg und starrte auf seinen Schreibtisch.

»Hallo?«, fragte Pankowski und bewegte die Hand vor seinem Gesicht auf und ab, »jemand zu Hause?«

»Ich muss mal eben was abklären«, murmelte Schwarz. Er griff zum Telefonhörer und ließ sich in der Euskirchener Hauptstelle mit der Spurensicherung verbinden.

»Frau Aberkron, hier noch einmal Schwarz. Ich hätte da eine Frage. Sie sprachen vorhin davon, dass Sie sich einen Vergleichssatz besorgt haben. Würden Sie mir erzählen, woher?« Er drückte auf die Lautsprechertaste, damit Pankowski mithören konnte.

»… waren ja nicht da! Und dann bin ich in Ihr Büro gegangen. Ich muss Ihnen sagen, das sieht da ja verheerend aus. Also, wenn ich so arbeiten würde!« Mit einem Blick auf das Chaos, das Winter hinterlassen hatte, nickte Schwarz stumm, ohne daran zu denken, dass sie ihn nicht sehen konnte, »ja, und Sie waren ja nicht da. Und da habe ich mir einfach eine

Tasse Kaffee genommen, die dort herumstand. Mit Ihren Abdrücken drauf!«

Schwarz sah Pankowski in die Augen. Die beiden Beamten wagten kaum zu atmen.

»Kaffee mit Milch?«, fragte Schwarz. Er hatte noch eine zarte Hoffnung, dass er tatsächlich den Fehler gemacht hatte.

Einen Augenblick zögerte die Laborantin, dann schien es ihr wieder einzufallen. »Schwarz. Wie Ihr Name, habe ich noch gedacht.«

Schwarz schloss die Augen.

»Ist irgendetwas nicht in Ordnung?«, fragte die Kollegin Aberkron.

Schwarz legte einfach auf und sah Pankowski an.

»Erklär mir das«, bat der.

»Man hat in dem Haus von Althoffs einen Brandsatz gefunden, der nicht gezündet hat. Und drauf waren Fingerabdrücke, die man nicht zuordnen konnte. Also ist die gute Frau …«

»… in dein Büro gegangen und hat sich dort eine Tasse genommen.«

»Schwarzer Kaffee. Ich trinke keinen schwarzen Kaffee. Winter trinkt schwarzen Kaffee.«

Einen Augenblick sahen sie sich stumm an, dann sprangen sie beide vorwärts.

»Los, und jetzt brauchen wir wirklich Unterstützung aus Euskirchen!«

Kapitel 14

Wie konnte das nur passieren!« Es war keine Frage. Rausch stapfte durch den Gruppenraum wie ein General vor der entscheidenden Schlacht. Er ballte immer wieder die rechte Hand, als wolle er irgendjemandem jetzt die Zähne einschlagen, könne sich aber noch nicht ganz entscheiden, wem.

Schwarz kam sich vor, als würde er von einem Unteroffizier zusammengestaucht werden.

»Und der Herr Dienststellenleiter macht es sich gemütlich, toll!«

»Alfred Kleinert ist bei der Fabrikbesetzung. Der Polizeipräsident hat entschieden, das sei vorrangig zu behandeln, weil alle Fernsehteams sich darauf stürzen.«

»Ach so, und ich habe die Zeitungen im Nacken, die so tun, als würde ihr Berufsstand kurz vor der Ausrottung stehen. Gibt eh schon genug davon. Wie die Nacktschnecken im Salat!«

»Außerdem hat Kleinert Winter selbst überprüft. Der Mann hat sich ausgewiesen und um Amtshilfe ersucht. Wir hatten zu dem Zeitpunkt keinen Grund, misstrauisch zu werden.«

»Das hat nichts mit Misstrauen zu tun! Das wusste schon Stalin: Vertrauen ist gut, Kontrolle ist besser!«

»Lenin.«

»Was?«

»Lenin soll gesagt haben, Vertrauen …«

»Das ist mir doch scheißegal, wer das gesagt hat, wen interessiert das denn?«, brüllte der Kommissar, »Wo ist die Kollegin, das will ich wissen! Immer noch kein Kontakt zum Handy?«

»Nein. Aber wir wissen doch überhaupt nicht, ob sie in Gefahr ist.«

»Und wenn doch? Ich gehe dieses Risiko nicht ein! Wenn Winter wirklich den Mord an Heckmann auf dem Gewissen hat, und wir müssen diese Möglichkeit immerhin ins Kalkül ziehen, dann ist die Kollegin in Gefahr. Und ansonsten passt es mir gar nicht, dass hier jeder Dahergelaufene unsere Ermittlungsergebnisse einsehen kann!«

Katzenmacher kam in den Raum und rief: »Vogelsang! Sie sind tatsächlich in Vogelsang! Eine Streife hat gerade auf dem Parkplatz das Auto entdeckt. Allerdings ist es leer.«

»So, Leute, dann los! Wie viele Leute haben wir?«

»Ungefähr zehn, mehr nicht.«

»Mist, Vogelsang ist groß. Egal, wir versuchen es. Also, alle los! Stefan, du hattest da doch vorhin etwas mit Vogelsang erzählt, hast du schon etwas herausbekommen?«

»Nein. Und Katzenmacher hat gestern noch etwas von einem Luftschutzbunker erzählt. Eigentlich wollten wir da heute nachfragen, nur bisher ...« Er stockte einen Moment, »ich mache das mal eben, vielleicht sind sie ja dort drin, oder mein Kontakt hat noch etwas anderes gefunden.«

»Na prima, dann kümmere dich darum, wir fahren schon einmal vor.« Er wandte sich an die anderen. »Also, ihr Schlaftabletten, worauf wartet ihr?«

Eilig verließen sie den Raum, während Schwarz in sein Büro ging und die Nummer von der Verwaltung in Vogelsang wählte. Bell, sein Kontaktmann, war schnell am Apparat. »Ach, Herr Schwarz, so eilig, tut mir leid, ich wusste nicht, dass es so dringendd ist.«

»Ja, der Fall hat sich ein wenig, wie soll ich sagen, entwickelt. Sie wissen also nichts Neues?«

»Nein, aber ich wollte gerade mit Herrn Knarpsen von der Zeitungsredaktion in Euskirchen telefonieren. Der weiß so einiges. Kennen Sie ihn?«

»Allerdings, dann werde ich mich mal direkt mit ihm in Verbindung setzen. Danke!«

Schnell legte Schwarz auf und wählte fieberhaft die Nummer von der Euskirchener Redaktion. Es dauerte etwas, bis er der Dame, die sich gemeldet hatte, begreiflich machen konnte, dass es sich um einen dringenden Notfall handelte, doch dann kam schließlich Knarpsen ans Telefon.

»Was ist denn so dringend? Ich lasse gerade den Bürgermeister von Dahlem warten.«

»Herr Knarpsen, Sie müssen mir helfen. Wir haben einen Entführungsfall und stehen kurz vor der Verhaftung des Mörders von Perschke!« Schwarz hatte keine Ahnung, ob das wirklich stimmte. Aber es konnte nicht schaden, um die Dinge zu beschleunigen. Hauptsache, Knarpsen kam mit den nötigen Informationen rüber.

»Kriege ich das exklusiv?«

»Sobald wir ihn haben, ja. Die Pressestelle wird mich zwar töten, aber das ist mir jetzt egal. Aber Sie haben es nicht von mir.«

»Ich habe Sie noch nie gesehen. Also, was wollen Sie wissen?«

»Kennen Sie sich in Vogelsang aus?«

Er lachte. »Das will ich meinen! Ich war jahrelang der Einzige, den die Belgier überhaupt auf das Gelände gelassen haben. Ich bin da mit jedem Stein per Du, und davon gibt es jede Menge, das kann ich Ihnen sagen!«

»Man erzählte mir von unterirdischen Katakomben, ist Ihnen da etwas bekannt?«

»Ou!« Langes Schweigen. »Woher wissen Sie dann davon? Das weiß nicht einmal die neue Leitung von Vogelsang.«

»Informatenschutz, so was kennen Sie doch. Also, wissen Sie nun etwas in dieser Richtung oder nicht?«

»Man munkelt da so einiges, und wenn Sie mich fragen, hat man da auch noch lange nicht alles gefunden. Wir suchen immer noch diese Skulptur, die in dem sogenannten Kultraum war, die ist und bleibt verschwunden. Aber Sie meinen sicher den Luftschutzbunker.«

»Ja genau, raus mit der Sprache, wie komme ich da rein?«

»Also, eigentlich, sind die zu, und den Schlüssel hat auch keiner. Ich war mal in den Neunzigerjahren drin, eigentlich habe ich sie sogar wiederentdeckt, die Belgier hatten sie mittlerweile völlig vergessen. Das sind die alten Luftschutzbunker, die 1939 gebaut worden sind, zusammen mit dem Westwall.«

»Herr Knarpsen, wo sind die?« Schwarz bewahrte nur mühsam die Fassung.

»Zwischen den Kameradschaftshäusern und den Hundertschaftshäusern steht ein Bau, in dem mehrere Bögen sind. Die Belgier hatten hier ein Lager eingerichtet und die Tore, die in den Berg führen, völlig mit Gerümpel zugestellt. Und mit den Jahren hat keiner mehr gewusst, was da hinter all diesem Plunder ist. Ich musste damals eine Stunde Schutt wegräumen, um den Eingang zu finden. Es ist alles noch da, Strom liegt. Endlose Räume, die kilometerweit in den Berg hineingehen. Die Nazis hatten damals Bunker für 2500 Personen gebaut. Aber der Bunker ist seltsamerweise nie benutzt worden. Wenn Luftangriff war, dann sind die Junker nicht mal eben aus ihrer Unterkunft in den Bunker gewitscht, nein, die mussten zwei Kilometer um den Berg herumlaufen, um sich dort in irgendwelchen Kasematten zu verstecken. Ich habe mit sehr vielen geredet, die die letzten Kriegsjahren auf Vogelsang verbracht haben. Dort war ja damals eine Adolf-Hitler-Schule, die Kaderschmiede der zukünftigen Elite des Dritten Reiches. Doch keiner der Schüler wusste, dass direkt neben seinem Schlafsaal ein Luftschutzbunker war.«

»Und haben Sie da etwas gefunden?«

»Nein, nichts. Wieso? Was hätte ich denn finden sollen?«

Schwarz ignorierte seine Neugierde. »Und heute?«

»Nun. Das Ding ist verrammelt, der Bund hat den Schlüssel und rückt ihn nicht raus. Ich hab's versucht. Warum, weiß ich nicht, vielleicht wegen Versicherungsproblemen, keine Ahnung, aber ich habe da auf Granit gebissen. Höchstens könnte man das Schloss knacken, aber das gibt ja wieder einen Riesenärger. Da waren die Belgier echt kooperativer!«

»Herr Knarpsen, Sie hören von mir, versprochen, aber jetzt muss ich los, Danke, Sie haben mir wirklich geholfen!«

»Sie machen mich aber neugierig«, sagte Knarpsen noch, doch Schwarz hatte schon aufgelegt.

So schnell er auf der kurvigen, alten Panzerstraße fahren konnte, raste Schwarz den Berg hinauf. Mit der einen Hand wählte er die Nummer von Pankowski, mit der anderen wich er Motorradfahrern aus, die in den Kurven gefährlich weit auf seine Fahrspur kamen. Ein Traktor zwang ihn zu einer Notbremsung, und kaum schaffte er es, bei der Steigung seinen alten Fiat wieder in Gang zu bringen. Pankowski war nicht erreichbar, wahrscheinlich in irgendwelchen Räumen, durch deren dicke Steinwände die Funkwellen nicht dringen konnten.

Und jetzt verstand er auf einmal, was vorgefallen war. Die Bilder waren nach Vogelsang gekommen, und dann hatte man sie in dem Luftschutzbunker versteckt. Vielleicht auch noch mehr, das Bernsteinzimmer, das Nazigold, Platz schien ja dort genug zu sein. Und dass Knarpsen damals nichts gefunden hatte, war auch nicht weiter erstaunlich, er hatte ja auch keine Ahnung, wonach man suchen sollte. Riesige

Räume, da sollten ja wohl zwei Lastwagenladungen auch noch unterzubringen sein.

Perschke hatte die Geschichten mit den Kisten von Dürr gehört und durch seine eigenen Recherchen vermutet, was dort drinnen zu finden war. Die Althoff hatte bestimmt auch in ihren Gesprächen mit Dürr einiges aufgeschnappt. Und als die entscheidenden Dokumente mit dem Hinweis auf den Fundort schließlich in Vogelsang landeten, hatten die Althoffs vielleicht versucht, dort einzubrechen, um sie an sich zu bringen. Dass Perschke, ihr Gegenspieler, ihnen dort über den Weg lief, war ihnen sicher nicht unpassend erschienen, so konnten sie zwei Fliegen mit einer Klappe schlagen.

Schwarz hatte eine ungefähre Ahnung, wo er den Eingang zu dem Luftschutzbunker suchen musste. Im Winter hatte er eine Führung mitgemacht und war stundenlang in der Kälte frierend über das riesige Gelände gestolpert, ungläubig die Gigantomanie dieser Generation bestaunend. Und er meinte, sich an ein Gebäude erinnern zu können, das auf die Beschreibung von Knarpsen passte. Er musste nur noch seine Kollegen dorthin beordern.

Er zog artig ein Ticket und gab dann auf der vierspurigen Allee, die sich im Kölner Norden auch nicht schlecht gemacht hätte, richtig Gas, bis der Motor nur noch empört kreischte. So schnell die immer wieder eingebauten Temposchwellen es zuließen, fuhr er zur Verwaltung und stürzte dort hinein. In der Hand hielt er seine Marke.

»Schwarz, von der Kripo, wo sind meine Kollegen?«

Sie sah sich suchend um. »Ja, die waren da, aber ich weiß jetzt auch nicht …«

»Egal. Suchen Sie sie. Können Sie sich etwas merken?«

Sie nickte tapfer.

Er fasste sie an beiden Schultern in der Hoffnung, ihre Konzentration zu steigern. »Sagen Sie Ihnen, ich weiß, wo sie sind. Sie sollen zum Luftschutzbunker kommen.«

Sie verzog das Gesicht, als sehe sie auf seiner Nase eine kleine, hässliche Made. »Wir haben hier aber keinen Luftschutzbunker.«

»Doch, haben Sie!« Er schob sie zum Fenster und zeigte hinaus auf eines der Gebäude. »Sehen Sie dort, unter diesem Haus dort, da muss es sein. Bitte alle verfügbaren Kräfte dorthin. Und zwar schnell. Ich werde mein Auto am Eingang stehen lassen, dann finden sie es vielleicht. Meinen Sie, dass Sie das schaffen werden?« Er hatte seine Zweifel, aber es ging nicht anders, er konnte nicht mehr Zeit vertrödeln.

Sie nickte wieder tapfer, sah noch einmal hinaus. »Aber da ist kein Luftschutzbunker!«

»Doch. Glauben Sie mir. Vertrauen Sie mir. Da ist einer, und wenn Sie mir nicht meine Kollegen dorthin schicken, wird es einige Tote geben, und einer davon könnte ich sein, und das wollen Sie doch nicht, oder?« Er ließ sie stehen und rannte weg. An der Tür drehte er sich noch einmal um. Sie stand immer noch mit weit aufgerissenen Augen und starrte ihm hinterher. »Also los! Rennen Sie! Es geht um Leben und Tod!«

Erschrocken setzte sie sich in Bewegung.

Schwarz lief einen Slalom um die Besucher, die ihre kleine Portion Nazigrusel hier auskosten wollten, und sprang in sein Auto. Mit einem Griff zog er seine Waffe aus dem Halfter und legte sie auf den Beifahrersitz. Diesmal wollte er sich nicht überraschen lassen.

Er folgte den Schildern, die die Richtung zum Schwimmbad wiesen, bis er unterhalb der Kameradschaftshäuser ankam. Er fuhr seinen Wagen halb in den Graben, damit er auch wirklich jedem auffallen musste, legte, so schnell er konnte, eine kugelsichere Weste an und rannte den Berg hoch zu den drei zugemauerten Torbögen. Die Tür in einer der Öffnungen war aufgebrochen, das Türschloss herausgehebelt, er war richtig. Er versuchte noch einmal, Pankowski und Katzenmacher auf dem Handy zu erreichen, doch er bekam wieder keine Verbindung. Fluchend steckte er das sinnlose Telefon ein, atmete durch und schlich vorsichtig und leise in das Gebäude.

Die feuchte Luft stand faul in dem kleinen Raum. Von draußen fiel noch Licht durch die kleinen, vergitterten Fens - teröffnungen. Er lauschte. Außer dem gelegentlichen Aufklatschen eines Wassertropfens war nichts zu hören. Schritt für Schritt tastete er sich vor. Wo immer die Tür in den Bunker sein mochte, hier war sie nicht. Er ging weiter in den nächsten Bereich, immer absichernd, dass er nicht von irgendwem hinter einer Ecke angesprungen werden konnte. Zu blöd, dass er es mit einem Polizisten zu tun hatte, der genau dieselbe Ausbildung durchlaufen hatte wie er, der dieselben Tricks kannte.

Der aber dann auch dieselben Fehler machen würde.

Schwarz wusste genau: Winter würde hier nicht weggehen, bis seine Suche Erfolg gehabt hatte. Und wenn nicht Sandra mit ihm unterwegs wäre, dann hätte Schwarz hier einfach friedlich auf ihn gewartet. Bis die Suche erfolgreich war und er von alleine herauskam.

Der dritte Raum genauso leer wie die beiden vorigen. Die Belgier schienen alles mitgenommen zu haben, was sie hier in diesem »Magasin« aufbewahrt hatten. Pfützen aus Kondenswasser standen auf dem Boden. Schwarz sah die nassen Fußspuren, die sich weiterzogen und schließlich hinter einer großen Metalltür verschwanden, die dort an der Wand war. Ein riesiges Drehrad war in der Mitte, genauso, wie er es kannte von Bunkertüren, die immer sorgfältig verschlossen werden mussten. Vorsichtig drehte er an dem Rad. Das Schloss war geknackt, für einen Polizisten stellte so etwas kein Hindernis dar, so etwas lernte man.

Mit einem hässlichen Quietschen öffnete sich die schwere Stahltür. Schade, wenn es einen Überraschungseffekt gegeben hatte, dann war er jetzt verschenkt. Aber vielleicht konnte man dann die Suche auch verkürzen.

»Winter, hier ist Schwarz. Kommen Sie her, wir haben neue Erkenntnisse!« Man musste ja nicht gleich mit der Tür ins Haus fallen, vielleicht war ein Konflikt ja noch zu verhindern.

Stille, keine Antwort. Schwarz sah in die Öffnung. Er blickte auf eine Wand, die im Ernstfall Luftdruck abgehalten hätte. Vorsichtig lugte er um die Ecke. Im ganzen Bunker brannte das Licht, heller Lampenschein aus einer Unzahl von Neonröhren. Er stand in einem großen Raum aus weißgestrichenem Beton, gewaltige, meterdicke Unterzüge stützen die Decke ab, nach links wurde sie niedriger. Die Luft roch faul und hatte den Geschmack nach unterirdischen Welten, die noch nie das Tageslicht gesehen hatten, kühl, feucht. Schwarz hätte überall eine Höhle gerochen, er war in zu vielen gewesen, um nicht sofort dieses einzigartige Aroma der Unterwelt zu erkennen.

Er betrachtete nachdenklich die Neonröhren. Hatten die Nazis so etwas schon gehabt oder waren das Installationen der Belgier? Knarpsen hatte ja gesagt, dass die Räume bereits vor Jahren ausgeräumt worden waren. Wenn Winter tatsächlich annehmen würde, hier eine Lastwagenladung Kunst zu finden, dann war er ziemlich naiv, das wurde Schwarz jetzt klar. Sie waren nicht die ersten Menschen, die seit den Kriegstagen diesen Bunker betraten, und wenn hier irgendetwas gelagert gewesen wäre, dann hätte man es schon längst entdeckt.

Vorsichtig ging er vorwärts, einen Fuß vor den anderen setzend. Er sah hinter eine Tür, folgte einem Gang, an dessen Ende einige Treppenstufen in den nächsten großen Raum führten. Immer noch kein Zeichen von Sandra und Winter. Waren sie vielleicht schon wieder weg?

Immer noch die Pistole im Anschlag ging er weiter, als er auf einmal durch die nächste offenstehende Luftschutztür Geräusche und Stimmen hörte. Sie klangen entspannt, fast im Plauderton. Schwarz beruhigte sich etwas und sah in den nächsten Raum.

»Sie müssen hier doch irgendwo sein«, sagte Winter, der gerade die Wände abklopfte. »In den Akten steht, dass Dürr die Bilder hier im Bunker versteckt hat. Und hier müssen sie auch immer noch sein.«

»Mensch, Daniel, wir sind jetzt dreimal die Räume abgegangen, hier ist nichts, das siehst du doch selbst«, sagte Sandra. Sie lehnte an einer Art Leiter aus in den Beton eingelassenen Drahtbügeln, die in einen Schacht nach oben verschwanden, »Ich muss mich jetzt mal auf der Dienststelle melden, ich bin schon viel zu lange überfällig.« Sie sah auf ihr Handy. »Natürlich habe ich hier in der Hütte kein Netz.«

Schwarz zog sich zurück. Offensichtlich war die Situation entspannt, und Sandra war nicht in direkter Gefahr. Wenn Schwarz sich jetzt bemerkbar machen würde, könnte Winter misstrauisch werden und sich fragen, warum er überhaupt ein gesteigertes Interesse am Verbleib der Bilder hatte und nicht weiter seine Mörder suchte. Er beschloss, wenn Sandra jetzt eh dabei war, den Bunker zu verlassen, lieber draußen zu warten, als hier eine Auseinandersetzung zu provozieren. Dort würde er die beiden dann harmlos begrüßen und Winter festsetzen; dieser Plan klang doch so, als gäbe es die Möglichkeit, dass niemand dabei zu Schaden kam. Er versuchte, sich vorsichtig zum Ausgang zu schleichen.

»Nein, du bleibst jetzt hier!« hörte er Winter sagen, »wir haben jetzt hier die Chance, die Bilder zu finden, das ist einmalig, weißt du, was das Zeug wert ist?«

»Na und? Was interessiert mich der Wert? Wir sind doch hier nicht auf der Schatzinsel! Ich gehe jetzt mal telefonieren. Du kannst ja gern weitersuchen, hier ist eh nichts!«

»Sandra, bleib hier!«

»Lass mich los!«

Schwarz erstarrte. Er hörte schnelle Schritte, Rufe, Kampfgeräusche, heftiges Keuchen. Dann war Stille. Auf Zehenspitzen schob Schwarz sich Zentimeter für Zentimeter wieder Richtung Luftschutztür, um zu sehen, was passiert war. Jetzt hörte er wieder Geräusche, metallisches Klirren. Vorsichtig, seine Waffe im Anschlag, blickte er um die Ecke.

Winter schleppte die bewusstlose Sandra zu der Drahtleiter und befestigte ihre linke Hand mit einer Handschelle an einer Stufe. Dann bückte er sich zu ihr hinunter. Schwarz beschloss, jetzt zu handeln, solange Winter noch unsicher war, wie es für ihn weitergehen konnte. Wenn er sah, dass er keinen Ausweg mehr hatte, musste er doch einfach aufgeben.

Schwarz trat durch die Tür und zielte mit der Waffe auf ihn.

»Winter, Hände hoch! Geh da weg! Rüber an die andere Wand!«

Winter erhob sich langsam über Sandra, die immer noch keine Lebenszeichen zeigte und richtete eine Pistole auf sie, die er ihr wohl gerade aus dem Halfter genommen hatte. Schnell entsicherte er sie und lud durch.

»Vergiss es, Schwarz. Ich bin nicht seit Tagen unterwegs,

um mich jetzt von einem kleinen Eifelbullen stoppen zu lassen. Seit Jahren, seit ich in diesem Verein nach gestohlener Kunst fahnde, warte ich darauf, dass ich einmal auf den ganz großen Deal stoße, doch es war nie eine Spur zu finden. Und jetzt habe ich nicht die geringste Lust, mir von dir in die Suppe spucken zu lassen. Lass deine Waffe fallen, sonst ist die Kleine hier tot. Und ich habe nach allem, was in den letzten Tagen passiert ist, keine Skrupel, noch mehr Leute zu töten, das solltest du wissen.«

Schwarz hörte hinter sich in der Ferne leichte Geräusche. Er hoffte, dass dies die Verstärkung war, und dass sie möglichst leise sein würden. Im Sprechen hob er seine Stimme, um sie zu warnen, damit sie wussten, was sie hier erwartete.

»Winter«, schrie er fast, während er seine Waffe auf den Boden legte und sie mit einem sanften Schubs außer Reichweite von Winter brachte, »es hat doch keinen Sinn, Sandra als Geisel zu nehmen und mit der Waffe zu bedrohen! Wir wissen inzwischen, dass du das Haus von Althoffs angezündet hast. Der Berg ist abgeriegelt, du kommst hier nicht raus! Es wimmelt überall von Polizisten!« Hoffentlich hatte er recht, und es wimmelte wirklich. Hinter sich hörte er nichts mehr.

»Komm hierher, Schwarz!«, sagte Winter und winkte ihn mit der Waffe zu sich, »komm her.«

Langsam ging Schwarz mit erhobenen Händen zu Sandra und kniete sich neben sie. Mit einem schnellen Griff fühlte er den Puls, sanft klopfte das Blut an seine Fingerspitzen. Er fragte: »Hast du Heckmann umgebracht?«

Winter ging einen Schritt zurück, um sich nicht von Schwarz überraschen zu lassen. Er fühlte sich sicher, das merkte man seiner Körpersprache an. Auf die Idee, dass die wimmelnden Polizisten auch den Eingang in den Bunker finden würden, schien er gar nicht zu kommen. »Heckmann! Heckmann, der Idiot, hat mich in die Eifel geführt. Er wusste ja nicht, dass ich schon seit Monaten sein Telefon abhörte und alles, was er tat, verfolgte. Heckmann würde mir den großen Coup verschaffen, das war mir klar. Er hatte die Verbindungen, die ich nicht hatte, den Namen. Zu ihm kamen die Leute und baten um seine Hilfe, wenn sie etwas suchten oder auf eine Spur stießen. Und ich wusste, ich muss nur an ihm dranbleiben, dann werde ich früher oder später den großen Wurf landen.« Seine Stimme wurde zu einem heiseren Flüstern. »Mensch, Schwarz, zwanzig Millionen! Mindestens! Mit der Geschichte sind die Bilder mindestens das Doppelte wert, die Leute reißen sie mir aus der Hand! Du weißt ja nicht, wie diese Kunstsammler sind, die wollen keine schöne Kunst, die wollen am liebsten etwas, über das sie eine Geschichte erzählen können, am besten eine, in der viel Blut vorkommt!«

»Da hast du dann ja für gesorgt. Zwei Polizisten kämpfen um ihr Leben, Heckmann ist tot. Wo sind eigentlich Althoffs?«

»Das mit der Explosion tut mir leid, aber ihr musstet ja unbedingt die Hausdurchsuchung machen. Eigentlich sollte das Haus Stunden vorher in Flammen aufgehen, aber irgendetwas an dem Zünder scheint nicht funktioniert zu haben.«

»Unsere Spezialisten sagen, er sei stümperhaft gebaut gewesen.«

Winter lachte. »Ich bin ja auch kein Profikiller. Das sollte alles nicht so sein! Ich bin bei Althoffs rein, und da ist Heckmann gleich auf mich los! Die Sache ist mir einfach aus dem Ruder gelaufen, ich wollte das alles nicht, das musst du mir glauben! Es war ein Unfall!«

»Mensch, erzähl mir doch nichts! Unfall ist, wenn ich mir den Fuß umknicke, aber doch nicht, wenn ich einen erschlage! Du bist dort rein und hast wahrscheinlich nicht lange gefackelt.«

»Ich wusste, wenn ihr jetzt auch noch dazwischenfunkt, dann komme ich an nichts mehr ran. Althoffs hatten Heckmann erzählt, dass sie Dokumente gefunden hatten und sie jetzt Hilfe bräuchten, um die Bilder zu finden und an den Mann zu bringen. Und an diese Dokumente wollte ich ran! Nicht mehr! Und Althoffs ist auch nichts passiert, die sind gesund und warten, dass ich gleich wiederkomme und sie befreie.«

Schwarz schüttelte den Kopf. »Da wird nichts draus. Es ist zu Ende. Gib auf!«

Winter wedelte mit der Pistole. »Nimm deine Handschelle und schließe dich dort neben Sandra an. Ich hoffe, ich habe ihr nichts getan, sie ist ein liebes Mädchen. Ein bisschen langsam, aber eine gute Polizistin.«

Vorsichtig versuchte Schwarz, die Handschelle so anzuschließen, dass das Schloss nicht einschnappte, doch Winter passte auf. Mit einem schnellen Schritt sprang er vorwärts und ließ sie einrasten. Schwarz sah seine Gelegenheit gekommen, mit einem schnellen Griff umklammerte er Winters Beine und riss sie nach oben. Der großgewachsene Mann kam ins Straucheln, fiel. Im selben Augenblick hörte Schwarz den Ruf »Zugriff!« und das ohrenbetäubende Krachen von Schüssen, das in den leeren Bunkerräumen noch tausendfach verstärkt war. Er rollte sich ein und hielt sich in dem infernalischen Lärm die Hände auf die Ohren, drückte sich an den Stahl, der seinen Arm gefesselt hielt, doch das Schießen wollte nicht enden, immer weiter schossen sie, die Einschläge rissen Betonsplitter aus der Mauer, die mit ekliger Kraft auf seinen Körper prasselten, den er wie ein Schutzschild auf die wehrlose Sandra gerollt hatte.

Plötzlich war Stille. Schwarz sah sich um. Der Raum war leer, nur hinter dem Türrahmen lugten immer wieder vorsichtig Gesichter, jetzt rannten sie los, liefen zu ihm. Wo war Winter?

Er sah hoch in den Schacht, in den die Leiter führte, an die er gefesselt war. Ein alter Notausgang? Verdammt, das hatte er übersehen. Am oberen Ende erblickte er das Gesicht des BKA-Mannes, der von dort oben auf ihn heruntersah.

»Nein, bitte nicht!«, schrie er und hielt wieder den Arm vor seinen Kopf, als könnte er so die Kugeln abhalten, von denen er wusste, dass sie ihn jetzt treffen würden. Starr und mit zusammengebissenen Zähnen krampfte er sich in dem Regen von ungezielten Schüssen zusammen, die Winter durch den Schacht nach unten jagte, bis er in der ausgestreckten Hand den brutalen Schlag spürte, der jähe Schmerz, der wie eine brennende Fackel durch seinen Körper fuhr, ihn aufbäumen ließ wie ein tobendes Pferd, und er schrie, biss die Zähne zusammen, doch er hatte Angst, warum hörte das nicht auf, das musste doch jetzt aufhören, aufhören, bitte aufhören!

Kapitel 15

Er schrie immer noch, als Katzenmacher ihn längst im Arm hielt und ihn schüttelte.

»Es ist vorbei, Stefan, es ist vorbei!«

Wie ein Kind klammerte Schwarz sich an den Kollegen, bitterlich weinend. Die ganze Verzweiflung und Anspannung löste sich in einem Sturzbach von Tränen, von dem Schwarz selbst nicht wusste, woher er kam. Er merkte, wie er beiseite geschoben wurde, damit man Sandra untersuchen konnte, wie man die Fessel von seinem Handgelenk löste, doch er konnte nicht anders als immer nur hilflos zu weinen, während das Blut warm an seinem Arm heruntertropfte.

Nur langsam beruhigte er sich. Mehrere Kollegen kletterten die Leiter hoch und folgten Winter. Katzenmacher kniete immer noch bei ihnen. Er drückte Schwarz ungeschickt den Arm ab und brüllte nach einem Arzt.

Inzwischen kam auch Sandra wieder zur Besinnung. »Was ist los? Was ist passiert?«, sagte sie und hielt sich den Kopf, »aua, mein Schädel, was ist denn hier los?«

»Winter ist abgehauen und hat hier vorher ein Schützenfest veranstaltet«, erklärte ihr Katzenmacher. »Verdammt, holt endlich jemand einen Arzt?«, brüllte er wieder.

Sandra rieb sich den Kopf und sah Schwarz an. »Wo kommst du denn her? Du blutest ja!«

Schwarz schluckte. Er konnte noch nicht sprechen. Alles in ihm war wie abgestorben, die Zunge trocken und lappig in einem Mund voll Watte. Oh, er hätte so gern erzählt! Was hätte er nicht alles berichten können! Es war so schön, von Katzenmacher im Arm gehalten zu werden, einmal nicht stark sein zu müssen. Jetzt war es passiert, nach all den Jahren Polizeidienst, zum ersten Mal verletzt im Einsatz, und endlich konnte er sich einmal gehen lassen. War es nicht erst gestern gewesen, dass er einem jungen Mann, kaum einmal volljährig, dem ein jäher Luftdruckanstieg zielgenau eine Glasscherbe in den Leib gerammt hatte, die Hand gehalten und »Nun, nun«, gesagt hatte? Sein linker Arm fühlte sich an, als würde eine Reihe Dampfhämmer ihn von oben bis unten bearbeiten und dann wieder zurück. Doch jetzt konnte er nicht einmal mehr weinen.

»Du, ich muss mich mal selbst drum kümmern«, sagte Katzenmacher und richtete Sandra auf, »kannst du hier bitte den Finger draufdrücken? Ganz fest!« Er zeigte Sandra, wo sie an Schwarz' Arm die Blutzufuhr abklemmen sollte, und rannte heraus.

»Wie kommst du denn hierher? Ich weiß nicht mehr so ganz, was hier los war«, sagte sie zu ihm.

»Du warst hier mit Winter«, krächzte Schwarz mühsam, »ihr habt Bilder gesucht.«

»Ja, aber dann wird's dunkel.«

»Du wolltest zurück, und er wollte dich nicht weglassen. Dann gab es einen Kampf, und du hast einen über den Schädel bekommen.«

»Keine Ahnung, weiß ich nicht mehr. Was wolltest du denn überhaupt hier?«

»Winter hat Heckmann getötet und wahrscheinlich auch die Althoffs. Vielleicht auch Perschke, keine Ahnung. Sagte er irgendwas, wo er wohnt? Er muss doch ein Hotelzimmer haben oder so etwas!«

»Er sagte, dass er sich ein kleines Ferienhaus mitten im Wald gemietet hätte. Aber bei wem und wo das liegen soll, das sagte er nicht.« Sie griff sich an den Kopf. »Du, Stefan, mir wird ganz komisch. Kannst du mal bitte hier selbst draufdrücken?« Sie stand auf, torkelte ein paar Schritte beiseite und brach in der Ecke zusammen. Mühsam rief Schwarz um Hilfe, doch es dauerte ein paar Minuten, bis Katzenmacher mit ein paar Kollegen wieder hereinkam.

»Ach du Scheiße, was ist denn mit ihr?«

»Ich nehme an, sie hat mit demselben Gerät eins über den Schädel gekriegt, das Heckmann getötet hat. Vielleicht ein Bleirohr, Totschläger oder so etwas.«

»Na«, grinste Katzenmacher, »so ein Eifeler Schädel, der ist natürlich etwas dicker, der kann schon was ab!«

»Mach keine Witze, vielleicht hat sie einen Schädelbruch oder so etwas!«

»Hilfe ist unterwegs, die müssen gleich da sein, das Krankenhaus ist ja nicht weit!«

»Wo ist Winter?«

»Der hat sich oben eine Enduro von einem Besucher geklaut und ist abgehauen. Die sind jetzt mit vier Streifenwagen hinter ihm her, aber fang mal ein Motorrad!«

* * *

Als Schwarz aus der Betäubung erwachte, lag er allein in einem Krankenzimmer. Man hatte ihm irgendein sinnloses Hemd übergestreift und in ein Bett geschickt. Aus seinem rechten Arm liefen Schläuche und Kabel in ein kleines Kästchen, das eintönig vor sich hinpiepsend die noch nicht erloschene Vitalität des Oberkommissars Stefan Schwarz verkündete. Sein linker Arm war gefühllos. Man hatte ihn in einen fröhlichen, grünen Gips gewickelt, als könne das die rote Flüssigkeit vergessen lassen, die noch vor Stunden daraus tropfte, als hätte man eine Wasserader angestochen. Er spürte keine Schmerzen, doch irgendwie war er der Meinung, er müsste welche haben. Irgendein Teufelszeug war bestimmt in dem Tropf, der gerade in seine Armbeuge hineingeschleust wurde.

Draußen war es dunkel. Er hatte keine Idee, wie spät es sein konnte. Man hatte sich nicht entscheiden können, ob Sandras oder sein Transport dringender war, bis Schwarz sich einfach auf den Beifahrersitz gesetzt hatte. Die Einwände des Fahrers, das ginge aber nicht, erstickte er mit einem kleinen behördlichen Vortrag und der polizeilichen Anweisung, die Schnauze zu halten und Gas zu geben, was der Fahrer schließlich auch tat, wahrscheinlich weniger aus Angst vor Schwarz, sondern vor Sorge, dieser halsstarrige Kerl würde nie aufhören, in sein Führerhaus zu bluten. Der Notarzt nickte auch sein Okay und so fuhren sie, vorsichtig, ganz vorsichtig, mit der immer noch bewusstlosen Sandra und ihm ins Schleidener Krankenhaus.

Hier hatte man ihn kurzerhand geröntgt und festgestellt, dass die Kugel seinen Unterarm kurz hinter dem Handgelenk getroffen und dabei den Knochen gebrochen hatte. Und ehe Schwarz noch lange überlegen konnte, ob er dies jetzt alles so wollte, hatte man ihn schon schlafen gelegt und in den OP geschoben.

Mühsam richtete er sich jetzt auf und suchte nach einer Klingel. Schon wenige Sekunden später kam eine junge Ärztin im langen, weißen Kittel in den Raum, hinter sich Katzenmacher und Kommissar Rausch.

»Und ich sage Ihnen, der Patient braucht jetzt Ruhe!«

»Schwachsinn«, sagte Katzenmacher und rief, »Stefan, wie geht's?«

»Erst untersuche ich den Herrn Schwarz, und dann sage ich Ihnen, wie es ihm geht!«

»Wir brauchen die Aussage des Kollegen dringend, er ist

im Augenblick der Einzige, der Bescheid weiß«, rief Rausch, »ich muss darauf bestehen, dass wir mit ihm reden können.«

»Mir geht's gut«, rief Schwarz, »also, ich glaube es zumindest!«

»Das entscheide ich«, sagte die Ärztin und schob die widerstrebenden Polizisten kurzerhand zur Tür hinaus. Dann ging sie zu Schwarz und fühlte seinen Puls, »na, das sieht doch schon ganz ordentlich aus. Haben Sie Schmerzen?«

»Nein, ich weiß nicht, was da oben in dem Fläschchen ist, aber es scheint gut zu wirken!«

»Oh ja, lecker Kochsalzlösung. Die Schmerzmittel haben wir bei der OP gegeben. Wir mussten ihren Knochen wieder zusammenflicken, die Kugel hatte ihn ziemlich zertrümmert.«

»Wird er denn wieder?«

»Sind Sie Linkshänder?«

»Nein.«

»Pianist?«

»Nein.«

»Dann gibt es wohl keine Probleme. Wir werden sehen, wie gut das alles heilt, aber normalerweise sollte es keine Probleme geben. Aber – es braucht seine Zeit!«

»Frau Doktor, ich muss aber jetzt mit meinen Kollegen reden.«

»Na gut, von mir aus.«

»Und dann würde ich gerne nach Hause gehen. Schließlich habe ich keinen Schlag auf den Schädel bekommen. Ach übrigens, wie geht es meiner Kollegin?«

»Der Frau Melches? Nicht so gut. Wir haben sie in ein künstliches Koma gelegt. Verdacht auf Schädelbasisbruch. Wir müssen ein CT machen und das Ergebnis abwarten.«

»Scheiße. Könnten Sie jetzt hier die Strippen ziehen?« Er hob seinen verkabelten Arm in die Höhe.

Sie nickte. »Ich würde Sie zwar noch gerne hierbehalten, aber wenn Sie sich dementsprechend fühlen, können Sie natürlich gehen. Aber Sie versprechen mir, sich die nächsten zwei Tage zu schonen!« Mit geübtem Griff zog sie die Braunüle aus seinem Arm und stellte den Überwachungsapparat ab. Dann sah sie ihn grinsend an. »Wollen Sie Ihre Kollegen so empfangen oder soll ich Ihnen eine Schwester schicken, die Ihnen beim Anziehen hilft?«

Er sah an sich hinunter auf seine nackten Beine und nickte. »Das wäre nett! Aber bitte sagen Sie den beiden, ich komme sofort!«

Wenige Minuten später ging er, noch etwas torkelig und von der Schwester gestützt, zu seinen Kollegen. Katzenmacher fing ihn auf und setzte ihn auf einen der Stühle, die dort auf dem Flur standen.

»Die haben mir einfach eine Vollnarkose verpasst«, beschwerte sich Schwarz, »ich bin noch völlig lelli!«

»Ja, mach langsam, ich fahr dich gleich nach Hause, aber jetzt erzähl mal!«

»Stefan«, sagte Rausch, »das war alles ziemlich knapp, und wir können froh sein, dass nichts Schlimmeres passiert ist als das.«

»Habt ihr Winter?«

Die beiden sahen sich an. Rausch schüttelte den Kopf. »Er ist auf der Wallenthaler Höhe frontal mit einem LKW zusammengestoßen. Er muss ungefähr hundertfünfzig Sachen draufgehabt haben, hat versucht, einen PKW zu überholen und dann wohl die Kontrolle über die Maschine verloren. Es war wie ein Schlachtfeld. Die Maschine hatte sich bald zwei Meter in den Lastwagen gebohrt. Von Winter haben wir nicht mehr viel gefunden.«

»Ihr seid aber sicher, dass er es war?«

Er nickte. »Soweit wir das beurteilen können, ja. Allerdings hat keiner von uns ihn richtig gesehen, bevor er die Flucht ergriffen hat. Das heißt, wir brauchen von dir eine Liste der Kleidungsstücke, die er bei dem Vorfall im Bunker anhatte.«

Schwarz verzog schmerzhaft das Gesicht. »Ehrlich? Noch heute?«

»Es tut mir leid, ja. Sonst wissen wir nicht, ob wir die Fahndung abblasen können.«

»Können wir es nicht andersrum machen? Du sagst mir, wie der Motorradfahrer gekleidet war und ich sage dir, ob das Winter war.«

»Oder so«, er zog einen Zettel aus der Anzugtasche, »lass sehen: rotkariertes Hemd, beigefarbene Cordjacke und -hose ...«

»Genau, und dazu braune lederne Halbschuhe, das ist Winter.«

»Na fein, dann wäre dies Problem ja geklärt. Ansonsten haben wir nur die letzten Sätze mitbekommen und keine Ahnung, was er dir erzählt hat. Und Sandra kann auch nichts sagen.«

»Sandra war sowieso bewusstlos. Winter hat mir erzählt, dass er Heckmann gefolgt sei, und nachdem ich ihn dort gesehen habe, in das Haus eingedrungen ist. Dabei habe er Heckmann unglücklich erschlagen, er bezeichnete es als Unfall.«

»Und das Ehepaar Althoff?«

»Ja, da hatte ich den Eindruck, dass er es entführt hat und irgendwo gefangen hält.«

»Oh Mist, und wir wissen jetzt nicht, wo! Gibt es irgendwelche Hinweise auf ein Versteck?«

»Sandra meinte, er habe ein Haus gemietet. Aber wo das steht, tut mir leid, da muss ich passen.«

»So ein Dreck!«

»Und jetzt?«, fragte Katzenmacher.

Rausch dachte kurz nach. »Jetzt fährst du unseren lädierten Helden nach Hause, damit er sich ausschlafen kann. Was sagt der Arzt?«

Schwarz zuckte mit den Schultern. »Schonen. Kein Tennis, kein Golf, kein Fallschirmspringen. Aber sonst bin ich wie neu.«

* * *

Schwarz ging recht zufrieden und erholt die Treppe hinunter. Bettina Sieger war schon an der Arbeit und föhnte an einem großen Aquarell frische Farbe trocken. Als sie die Schritte hörte, sah sie sich um.

»Na, dass du heute noch einmal wach wirst! Geht es besser?«

Er nickte. »Ja, ich habe herrlich geschlafen. Wahrscheinlich hatte ich noch die Reste von der Narkose in den Knochen.«

»Und das da?« Sie zeigte auf seinen Gipsarm. »Tut es weh?«

»Eigentlich nicht«, sagte er und wackelte vorsichtig mit den Fingern, »es piekt und zieht natürlich, aber verglichen mit dem, was ich hinter mir habe, ist das nicht der Rede wert.«

»Na prima. Frühstückst du? Kaffee ist noch da.« Sie zeigte mit dem Pinsel nach hinten über die Schulter.

»Ich glaube, das reicht mir erst einmal.« Er ging in die Küche und holte sich eine Tasse. Vorsichtig setzte er sich neben die Malerin.

»Und dein Fall ist jetzt gelöst?«

»Zum Teil ja. Wir suchen aber immer noch das Ehepaar Althoff. Es kann sein, dass Winter sie in seiner Gewalt hatte, leider aber wissen wir nicht, wo. Ich habe schon auf dem Revier angerufen, da gibt es noch nichts Neues. Sie haben die

Hotels und die Vermieter von Ferienhäusern schon abgeklappert, aber niemand weiß etwas.« Ihm kam eine Idee. »Sag mal, kannst du vielleicht mal nachhören, du kennst doch so viele Leute, vielleicht hat einer etwas gehört?«

Sie lachte. »Das sind dieselben Leute, die ihr auch anruft.«

»Ich glaube, bei dir geht es schneller.«

Sie drehte ihren Kopf und grinste ihn breit an. »Da kannst du recht haben. Gibt es eigentlich etwas Neues bei der Fabrikbesetzung?«

»Ja, es wird jetzt verhandelt über Sozialpläne. Man hat inzwischen die Geiseln gehen lassen und hält nur noch die Gebäude besetzt. Das Ganze scheint jetzt friedlich zu enden.«

»Gott sei Dank. Die armen Leute. Ich finde das ja toll, dass die sich wehren und sich nicht einfach rauswerfen lassen. Es war schon lange fällig, dass die Arbeiter sich wehren.« Sie stand auf. »Na, dann will ich mal sehen, was ich herausfinde, ich muss nur grad die Pinsel waschen.«

»Ich setze mich raus und trinke dort meinen Kaffee.«

»Prima!«

Es war ungefähr eine halbe Stunde später, als sie mit einem Zettel in der Hand herauskam. »Es hat etwas gedauert, aber ich glaube, das ist es. Ich habe die ganzen professionellen Vermieter weggelassen, die habt ihr bestimmt schon gefragt, und mich unter meinen Freunden umgehört.«

Er nahm den Zettel und sah darauf. »Wer ist das?«

»Die Forstverwaltung in Schleiden. Eigentlich vermieten die gar nicht kurzfristig. Doch über Untermiete oder so etwas ist das zustande gekommen, das wird der Chef dir gleich selbst erklären, er kommt in zehn Minuten und holt dich ab.«

Schwarz hob die Hand. »Eigentlich bin ich ja nicht wirklich einsatzfähig.«

Sie riss erschreckt die Augenbrauen in die Höhe. »Rechnest du mit Problemen?«

»Das weiß man nie. Ich werde versuchen, noch Verstärkung zu bekommen.«

* * *

Pankowski und Katzenmacher hatten Reimann schon eingeholt, als sie durch Oberhausen fuhren. Im Schlepptau hatten sie noch einen Streifenwagen und fuhren artig hinter dem Auto des Forstdirektors her.

»Das finden Sie eh nicht«, hatte er gesagt, »und außerdem muss ich wissen, was mit unseren Häusern passiert.«

»Wieso ist das Haus denn auf einmal vermietet worden?«

»Es ist ein ehemaliges Forsthaus, mitten im Wald in der Nähe von Hellenthal. Früher hat einer unserer Förster drin gewohnt. Normalerweise sind alle unsere Objekte langfristig vermietet. Aber dieses steht gerade leer. Und als dann am Montag der Herr Winter zu uns kam, der fragte, ob wir für einen Monat ein Haus vermieten würden, da haben wir das schon gemacht. Der Mann hat sofort bar bezahlt, wir hatten keinen Grund, an ihm zu zweifeln.«

Reimann war ein etwas korpulenter Mann, hinter dessen freundlicher Fassade sichtlich ein Temperament auf Aktivierung wartete. Er sah nicht so aus, als sei er in dem, was er tat, sehr kompromissbereit, aber wenn er über seinen Wald redete, dann schlich sich ein zärtlicher Unterton in seine Stimme. Auch wenn er sprachlich hörbar nicht aus der Eifel kam, erschien es Schwarz, als sei diese eigenwillige Person wie gemacht für diese Gegend. Und tatsächlich, wenn Reimann über die Eifeler sprach, ihre liebevolle Sturheit und ihre Weigerung, sich willig einem oberflächlichen Zeitgeist anzuschließen, klang es, als würde er eher über sich sprechen. Er schimpfte ebenso beredt wie detailreich über das schlechte Benehmen von Geocachern und Mountainbikern in seinen Wäldern, und Schwarz beschloss, auch wenn das für ihn keinen übermäßigen Verzicht bedeutete, nach Möglichkeit solch postmodernen Hobbys irgendwo anders nachzugehen, aber besser nicht Rüdiger Reimann in Kampfbereitschaft zu begegnen.

Im Augenblick allerdings war der sehr ausgeglichen. Er erzählte über die Wälder, über die Jagd, die er so liebte, und was ihm in dieser Gegend für Tiere begegneten: Luchse, Wildkatzen, ein halber Zoo wurde da vor Schwarz ausgebreitet, ehe Reimann ein ganzes Stück hinter Hellenthal plötzlich in einen Weg einbog. Das schmale Asphaltband führte immer weiter in den Wald und schien gar kein Ende zu nehmen.

»Das hätten wir in der Tat nicht gefunden«, gab Schwarz zu, »wenn Sie mich fragten, ich würde schwören, dass hier kein Haus mehr steht.«

Reimann lachte. »Sehen Sie, fast wie bei Bettina Sieger, nicht?«

»Fast, dort wohne ich auf dem Berg und hier ist ein tiefes Tal, aber sonst … Wenn man hier nicht gefunden werden will, dann wird man auch nicht gefunden.«

Er sah die Hänge hoch, die an seiner Seite des Weges steil aufragten. Die Bäume wuchsen in abenteuerlichen Winkeln aus dem steinigen Hang und bildeten einen immer noch erst dürr belaubten Bewuchs.

Plötzlich riss Reimann ihn aus seinen Gedanken. »Hier ist es!«, sagte er und hielt vor einem modernen Haus, das mit Schrägdach und Bruchsteinmauern in einer Architektur errichtet worden war, die man eher am holländischen Strand als mitten in einem Eifelwald erwartet hätte. Der erste Stock sah nach hinten raus, was aber wohl bei dieser Lage egal war, denn in jeder Richtung erstreckte sich kilometerweit Wald, jedenfalls, wenn man von dem idyllisch plätschernden Bach absah, der hinter dem Haus floss.

Schwarz sah in die Luft. Hoch über ihm, zwischen den bewaldeten Wipfeln der Hügel, konnte er ein Stück blauen Himmels sehen. Katzenmacher und Pankowski kamen zu ihm.

»Mensch, das ist ja wohl der Hammer! Wie hast du das denn gefunden?«

Schwarz lachte. »Ich kenn da jemand, die kennt da jemand, so geht das doch hier bei euch in der Eifel.«

Pankowski klopfte ihm auf die Schulter. »Du wirst noch einer von uns, pass mal auf!«

»Oh Gott, bloß nicht!«

»Zu spät, du bist schon auf dem besten Weg!« Pankowski ging zur Tür und drückte auf die Klingel.

»Mensch, Horst, wenn man die hier gefangen hält, dann werden die dir wohl kaum die Tür aufmachen!«, frotzelte Katzenmacher.

»Ich bin eben höflich!«, sagte Pankowski und versuchte, durch die Gardinen etwas zu erkennen. »Herr Reimann, Sie kennen doch das Haus, wie kommen wir denn da rein?«

»Am besten versuchen wir es mal mit dem Schlüssel, was meinen Sie?« Reimann präsentierte das kleine Stückchen Metall wie einen Tambourstock und kam dann, um die Tür aufzuschließen. Sie sahen in den Innenraum.

»Hallo?«, rief Katzenmacher.

Ein unterdrücktes Brummen antwortete ihm.

»Da hinten!« Sie liefen durch den Flur in das Wohnzimmer, dessen Fenster nach hinten hinausgingen. Hier saßen auf zwei Küchenstühlen Frau und Herr Althoff, gefesselt und geknebelt. Sofort machten sich die Polizisten daran, die beiden loszubinden. Die Gefangenen saßen in ihren Stühlen inmitten einer riesigen Urinpfütze.

»Ich mache mal ein Fenster auf, hier stinkt es ja wie in der Güllegrube!«, sagte Reimann und ließ frische Luft herein.

»Dem Himmel sei Dank«, sagte Althoff, nachdem man ihm den Knebel aus dem Mund genommen hatte, »ich dachte schon, wir verrecken in diesem Loch! Seit gestern Morgen warten wir darauf, dass dieser Spinner wiederkommt! Bitte Wasser, bitte!« Ein uniformierter Beamter ging in die Küche, um etwas zu trinken zu holen.

Pankowski löste vorsichtig, um nicht mehr als nötig in das Urin zu greifen, die Fesseln der Frau, die völlig entkräftet kaum sprechen konnte. Dankbar griff sie nach dem Becher Wasser, den man ihr hinhielt.

»Ich muss vor allem aufs Klo, ich kann nicht mehr«, sagte der Mann.

»Nein, erst ich!«, rief die Frau

»Dann gehe ich in den Garten!« Taumelnd stand er auf, ging an die Luft, stolperte in eine Ecke und begann, auf einen großen Rosenbusch zu pinkeln.

Die Polizisten standen etwas ratlos umher, bemüht, soweit es ging, die beiden nicht aus dem Auge zu lassen. Schwarz sah sich um: Auf einem Campingtisch lag ein Laptop, und auf dem Boden stand eine große Kiste mit Dokumenten. Er ging zu ihr und sah hinein.

»Brauchen Sie mich noch?«, fragte Reimann, »ich muss wieder an die Arbeit. Und organisieren, dass hier saubergemacht wird.«

»Nein, Sie können gehen. Vielen Dank für Ihre Hilfe«, antwortete Pankowski, »aber lassen Sie sich Zeit mit der Reinigung, hier muss erst einmal die Spurensicherung rein.«

Althoff kam an die Verandatür und lehnte sich an den Rahmen. Er seufzte erleichtert. »Sie glauben gar nicht, auf welch einfache Wünsche man manchmal zurückgeworfen wird. Einfach nur mal pissen, wie schön kann das sein.«

»Herr Althoff, wir wollen Ihr Vergnügen nicht stören, aber Sie müssen uns noch einige Fragen beantworten.«

Er nickte, nahm seine Hornbrille ab und begann sie mit einer Ecke seines Hemdes zu putzen. »Haben Sie diesen Wahnsinnigen? Er kam einfach in unser Haus, hat auf unseren Gast eingeschlagen und uns gefangen genommen. Ich habe nicht gewagt, mich zu wehren, ich hatte vor allem Angst um meine Frau. Wie geht es denn dem Herrn Heckmann?«

»Er ist tot«, sagte Katzenmacher und sah auf das Papier, das Schwarz aus der Kiste gefischt hatte. Es war die Empfangsquittung vom Archiv in Vogelsang. Katzenmacher nickte stumm.

»Rainer tot?«, sagte Frau Althoff. Sie schleppte sich mühsam in den Raum und wollte sich auf die alte Couch fallen lassen, doch Reimann schoss vorwärts: »Stop! Sie verhunzen mir ja die ganze Einrichtung! Setzen Sie sich von mir aus auf den Tisch!«

Ohne Widerspruch ließ sie sich auf der Steinfläche des Wohnzimmertischs nieder und schüttelte den Kopf. »Wie schrecklich! Er wollte uns bei einer privaten Angelegenheit helfen, und dann kam dieser …«

»Frau Althoff, das wissen wir alles. Wir wissen auch, warum Heckmann in Wahrheit bei Ihnen war.« Schwarz zeigte auf die Kiste mit Papieren und auf das Notebook. »Dies sind Papiere, die in der Nacht auf Samstag in Vogelsang gestohlen worden sind, und wenn mich nicht alles täuscht, dann ist dies das Notebook von Dominik Perschke. Frau Althoff, ich muss Sie darauf aufmerksam machen, dass wir Sie beide nicht als Zeugen vernehmen werden, sondern in Sachen Mord an Dominik Perschke als Beschuldigte. Sie können also die Aussage verweigern, Sie haben das Recht ...«

»Ach, lassen Sie uns doch in Ruhe«, sagte Althoff und setzte sich neben seine Frau. Vorsichtig nahm er sie in den Arm. »Wir haben die Hölle mitgemacht, ich möchte meinen Frieden haben. Wir sind am Freitag nach Vogelsang, um die Akten zu stehlen, die Dürr ins Archiv gegeben hat. Meine Frau hat ihn immer wieder gebeten, es nicht zu tun, aber Perschke hat den Alten so lange bequasselt, bis der es doch gemacht hat.«

»Was wollten Sie überhaupt damit?«

»Dürr war ein völlig unauffälliger, alter Mann. Bis Perschke mit ihm gesprochen hatte. Dann fiel Dürr auf einmal diese Geschichte von Kisten ein, die er damals auf Vogelsang verstecken sollte, und die dort heute noch sein mussten. Er selber hatte ja gar keine Ahnung, was da drin war, doch Perschke scheint irgendetwas herausbekommen zu haben. Ich habe neulich gehört, wie er auf dem Weg zum Auto selber zu sich gesprochen hat, von Entarteter Kunst und so. Wir kamen dann auf die Idee, uns einmal die alten Notizen von Dürr genauer anzusehen, doch Perschke war schneller. Worum es eigentlich geht, habe ich erst verstanden, als ich am Samstag auf Perschkes Laptop nachgesehen habe.Wir haben ja keine Ahnung, und deshalb haben wir auch Heckmann angerufen, damit uns einer mal sagen kann, was hier eigentlich Sache ist. Und dann kam Winter.«

»Aber das war ja später. Noch einmal zurück, Sie kamen nach Vogelsang. Und dann?«

»Plötzlich stand Perschke vor uns. Ich habe ihm mit der Brechstange eins übergezogen. Ich weiß auch nicht, ich wollte es wirklich nicht! Es tut mir so leid!«

»Und dann«, erzählte die Frau weiter, »haben wir uns gesagt, jetzt ist es auch egal, jetzt ziehen wir die Sache durch. Als dieser Mann plötzlich in unser Haus kam, waren wir gerade dabei, uns zu überlegen, ob wir in den Bunker einsteigen oder nicht. Heckmann sagte allerdings, wir sollten noch ein paar Tage warten, bis sich die Aufregung um den Leichenfund gelegt hätte. Dann wäre niemandem etwas geschehen!«

»Und wieso Dürr?«

»Was, wieso Dürr?! Damit haben wir nichts zu tun! Wir waren doch gar nicht da! Wir waren in Vogelsang! Ich habe Stunden gebraucht, um diesen fetten Perschke die Treppen hochzuziehen, damit man den nicht gleich findet. Und dann mussten wir noch sein Auto wegfahren, nach Eschweiler. Wissen Sie, wie lange man nachts nach Eschweiler unterwegs ist? Nein, nein, nein, das hängen Sie uns nicht an, damit haben wir nichts zu tun.«

»Und in der Wohnung von Perschke, Dienstagabend, das waren doch Sie!« Schwarz fragte nur noch aus Interesse, bei dem momentanen Stand zählte ein Einbruch nicht mehr viel. Allerdings interessierte es ihn doch, wer ihm da einen übergezogen hatte.

»Das war Heckmanns Idee. Er meinte, wir sollten alles, was auf die Geschichte von den Bildern hinweist, aus der Wohnung von Perschke entfernen. Leider waren wir zu spät. Wir haben nicht mit Ihnen gerechnet.«

Die Beamten sahen sich an, dann wandte Pankowski sich an die Streifenpolizisten. »Bringen Sie bitte das Ehepaar Althoff auf die Dienststelle. Am besten legen Sie im Auto etwas unter. Vielleicht können die dort auch duschen oder so etwas, damit man wieder atmen kann.«

Die Beamten nickten und führten die beiden ab.

Schwarz trat aus dem Haus, sah ihnen hinterher. Pankowski und Katzenmacher stellten sich neben ihn.

»Luft!«, sagte Katzenmacher.

»Das stimmt«, grinste Pankowski, »Champagnerluft!«

»Ja«, sagte Schwarz, »aber wer hat jetzt Dürr das Kissen auf das Gesicht gedrückt?«

Vogelsang, 1940

Die beiden Lastwagen, die den staubigen Weg hinter den Hundertschaftshäusern herunterrollten, hatten eine lange Reise hinter sich, das sah man ihnen an. Eigentlich waren sie schon gegen Mittag hier angekommen, doch die Befehle waren klar: strengste Geheimhaltung. Und so hatten die Männer mehrere Stunden in Gemünd zugebracht, hatten das eine und das andere Bier getrunken. Es schmeckte anders hier in der Eifel, das stellten die Soldaten schnell fest, aber nach der langen Reise und der Hitze aus den Motoren war es ihnen herzlich egal.

Fragen, was sie hier wollten, das tat keiner, und das war auch gut so. Natürlich, der eine oder der andere neugierige Blick, der kam. Doch in der Eifel waren in den letzten Jahren so viele verschiedene Soldaten mit wichtigen Aufträgen unterwegs, dass man davon ausging, dass es alles schon seine Richtigkeit haben würde. Der Führer war auch immer wieder hier; dass die Führungsriege der NSDAP sich hier die Klinke in die Hand gab, daran hatte man sich gewöhnt.

Allein der Bau von Vogelsang hatte so viele Menschen in die Gegend gebracht, wie hier vorher kaum lebten. Und so erklärte man den Auswärtigen, wie man hierher oder dorthin kam, doch Fragen, Fragen stellte keiner. Es wurde nicht mehr viel gefragt in diesen Zeiten, man wusste ja nie, was man für eine Antwort bekam.

Die Lastwagen hielten schaukelnd an. Wie ein dürrer Finger wies das Licht aus dem schmalen Spalt in den Scheinwerfern ins Leere über der Talsperre. Doch in der mondhellen Nacht brauchte man eigentlich auch kein besonderes Licht, der Erdentrabant strahlte hell genug.

Aus dem Führerhaus sprang der Adjutant des Burgintendanten. Er hatte ihnen den Weg gezeigt, sie über die verschlungenen Pfade der riesigen Anlage geleitet.

»Mensch, ick gloob det nischt!«, rief der Fahrer und staunte in die Tiefe, »det es ja 'ne Wolke! Wie jrooß is det denn?«

Der Adjutant lachte. Er hatte sich inzwischen an die Reaktion der Leute gewöhnt, die hierherkamen. »Das wird noch viel größer«, rief er, »warte mal, bis der Krieg vorbei ist! Wir bekommen hier eine riesige Universität, das ›Haus des Wissens‹ wird es heißen, und da wird man alles erfahren, was man über das Deutsche Volk lernen kann.«

»Jetzt mal voran«, sagte der Hauptmann des kleinen Trupps und rief die Soldaten zusammen. »Jüngelchen, jetzt zeig uns doch mal, wo wir hinmüssen.«

»Da oben. Unter diesem Haus dort ist der Eingang zum Luftschutzbunker. Da sollen eure Kisten hin. Was ist denn da eigentlich drin?«

»Nix fragen, Jungchen, dann bekommst du auch keine Antwort.« Mit ein paar scharfen Kommandos wies er die Soldaten ein, die zügig begannen, die Kisten von den beiden LKWs abzuladen und das kurze Stück den Hang hochzutragen.

»Wenn de mich fragst, der weeß det ooch nich«, stupste der Fahrer den jungen Adjutanten an, »sach mal, wie heeßt de denn eijentlich?«

»Erwin. Erwin Dürr.«

»Ich bin der Alfons Schneider. Aus Zehlendorf. Kennste Zehlendorf?« Er winkte selbst ab. »Nee, wie willste denn Berlin kennen. Drei Taje sind wa jefahren, dat is ja schon fast Frankreich hier. Und die Sprache, also icke vasteh janischt!«

Der Hauptmann kam aus dem Bunker und sah zu ihnen hinunter.

»Vor dem musste dir vorsehen, Junge, det is son janz scharfer.«

Keine Stunde dauerte es, die Kisten in den Bunker zu bringen. Dann befahl der Hauptmann den Soldaten ein kurzes »Aufgesessen!« und wandte sich an den jungen Eifeler. »So, wir nehmen dich jetzt wieder mit zurück an die Wache an der Einfahrt in die

Ordensburg, wo wir dich aufgesammelt haben. Du wirst vergessen, dass du uns jemals gesehen hast, du wirst vergessen, dass du irgendwelche Kisten gesehen hast, und du wirst vergessen, dass dort im Bunker etwas versteckt ist. Der Bunker ist ab sofort verschlossen und darf nicht mehr betreten werden, verstanden? Anweisung der Reichsleitung!«

»Jawohl, Herr Hauptmann!«

»Gibt es noch irgendwelche Fragen?«

»Nein, Herr Hauptmann!«

»Dann aufgesessen, und bring uns aus dieser gottverlassenen Gegend wieder in die Zivilisation!«

Er ließ noch einen letzten Blick über die mondbeschienenen Hügel gleiten, schüttelte den Kopf und stieg dann selbst in den vorderen LKW.

Kapitel 16

Man hatte das Ehepaar Althoff doch erst einmal zur Untersuchung ins Krankenhaus gebracht, bevor man sie einem Verhör aussetzte. Die Sonderkommission aus Euskirchen hatte die beiden sehr zufrieden übernommen, und Rausch hatte es auch nicht an grundsätzlichen Erwägungen über Polizisten, die trotz Dienstunfähigkeit nicht eines Besseren zu belehren seien, fehlen lassen.

»Du gehst aber jetzt endlich nach Hause, sonst kette ich dich persönlich fest!«, rief er Schwarz noch hinterher.

Und Schwarz hatte »Du kannst mich mal« vor sich hingemurmelt. Er wollte jetzt erst einmal ins Krankenhaus, um nachzusehen, wie es Sandra ging. Der Flurfunk berichtete, sie sei immer noch nicht aus dem Koma erwacht, aber er sagte sich, dass man am besten selbst nachsehen sollte. Er nahm sich den Reserveschlüssel von Sandras Auto aus ihrem Büro, um den kurzen Weg zum Krankenhaus zu fahren, denn sein Wagen stand immer noch in Wintzen, und sie brauchte ihren ja erst mal nicht.

Als er eine halbe Stunde später langsam über den Parkplatz des Krankenhauses schlich, fühlte er sich wie ein alter Mann. Rausch hatte recht, er war angeschlagen. Es war schrecklich gewesen, die lustige, junge Frau, die so unbeirrbar durch ihr Leben ging, wie ein funktionsloses Element einer wunderlichen Apparatur zu sehen, die durch Schläuche und Kabel Restleben hin und her pumpte. Sie könnten sie auch aussaugen, und ich würde es nicht merken, war ihm durch den Kopf geschossen, und er hatte sich angegruselt abgewandt. »Machen Sie sich keine Sorgen, das wird schon wieder, wir sind sehr zufrieden«, hatte ein Pfleger ihm noch als Ermutigung zugeworfen. Sie waren zufrieden, wie schön. Aber er war noch nicht zufrieden. Alle taten so, als seien der Fall gelöst und alle Fragen beantwortet. Nur den alten Mann, Erwin Dürr, mit dem alles angefangen hatte, den hatte man vergessen, von dessen Tod redete keiner mehr. Seine Ermordung schien vernachlässigbar, der wäre ja eh bald dran gewesen. Doch machte es das weniger schlimm?

Er stieg in das kleine, japanische Auto und sah sich seufzend um. Das Auto einer jungen Frau. Am Spiegel baumelte ein grüner Duftbaum, der dem Eifelaroma künstlichen Duft entgegensetzte. Kleiner Krimskrams in den Ablagen, sogar ein Lippenstift, obwohl Sandra doch so gut wie nie einen Lippenstift benutzte. Er dachte voller Sorgen an sie. Sein Blick wanderte weiter auf den Beifahrersitz. Dort lag immer noch der dünne Aktendeckel mit ihren Ermittlungen über den Neffen von Dürr. Mit einem Seufzen nahm er ihn in die Hand und betrachtete ihn.

Dürr. Ernst Dürr. Wer hat dich umgebracht?

Er musste noch einmal ganz von vorne anfangen. Spuren zusammentragen. Alle noch einmal verhören. Alles protokollieren, alle vorladen. Aber wer war denn überhaupt alle? Alle, die an diesem Abend Dienst hatten? Alle, die jemals mit Dürr geredet hatten? Alle, die einen Weg wussten, nachts in das Heim zu kommen? Wie viele Leute arbeiteten da überhaupt? Vierzig? Fünfzig? Sie mussten alle vernommen werden, bis sich etwas ergab, an dem man ansetzen konnte. Die Kollegen würden sich freuen!

Und dann noch einmal Spuren nehmen, obwohl er sich davon nun wirklich nicht viel versprach. In einem Altenheim, ein Ort, der ungefähr so viel Privatsphäre hatte wie ein Bahnhofsklo, wo bestimmt zwanzig Leute den Tag über in das Zimmer hineinrannten, wieder rausrannten, neue kamen und gingen. Und daraus den einen zu angeln, der zu dem Zeitpunkt des Todes dort nicht hätte sein dürfen, das war ein Problem für sich. Er hatte noch nicht einmal Zeit gehabt, sich den Bericht der Spurensicherung über das Zimmer anzusehen.

Wen hatte er denn bis jetzt als möglichen Täter herausgearbeitet? Besonders originelle Spuren waren ja nicht dabei. Aber das Leben erschöpfte sich ja gern im Banalen.

Als Erstes die Familie. Der Neffe, Arnold Dürr. Behauptet, zu Hause gewesen zu sein. Wusste er, wie man nachts in das Heim kam, ohne gesehen zu werden? Als Angehöriger hatte man ja alle Freiheiten, durch so ein Gebäude zu gehen, da konnte man sich schon so seine Schlupflöcher schaffen. Arnold Dürr hatte aber ein Alibi.

Motiv?

Geld. Geldprobleme. Die Fabrik schließt, er verliert seine Arbeit, vielleicht wollte er an das Erbe ran? Aber welches Erbe? Gab es eines? Interessant am alten Dürr waren seine Unterlagen, dafür mussten jetzt schon genug Leute sterben. Und Arnold Dürr hatte die in seiner Hand, er hätte niemandem etwas tun müssen, er hatte sie selbst nach Vogelsang gebracht. Und jetzt konnte Dürr eher noch auf eine Abfindung aus dem Sozialplan hoffen, der gerade verhandelt wurde.

Wer noch?

Die Althoffs behaupteten, sie hätten damit nichts zu tun, und irgendwie erschien das Argument, sie hätten nicht an zwei Orten gleichzeitig sein können, auch glaubhaft.

Und wenn der eine hier war und der andere dort? Niemand würde darauf achten, ob die Leiterin nachts noch einmal ins Haus kam, um eine vergessene Akte zu holen oder nach einem Patienten, dessen Wohlergehen ihr besonders am Herzen lag, noch einmal zu sehen, ganz im Gegenteil! Wahrscheinlich würde sich auch heute keiner mehr daran erinnern, ob sie überhaupt jemals zu ungewöhnlichen Zeiten in ihr Büro gegangen war, geschweige denn, ob das ausgerechnet Freitag war. Da musste schon ein gehöriger Zufall mithelfen.

Er sah in die Unterlagen, die Sandra zusammengestellt hatte. Ja, davon hatte sie geredet, finanzielle Probleme bei den jungen Dürrs. Er blätterte um und sah auf die nächste Seite. Die Frau hatte im Altenheim gearbeitet, er war im Betriebsrat tätig gewesen, vorbildliche Bürger, keine Vorstrafen, kaum einmal falsch geparkt …

Er sah sinnend aus dem Autofenster das Krankenhaus, das man so malerisch auf den Berghang gesetzt hatte. Frau Dürr im Altenheim, da hatte niemand von geredet, das war neu. Also hatten sie auch gewusst, wie man ohne zu klingeln in das Gebäude hineinkommt. Und Betriebsrat? Könnte das nicht heißen, dass er frühzeitig wusste, wie die Lage ist? Man müsste es noch beweisen, vielleicht hatte es Gerüchte gegeben. Doch gerichtsverwertbar war das noch lange nicht, aber man konnte daraus schließen, dass Dürr schon vor seinen Kollegen wusste, dass die Fabrik in Schwierigkeiten geraten würde. Und vielleicht hatte er dann beschlossen, zu handeln.

Wenn man nur eine Möglichkeit hätte, jemandem zweifelsfrei nachzuweisen, dass er in dieser Nacht irgendwo war, wo er nicht hätte sein dürfen, dann hätte man etwas, womit man in einem Verhör schon mal einen Ansatzpunkt hätte. Doch woher? Eine Videoüberwachung hätte man haben müssen, auf jedem Flur eine Kamera, die anzeigte, ob dort jemand unterwegs war. Da hätte man auch die Zeit, die Geschwindigkeit. Vielleicht eine Radarfalle auf dem Altenheimflur, damit die Rollstühle nicht zu schnell fuhren.

Aber – warum eigentlich die Rollstühle? Ihm kam eine Idee.

Schwarz richtete sich auf. Es war zwar eine völlig absurde

Idee, so unwahrscheinlich wie sonst noch etwas, aber immerhin war es eine Möglichkeit, mehr als ihnen bisher als Ermittlungsergebnisse vorlag. Bis jetzt hatten sie eigentlich nichts außer einer Leiche und einem Kissen als Mordinstrument, das jeder in der Hand hätte haben können, der nachts in dem Altenheim unterwegs war.

Er startete den Motor und fuhr durch die kleine Stadt zur Wache. Dort stieg er aus, als hätte diese Idee ihm neue Energie verliehen. Er schlüpfte durch die Tür und ging in den Wachraum. Dort lehnte er sich an den Türrahmen und sah Geschwind an.

»Sag einmal, wo gibt es eigentlich die Ergebnisse der Tempoüberwachung hier im Kreis?«

»Bist du zu schnell gefahren? Das tut mir leid, das geht nicht mehr so leicht wie früher, dass man was verschwinden lässt.«

»Nee, ich glaube nicht, ist auch egal. Aber ich brauche die Ergebnisse aus den Radarfallen aus der Nacht von Freitag auf Samstag letzter Woche.«

»Das wird alles zentral erledigt. In Euskirchen. Soll ich dir mal die Telefonnummer geben?«

»Ja«, nickte Schwarz bedächtig, »das wäre gut. Gib mir einfach mal die Telefonnummer.«

* * *

Schwarz stellte den Motor ab und lehnte kurz den Kopf auf das Lenkrad des Streifenwagens. Sein Arm tat weh. Immerhin war er so schlau gewesen, einen Streifenwagen zu benutzen, die wurden wenigstens automatisch geschaltet, so dass er seinen übriggebliebenen Arm zum Lenken benutzen konnte.

Sie hatten mal wieder recht gehabt, er gehörte gar nicht

hierher. Er hätte wirklich ins Krankenhaus zu seiner bewusstlosen Kollegin fahren und sich hinterher im Schaukelstuhl auf die Veranda setzen sollen. Im Augenblick behinderte er eher die Ermittlungen, als dass er half. Und vor allem hätte er jemanden mitnehmen sollen, unbedingt hätte er das tun sollen, er fühlte sich gar nicht in der Lage, alleine eine Festnahme durchzuführen. Einen Augenblick zuckte seine Hand zum Funkgerät, um wenigstens eine Streife zu rufen, doch sie stoppte abrupt mitten in der Bewegung.

Es war ja auch niemand da gewesen in der Regionalstelle, wen hätte er denn auch fragen sollen? Die einen schlossen den Fall Perschke ab, Pankowski war mit nach Euskirchen gefahren, um die Vernehmungen der Althoffs zu führen. Katzenmacher war bei der Feuerwehr, um das Material zu sichten, dass diese in dem ausgebrannten Haus in Hellenthal mitgenommen hatte. Schließlich war inzwischen, angeregt durch die Ereignisse, bei der Staatsanwaltschaft auch noch der Verdacht aufgekommen, die Althoffs hätten sich schon seit Langem an dem Hab und Gut der Patienten bereichert, und da begann man sich durch die Akten zu wühlen. Und als Schwarz unten durch die Wache gegangen war, da war wieder eine derartige Aufregung gewesen, die Jungs hatten so viel zu tun mit der Regelung des Verkehrs vor der Fabrik, da hatte er es nicht über sich gebracht, sie auch noch darum zu bitten. Er war sich lächerlich und doof vorgekommen, sie zu fragen. Und er ärgerte sich, denn es war natürlich gegen alle Vorschriften, dass er alleine hierher gefahren war und jetzt alleine vor dem Haus einer Person stand, die er zu was auch immer befragen wollte.

Zu doof, Schwarz, du bist einfach zu doof!

Entschlossen griff er nach seinem Handy und rief auf der Wache in Schleiden an. Natürlich würde man ihm sofort einen Wagen schicken, kein Problem, die Kollegen seien doch ganz in der Nähe, fünf Minuten, dann würden die bei ihm sein.

Beruhigt lehnte er sich wieder zurück. Jetzt fühlte er sich besser. Er begann tief und gleichmäßig zu atmen, um das Klopfen in seinem Arm zum Schweigen zu bringen.

Tock, tock. Im gleichen Rhythmus wie das Blut in seinem Arm schlug jemand an sein Fenster. Er sah nur eine Person, die neben dem Auto stand, nicht den Kopf. Er ließ das Fenster runterfahren.

»Na, noch Fragen?« Arnold Dürr beugte sich zu ihm herunter. Er blickte auf den Arm. »Was haben Sie denn gemacht?«

»Och, kleiner Unfall. Nicht weiter der Rede wert.« Er öffnete die Tür und stieg aus. »Ja, Sie haben recht«, fuhr er fort, »ich habe noch Fragen. Aber am besten warten wir noch, ich bin hier verabredet.«

Arnold Dürr sah nachdenklich auf den Streifenwagen, der die schmale Gasse hochfuhr und um die Ecke auf den Hof bog. »Ach, das ist heute aber viel Aufwand. Ich darf wohl damit rechnen, dass es Probleme gibt?«

Jetzt, wo die Kollegen aus ihrem Auto stiegen und auf sie zukamen, fühlte Schwarz sich auch wieder sicherer und nicht mehr so verletzlich. »Das könnte schon sein.«

»Wollen wir das vielleicht drinnen besprechen?« Dürr zeigte auf das Haus.

»Eigentlich hatte ich vor, Sie mit auf die Dienststelle zu nehmen. Ich habe hier ein Foto der Verkehrsüberwachung. Sie wissen, die Kamera auf der Bundesstraße. Von Freitagabend. Darüber würde ich gerne mit Ihnen reden.«

»Oh!« Dürr atmete tiefer und nickte dann. »Ich würde mir gerne aber noch eine Jacke mitnehmen und meiner Frau einen Zettel hinlegen.« Er ging zur Tür. »Wollen Sie mit hinein?«

»Allerdings«, sagte Schwarz. Er drehte sich um und sagte zu dem einen Beamten: »Bleiben Sie bitte hier draußen.« Dann folgte er Dürr mit dem anderen Kollegen in das Haus.

Dürr schloss die Tür hinter ihnen und ging zügig zu einem Durchgang. »Ich hole mir gerade die Jacke.« Dann machte er einen Satz vorwärts, sprang durch den Türrahmen und warf die Tür zu.

Verblüfft sahen die Polizisten sich an; das war so schnell gegangen, dass ihnen keinerlei Zeit zum Reagieren geblieben war. Der Streifenbeamte rannte zur Tür, doch er kam zu spät, sie hörten nur noch das Klicken des Schlosses. Schnell warf der junge Mann sich zweimal dagegen, doch das dicke Holz zeigte nicht die geringste Reaktion.

Schwarz lief zu dem winzigen Fenster an der Seite und sah hinaus. Er blickte auf die Rückseite der Häuser, die Gärten, in denen ein kompliziertes System von Gemüsegärten war, durch die gerade sein Verdächtiger sprang und elegant über die Zäune setzte. »Schnell, außen rum!«, rief Schwarz und rannte auf den Hof. »Los, er haut hintenrum ab!«, rief er dem Mann zu und wollte um das Haus rennen. Doch ob links, ob rechts, Schwarz fand keinen Durchgang. Der alte Hof war so an die Nachbargebäude angebaut, dass sie die Rückseite komplett abschirmten und eine undurchdringliche Front bildeten. »Kommt, in den Wagen«, kommandierte Schwarz und warf sich, so schnell der Gips es zuließ, auf den Beifahrersitz.

Die Beamten sprangen in den Wagen, ließen den Motor an, doch noch im Anfahren wurden sie gestoppt, denn Frau Althoff kam die schmale Straße heruntergefahren und blockierte die Einfahrt, die mit Schwarz' geparktem Wagen sowieso schon eng genug war.

Schwarz sprang aus dem Wagen und schrie: »Weg, weg, sofort Platz machen!«, doch sie schaute ihn nur verwirrt an und verstand nicht. Erst als er sie mit energischem Winken zur Seite schickte, nickte sie verstehend und manövrierte ihren Wagen ungeschickt neben das Polizeiauto. Gequält sah Schwarz die Sekunden verstreichen. Endlich war der Weg frei, und mit röhrendem Motor setzte der Fahrer den Streifenwagen rückwärts und rief: »Komm!«, durch die offene Tür, doch Schwarz hielt ihn mit einer Handbewegung auf, denn er sah einen Mann die Straße herunterrennen.

»Sag mal, Tina, jetzt ist es aber gut mit diesem Bekloppten!«, rief der Mann aufgeregt.

Sie stieg völlig verdattert aus dem Auto aus. »Was ist denn überhaupt los?«, stotterte sie.

»Dein Mann, dieser Vollpfosten Arnold, hat mich grade aus dem Auto gezerrt und ist mit meinem Wagen auf und davon!«

»Polizei«, sagte Schwarz und hielt schnell seine Marke hoch, »wo ist er hin?«

»Da hoch!« Der Mann winkte in die Richtung aus der er gekommen war, »Richtung Gewerbegebiet!«

»Aha«, sagte Schwarz, »ist da auch der Flugplatz?«

»Das will ich meinen! Wenn der Kerl mir einen Kratzer in meinen Hobel macht, dann werde ich aber zur rasenden Wildsau!«

Schwarz lief zu dem Streifenwagen und sprang auf den Beifahrersitz. »Zum Flugplatz!«

Der Fahrer nickte und gab Gas. »Blaulicht?«

»Blaulicht, Sirene, alles, was geht, und vor allem Vollgas!« Krampfhaft hielt Schwarz sich mit seiner gesunden Hand am Haltegriff fest.

Mit quietschenden Reifen raste der Polizist über die engen

Straßen Schmidtheims. »Was will der denn am Flugplatz?«, fragte er, während er wild am Lenkrad sägte.

»Abhauen. Immer wenn der unter Druck steht, fährt der zum Flughafen.«

Die Strecke war länger, als Schwarz in Erinnerung hatte. Der Ort schien sich endlos zu ziehen, und als er zu Ende war, fing er auch gleich wieder an. Immer wieder musste der Polizist das Gas wegnehmen, wenn unvorsichtige Autos trotz des Lärms aus den Seitenstraßen rollten, und als schließlich noch ein Traktor langsam die Straße hochtuckerte, hätte Schwarz am liebsten ins Armaturenbrett gebissen.

Schließlich sahen sie die ersten Schilder, die den Flugplatz ankündigten. Bis die Abzweigung zu den Flugzeughallen kam, dauerte es aber noch endlose Sekunden. Schleudernd bog der Fahrer in den Weg ein und raste um die Kurven, bis er plötzlich schrie und auf die Bremse trat, weil mitten in der Biegung ein großer, amerikanischer Geländewagen mit offener Fahrertür stand. Er riss das Lenkrad zur Seite, streifte mit krachendem Knittern die Vorderpartie des Jeeps und flog seitwärts ins Gebüsch.

Schwarz hörte es nur noch knallen und sah gar nichts mehr. Sein Gesicht brannte auf einmal, und er schnappte nach Luft, die von der Explosion der Airbags aus seinen Lungen getrieben worden war.

Dann war es wieder ruhig. Nur das Knacken des Motors und das Zischen der Luft, die aus den explodierten Airbags entwich, waren noch zu hören. Schwarz hatte das Gefühl, dass ein Elefant auf seinem Arm Rumba tanzte. Er biss die Zähne zusammen und versuchte, die Tür aufzumachen, doch der Wagen hatte sich so ins Gebüsch verkeilt, dass er keine Chance hatte.

»Die Heckklappe ist offen«, rief der Streifenbeamte von hinten, »da können wir raus.«

Mühselig krabbelte Schwarz durch den Kofferraum, gestützt von den Kollegen, die sich bemühten, ihm seinen Arm zu ersetzen. Als er schließlich festen Boden unter den Füßen hatte und den schmerzenden Körper aufrichtete, hörte er den Motor einer startenden Maschine. Er sah zur Seite, erblickte sie, wie sie an ihm vorbei aus dem Blickfeld über die Startbahn rollte und sich schließlich, brummend wie eine dicke gemütliche Hummel, in die Luft erhob und davonschwebte.

»Ich muss auf den Tower«, murmelte Schwarz und humpelte los. Jeder Knochen tat ihm weh, in seinen Ohren sauste es von dem Knall des Aufpralls. Mit seiner gesunden rechten Hand hielt er den Gips fest, als würde das den Schmerz irgendwie lindern. Er rannte in das Haus mit dem Turm und die Treppen hoch. Weiter, immer weiter, wie viele Stockwerke hatte dies blöde Ding denn?

Schließlich sah er über sich Licht. Die letzte schmale Treppe keuchte er hoch in das rundum verglaste Obergeschoss, von dem man über das Flugfeld und weit über die Landschaft sehen konnte. Der Fluglotse sprang erschreckt auf, als er das Japsen hinter sich hörte, und Schwarz quetschte mit letzter Luft ein wenig beruhigendes »Polizei!« heraus.

»Soll ich die Polizei rufen?«, fragte der Mann verwirrt.

»Nein, ich … bin … Polizei.« Nur mühsam bekam er wieder Luft. Er schluckte die Schmerzen hinunter und versuchte, sich noch ein letztes Mal zusammenzureißen. »Kriegen Sie Funkkontakt zu dem Flugzeug da?«

»Zu Arnold? Habe ich schon versucht. Der ist einfach losgeflogen, ohne sich hier zu melden. Was ist denn mit dem? Rennt der vor Ihnen weg?« Er sah Schwarz neugierig an, begierig auf Erzählstoff für den nächsten Stammtisch.

»Versuchen Sie es noch einmal!«

Der Mann griff sich ein Mikro und sprach hinein: »Alpha Bravo Klima Fox, Arnold, bitte melden!!«

»Wo fliegt der denn hin?«, wollte Schwarz wissen.

»Im Moment Richtung Belgien. Will der abhauen?«

»Keine Ahnung«

Krächzend meldete sich der Funk.

»'tschuldigung, Jochen, aber ich konnte nicht auf dich warten, ich bekam Besuch!«

»Ja, Arnold, der steht jetzt hier bei mir!« Der Lotse hielt Schwarz das Mikro hin. »Wollen Sie?« Schwarz nickte und nahm es. »Taste drücken beim Sprechen«, erklärte der Mann.

»Herr Dürr«, sagte Schwarz, »kommen Sie zurück, es hat doch keinen Sinn, in Belgien geht es auch nicht weiter! Die belgischen Kollegen sind informiert, die nehmen Sie sofort in Empfang.«

Keine Antwort.

»Mensch, ich weiß nicht, was das sollte mit Ihrem Onkel, aber das ist doch auch keine Lösung, denken Sie doch mal an Ihre Frau!«

Eine gepresste Stimme kam aus dem Lautsprecher. »Ich konnte es einfach nicht mehr ertragen. Und als die Leute darüber sprachen, dass die Fabrik geschlossen wird und ich arbeitslos werde, da konnte ich nicht mehr. Wir leben doch so sparsam, aber ich habe so viele Schulden, dass es hinten und vorne nicht gereicht hat!«

»Mensch, haben Sie noch nie was vom Sozialamt gehört? Die übernehmen doch die Kosten! Gerade wenn Sie arbeitslos werden, dazu sind die doch da!«

»Ich hatte so Angst, das Haus zu verlieren! Wenn wir auf Hartz IV kommen, dann muss ich doch das Haus verkaufen, das kann ich doch meiner Frau nicht antun! Und der Onkel, der hatte doch das Geld! Der lebte da in seinem Luxusheim und hatte sein Leben hinter sich! Wen stört das denn, ob der noch da ist oder nicht, das ist doch egal!«

Egal, dachte Schwarz. War das irgendwann egal, ob man lebte oder nicht?

»Und alles nur, weil diese Schweine die Fabrik zumachen! Die sind alles schuld! Die sollten Sie jagen und festnehmen, nicht mich! Ich kann doch nichts dafür! Ich habe mein ganzes Leben immer nur gearbeitet und geschuftet und malocht, um mir das bisschen leisten zu können, was ich habe! Und die? Die zerstören alles! Aus Gier! Um noch die letzten paar Groschen aus den Leuten rauszuquetschen. Aber die sollen noch an mich denken! Ich habe jetzt die Schnauze voll! Ich mache sie fertig!« Die Stimme kippte in ein hysterisches Kreischen, dann brach sie auf einmal abrupt ab.

»Er hat das Funkgerät abgestellt, nehme ich mal an«, bemerkte der Fluglotse trocken. Er hatte das Fernglas vor den Augen und verfolgte den Kurs der kleinen Sportmaschine. »Jetzt hat er die Richtung geändert. Hier, sehen Sie selbst!« Er reichte Schwarz das Fernglas, der es unbenutzt wegstellte.

»Wo fliegt der jetzt hin?«, fragte Schwarz.

»Hm. Schwer zu sagen. Der müsste jetzt über Udenbreth sein. Vielleicht Hellenthal. Oder Schleiden.«

»Ach du Scheiße!« Schwarz kam eine Idee, was Dürr vorhaben könnte. Sie wollte ihm gar nicht gefallen, diese Idee. Er zog das Handy aus der Tasche und wählte die Nummer von Kleinert. »Geh ran, bitte geh ran«, murmelte er vor sich hin.

»Kleinert?«, meldete sich die Stimme am anderen Ende.

»Alfred, Gott sei Dank, hier ist Schwarz. Bist du noch in der Fabrik?«

»Ich gehe gerade raus. Es ist zu Ende, alles friedlich, alles in Ordnung.«

»Alfred, ihr müsst da alle sofort raus! Der Dürr ist mit

einem Flugzeug unterwegs, und ich glaube, der will sich damit in die Fabrik stürzen.«

»Du bist bekloppt!«

»Alfred, holt alle Leute dort raus, sofort, das ist kein Witz!« Kleinerts Stimme wurde leiser, anscheinend sprach er mit dem Mann neben ihm. »Ihr müsst hier alle raus, sofort!«

»Nä!«, sagte eine fremde Stimme, »solange wir hier nichts schriftlich haben, bleibe ich! Keine Chance!«

»Euer Kollege Dürr sitzt gerade in einem Flugzeug und ist auf dem Weg hierher. Ich bekomme gerade einen Anruf, dass er vielleicht damit in die Fabrik fliegen will!«

Schwarz lauschte dem Schweigen, das endlos lang zu werden schien.

»Der Dürr is so bescheuert, wie er lang is! Aber der is so ein Idiot, dat kann sogar sein!«, sagte die fremde Stimme plötzlich, und Schwarz konnte schwere Schritte und Rufen im Hintergrund hören.

»Ich melde mich!«, rief Kleinert, und die Verbindung brach ab.

»Das hat den Arnold schwer durcheinandergebracht, dass die die Fabrik zumachen wollen«, sagte der Fluglotse nach einem Moment des Schweigens und nahm sich wieder das Fernglas, »ich hoffe, Sie irren sich. Das ist ein feiner Kerl. Bisschen cholerisch, aber sonst okay.«

»Ich hoffe auch, dass ich mich irre. Ich hasse es, recht zu haben. Wie viel Schaden kann denn so eine Maschine anrichten?«, fragte Schwarz.

»Schwer zu sagen. Die Dinger sind ja total leicht gebaut, die bestehen ja vor allem aus Aluminium. Das ist jetzt nicht wie bei den Twin Towers! Da muss man schon genau wissen, wo man trifft. So ein Gastank, der geht auch nicht mal eben in die Luft. Aber wenn Sie in ein Haus reinfliegen, dann gute Nacht.«

Die Männer standen still in dem Tower und sahen durch die schrägstehenden, getönten Scheiben über die endlosen, grünen Hügel. Soweit das Auge reichte nichts als die schönsten, friedlichsten Wälder. Wie weit das hier alles war! Als wäre man auf dem Dach der Welt, einem Flachdach, und keine Grenzen, keine Hindernisse warteten auf einen. Man konnte vergessen, dass es die Zeit gab, wenn man hier so stand und verfolgte, wie etwas, das von hier aus mehr einer Fliege glich als einem Flugzeug, in quälender Langsamkeit über den Himmel kroch. Dieser kleine Punkt wanderte weiter und immer weiter in geringer Höhe über den Horizont. Und noch weiter, bis er auf einmal sank. Und verschwand.

»Au, au, au«, sagte der Fluglotse. Eine quälende Zeitlang sahen sie nichts, dann stieg langsam eine Rauchwolke zwischen den Hügeln empor und reckte sich immer weiter bis zu den zarten Wolken.

Epilog

Schwarz fuhr langsam aus Schleiden heraus, bis es nicht mehr weiterging. Sehr weit war das nicht, schon am Busbahnhof war die Bundesstraße von wartenden Autos verstellt. Anscheinend hatte man die Straße an der Fabrik wieder mal gesperrt. Er stellte den Streifenwagen, den er vor dem Haus von Dürr geholt hatte, in einer Seitenstraße ab und verschloss ihn sorgfältig. Dann ging er an der Straße entlang, an den abgestellten Autos, deren Fahrer mit weit geöffneten Augen auf die Szenerie vor ihnen schauten.

Das Bild des Chaos erschütterte ihn. Dürr hatte einen Volltreffer mitten in das Gebäude gesetzt. Von der Werkshalle fehlte das Dach, und eine dicke Rauchsäule stieg empor. Schwarz hörte Lärm, Schreie, Sirenen, Maschinen. Vielleicht war so ein Flugzeug leicht, aber die Dachkonstruktion der Fabrik schien ihm nicht viel entgegengesetzt zu haben. Die Büros, in denen sich die Arbeiter verbarrikadiert hatten, waren verbrannt; irgendetwas hatte Feuer gefangen. Immer noch kamen Feuerwehrwagen aus allen Richtungen gefahren, um den Brand zu bekämpfen, Krankenwagen. Warum Dürr sich aber für seine Kamikazeaktion das Fabrikgebäude ausgesucht hatte und nicht die Hauptverwaltung, die direkt am Eingang lag, diese Frage konnte er wahrscheinlich nicht mehr beantworten.

Schwarz stand eine Weile unter den Schaulustigen. Er wollte nicht hineingehen. Was hätte er dort auch tun sollen? Helfen konnte er mit seinem Arm bestimmt nicht. Vielleicht ein wenig im Weg herumstehen und betroffen gucken? Das sollten andere machen.

Er drehte sich um und beschloss, nach Hause zu laufen. Ja,

nach Hause, damit meinte er Wintzen, nicht Köln. Wie lange würde er dafür brauchen? Bestimmt gab es eine tolle Abkürzung, aber die kannte er nicht. Vielleicht würde er sie finden.

Möglicherweise würde die Malerin ihm ja mal eine zeigen. Er freute sich auf sie. Ein bisschen gemeinsame Zeit. Auch wenn sie vielleicht nicht sonderlich glücklich darüber sein würde, dass ständig jemand in ihrer Umgebung herumlungerte, wie sie ihm ja anfangs klargemacht hatte. Immerhin schien sich das ja ein wenig geändert zu haben. Doch er wollte ja auch nicht viel. Es reichte ihm ja schon, wenn einfach jemand in seiner Nähe war. Im Augenblick war er das Alleinsein gründlich leid.

Er sah in den Himmel und beobachtete, wie ein Fischreiher gemütlichen Flügelschlags über das Tal segelte. Irgendwo würde der wahrscheinlich ein Nest haben, in das er jede Menge unrechtmäßig erbeuteten Fisch schleppte. Ein Zuhause. Wie er, wie Schwarz. Und da ging er jetzt hin, egal, wie lange das dauerte. Er hatte doch Zeit, er war ja krankgeschrieben. Doch diesmal würde er keine Wände in Therapieräumen anstarren, diesmal würde er seine Umgebung erkunden. So wie er es früher in der Stadt gemacht hatte, wenn er sich ein neues Domizil gesucht hatte, so würde er jetzt die Wege um das Forsthaus in Wintzen erforschen. Es wurde auch Zeit. Er freute sich darauf. Schwarz schob seinen linken Arm tiefer in die Schlinge, die um seinen Hals hing, und beschleunigte seinen Schritt.

Vogelsang 1945

Der Geschützdonner rollte seit Tagen wie ein nicht enden wollendes Gewitter über die Hügel der Nordeifel. Wenn man vom Turm in Richtung Belgien sah, meinte man, sie schon zu sehen, die Kanonen, die den Tod über das Land schickten. Den ganzen Winter hatten sie in den Ardennen gekämpft, doch jetzt hatten die Amis die Linien durchbrochen und rückten langsam auf das Reichsgebiet vor.

Schon seit einer Weile war der Schulbetrieb eingestellt. Nicht nur hier, an der Adolf-Hitler-Schule in der Ordensburg Vogelsang, sondern in allen Schulen in der gesamten Umgebung war der Lehrbetrieb erloschen. Wie sollte man auch vernünftigen Unterricht durchführen, wenn es immer wieder Luftalarm gab? Selbst die kleinsten Dörfer wurden mit rücksichtsloser Präzision mit einem Bombenteppich versehen. Sogar Vollem oder Wollseifen oder Rescheid, fast mehr willkürliche Ansammlungen von Häusern als richtige Dörfer, sie wurden zu Schicksalsgemeinschaften, in denen nicht mehr die Sympathie zählte, sondern allein der Wille zum Überleben das Handeln diktierte. Jeder half jedem, denn jeder konnte jeden brauchen, egal, ob man einmal Streit mit ihm oder ihr gehabt hatte, jetzt ging es nur noch um das nackte Überleben.

Das wussten auch die hohen Würdenträger des Reiches, das nun Auflösungserscheinungen zeigte. Es war zu merken, wenn in den Dienststuben große Feuer loderten, mit denen die Spuren dessen verwischt werden sollten, was besser nicht den zukünftigen Herren des Landes in die Hände fiel.

Erwin hatte Glück. Er hatte den Krieg hier verbracht, hier als Adjutant des Burgintendanten Siebert. Der hatte ihn auch immer aus allem rausgehalten, nicht so wie die Leiter von Vogelsang, die einer nach dem anderen auf verschiedenen Kriegsschauplätzen den

Heldentod starben. Sie waren verzichtbar, doch die, die mehr das Funktionieren der Gebäude der Ordensburg verwalteten als die Ausbildung der Ordensjunker in die Hand zu nehmen, sie, die mehr Hausmeister waren, auch wenn der Titel eines Intendanten sehr viel klangvoller ist, sie mussten bleiben.

Oder sie durften. Siebert selbst war hier auch nicht unglücklich. Er war eigentlich ganz in Ordnung gewesen. SS-Mann, doch Erwin Dürr konnte sich nicht erinnern, ihn jemals in Uniform gesehen zu haben. Er hatte sich immer seine Freiräume geschaffen, hier unauffällig seine Zeit verbracht.

Doch jetzt hatte auch er beschlossen, seine Zelte abzubrechen und sich nach Kulmbach, seinem Heimatort, durchzuschlagen. Vogelsang sollte aufgegeben werden. Die Bibliothek war schon nach Waldbröl gebracht worden, dort, wo Reichsleiter Ley seine Kernmannschaft versammelte, um nach dem Waffenstillstand wieder neu beginnen zu können. Alles, was irgendwie wichtig erschien, war weggebracht worden.

Und was sollte er machen? Zwei Schüler waren noch hiergeblieben, ein paar Kriegsgefangene, sie räumten alles, was noch übriggeblieben war, aus den Räumen, um es zu schützen, während die Front darüber herzog. Vielleicht konnte man ja nach dem Krieg bald weitermachen, wer wusste das denn schon. Obwohl ja so mancher rief, man solle den Krieg genießen, der Friede werde fürchterlich.

Es war eine Viecherei, die große Statue Der deutsche Mensch *aus dem Kultraum im Bergfried zu bekommen, doch da alle mit anfassten, gelang es ihnen auch. Niemand hatte wirklich je daran gedacht, sie tatsächlich nach Sonthofen oder Waldbröl zu bringen, dieses schwere Vieh. Der Stollen, in dem sie immer wieder Schutz gesucht haben, dort drüben am Osthang, der würde es schon tun. Die Barren aus der Turnhalle schoben sie auch noch da hinein, nachdem sie diese mühsam über die Wege getragen hatten. Ja, und dann die alten Kisten aus dem Bunker. Damit hatten sie ja eigentlich angefangen.*

»Erwin«, hatte der Siebert gesagt, »nimm dir ein paar Gefangene und räum den Bunker leer. Bring die Sachen in den Stollen, du weißt, hinten am Krankenhaus. Die Sachen gehören uns nicht, die gehören dem Reich, und wir müssen verhindern, dass sie in falsche Hände geraten. Mein Schwager Hetschel, der sie mir anvertraut hat, ist tot, und ich weiß jetzt auch nichts Besseres, das ich mit ihnen anfangen könnte. Lastwagen, um sie zu transportieren, habe ich nicht, und offiziell weiß ja keiner, dass es sie gibt, wo soll ich also damit hin? Wir verstecken sie, und wenn sie nach dem Krieg gebraucht werden, dann kann man sie ja immer noch wieder rausholen. Also los, Junge!«

Ja, und Erwin hatte gemacht. Und jetzt standen sie hier und rührten Zement an, um den Tunnel wieder zu verschließen. Inzwischen war er vollgestopft bis obenhin.

»Den findet doch hier nie einer!«, sagte einer der Schüler zu Dürr, »hier mitten im Gebüsch! Und wenn dieser Stollen jetzt noch mit Beton verschlossen wird, dann erst recht!«

»Du Jeck, so soll es doch auch sein!«, lachte Dürr, »das sind doch alles Sachen, die jetzt vor den Amis versteckt werden sollen!«

Als sie fertig waren, legten sie noch Gestrüpp auf den frischen Beton, um den Eingang zu dem Tunnel zu tarnen. Oben hörte man die Wagen fahren von den Leuten, die Vogelsang verließen. Und auch Dürr würde Vogelsang verlassen. In Schmidtheim wohnten seine Eltern, die könnten jetzt auch noch gut Hilfe gebrauchen in ihrer kleinen Landwirtschaft. Und da würde es auch genug zu essen geben, um das Kriegsende zu überstehen.

Und den Frieden. Denn der würde ja bekanntlich fürchterlich werden.

Nachwort

Vogelsang war durch und durch Propaganda, nichts als Blendwerk nationalsozialistischer Massenbeeinflussung. Die scheinbar Stein gewordene NS-Ideologie sieht aus wie altes Burggemäuer und ist in Wahrheit doch nichts anderes als dünn verblendeter Stahlbeton. Auch die Funktionsbezeichnung war freche Lüge: Die nationalsozialistische »Ordensburg« Vogelsang war weder »Burg« noch lebte darin ein »Orden«. Gleichwohl wabert die NS-Propaganda bis heute vielfach in den Köpfen der Menschen. Sprachlich drückt sich das in der Formulierung aus, dass man sich beispielsweise »auf« Vogelsang treffen wolle. Das »auf« ist nichts anderes als das ungewollte »Geständnis«, bis heute der in den 1930er Jahren propagandistisch erlogenen »Ordensburg« auf den Leim zu gehen. Denn »auf Vogelsang« meint ja verkürzt nichts anderes als »auf der Ordensburg Vogelsang«. Selbst der Ortsname »Vogelsang« war Propaganda. Die Gemarkung, in der die nationalsozialistische Ideologie in Stein gemeißelt wurde, hieß eigentlich »Erpenscheid«, aber das »Vogelsang« vom Nachbarhügel war propagandistisch akzeptabler.

An einem solchen Ort gilt für Kenner die oberste Devise, nur das zu glauben, was unumstößlich bewiesen ist. Der bloße Anschein trügt fast immer, und das hat Vogelsang mit Kriminalfällen gemeinsam. Wenn sich im Kriminalroman von Stephan Everling die Realität des Ortes mit der romantypischen dichterischen Freiheit des Autors mischt, wird es vollends verwirrend. Der Autor vermengt geschickt frei erfundene Geschichten mit Fakten, die allerdings weiten Teilen der Öffentlichkeit bislang verborgen blieben. Damit lässt sich natürlich trefflich spielen. Beispielhaft dafür mag der im

Roman beschriebene unterirdische Luftschutzbereich stehen. Den Bunker gibt es tatsächlich, wenn auch nicht in der gigantischen Größenordnung der Romanbeschreibung. Besuchern, die seit dem Jahr 2006 das Areal betreten dürfen, bleibt dieses »unterirdische Vogelsang« bis heute verschlossen, der Zugang ist nicht gestattet. Nur wenige Menschen drangen in den letzten Jahrzehnten in diesem betonierten Fuchsbau mit den typischen Stahltüren des Luftschutzbaus der 30er Jahre ein.

Auch die Roman-Annahme, dass führende Nationalsozialisten diesen eigentlich für Menschen gedachten Schutzraum zur Lagerung wertvollen Materials nutzten, erscheint aus heutiger Sicht nicht abwegig. Zahlreiche Zeitzeugen gaben an, dass sie bei Luftalarm nicht in diesen nahe gelegenen Bunker flüchteten. Dessen Existenz war ihnen überhaupt nicht bekannt. Vielmehr mussten sie bei Gefahren weit entfernte provisorische Schutzräume aufsuchen. Eine mögliche Erklärung könnte tatsächlich sein, dass in der ersten Hälfte der 40er Jahre die Luftschutzbunker mit anderen Werten gefüllt waren, die verborgen und geschützt werden sollten. Dass es sich dabei um die im Roman erwähnten Gemälde handelt, ist wenig wahrscheinlich. Aber die Frage steht bislang unbeantwortet im Raum: Was war in den geheimen Betonkästen verborgen? Heute sind diese Bunker leer geräumt, nichts deutet mehr auf den früheren Inhalt hin.

Vogelsang insgesamt gleicht bis heute einem weitgehend ungelösten Kriminalfall. Die Geschichte dieses »bösen Ortes« ist – mit Ausnahme der Baugeschichte – nur in Ansätzen beschrieben. Es ist weit mehr reale »Ermittlungsarbeit« zu leisten als in Stephan Everlings Kriminalroman »Totenvogelsang«. Gefragt sind in dem Fall, um es mit Guido Knopp auszudrücken, Historiker als »Detektive der Vergangenheit«.

F.A. Heinen

KBV KRIMINALROMAN

Stephan Everling
TOTENKAMMERWALD

Taschenbuch, 244 Seiten
ISBN 978-3-940077-68-4
9,50 EURO

Als der Kriminalbeamte Schwarz von Köln in die Eifel versetzt wird, hat er noch die Hoffnung, dass die friedvolle Umgebung eine heilende Wirkung auf sein zutiefst erschüttertes Seelenleben hat. Während die beginnende Weltfinanzkrise ihren Weg um den Globus nimmt und unheilvolle Schatten auf eine schwierige Zukunft wirft, betraut man den frisch Eingetroffenen mit der Aufgabe, das Verschwinden eines Bankdirektors zu untersuchen. Doch der vermeintliche Zeitvertreib erweist sich als sicherer Pfad in das Pandämonium: Schüsse fallen, Geld verschwindet, und als im Kammerwald eine Leiche gefunden wird, ist jedem klar, dass man von einer einfachen Lösung weit entfernt ist.

Unter dem Druck der Medien entwickelt sich das friedliche Eifelstädtchen Schleiden zu einem Hexenkessel. Doch noch bevor die Natur des Nationalparks Eifel und die Begegnung mit einer geheimnisvollen Malerin im einsamen Forsthaus ihre heilende Wirkung auf seine Seele ausüben können, begreift Schwarz, dass nicht nur in seinem Dasein zwischen der blutigen Vergangenheit und der grausamen Gegenwart eine Brücke geschlagen wurde. Und diese unheilvolle Verbindung wird noch weiteren Menschen den Tod bringen, wenn es ihm nicht gelingt, das Schicksalsrad zum Stehen zu bringen.

»Das furiose Feuerwerk an Skurrilitäten, Blut und Schuld ... «
(Kölner Stadt-Anzeiger)